KEITAI
SHOUSETSU
BUNKO
野いちご SINCE 2009

保健室で寝ていたら、

爽やかモテ男子に甘く迫られちゃいました。

雨 乃 め こ

JN031159

◎ STARTS
スターツ出版株式会社

イラスト／茶乃ひなの

「こんなとこ見られたら、郁田さんも叱られちゃうよ」
目が覚めて、最初に視界に入ってきたのは……。

みんなから、わーきゃー騒がれている、
人気者の夏目くん。

そんな彼がどうして、
私と同じベッドにいるのでしょうか!?

夏目涼々
×
郁田菜花

慣れたように私に触れる彼の手は、いつも熱い。
「……郁田さんにだけだよ、こんなに熱くなんの」

「覚悟しててね、郁田さん」
そして、彼は私をいつも狂わせる。

保健室で寝ていたら、甘く爽やかモテ男子に迫られちゃいました。

人物紹介

郁田 菜花
（いくた なのは）

高校2年生。お腹が痛くて保健室で休んでいたら、爽やかモテ男子の夏目くんに「俺としてくれない？」と迫られて…？

夏目 涼々
（なつめ すず）

菜花と同じ学校の高校2年生。成績優秀・品行方正でルックスも性格も欠点がない完璧男子と言われているけれど…？

泉楽 （いずみ らく）

菜花のクラスメイトで隣の席の男の子。見た目は女の子に負けないくらいかわいいけれど、毒舌なところがある。

西東 光莉 （さいとう ひかり）

菜花の仲が良いクラスメイト。ふわりとした雰囲気を持ちながらも、しっかり者で頼りになる存在。

天井 月子 （あまい つきこ）

菜花と同じ学校に通う高校3年生のクールビューティ。どうやら夏目涼々と特別に仲が良いようで…？

☆

contents

chapter 4

書き下ろし番外編

chapter 1

入ってこないで

　体を横にして、下腹部を襲う鈍い痛みを少しでも和らげようと、そこに手を当てる。

　うぅ……痛い。

　本当なら、体育の授業でみんなでバレーをしている時間。

　だけど今日は、とくにダメな日らしい。

　いつもよりちょっと遅れてたからかな……。

「いてて……」

　初めて使う保健室のベッド。

　保健室の独特な匂いが染みついた布団の中で体を丸めてから、何度もお腹をさする。

　横になったって不快感が全部取り除かれるわけじゃない。こういう時、女の子って大変だと思う。

　次の授業には出られるように、できるだけ休んでおこう。

　次に目を開けた時は楽になっていたらいいな。

　そう思い、ゆっくりと瞼を閉じた。

　──シャッ。

　カーテンを開ける音がして目が覚める。

　瞼はまだ重たいけれど、うっすらと目を開く。

　養護教諭の先生、帰ってきたのかな。

　どれぐらい寝たのかわからないけれど、体はだいぶ楽になっている気がする。

「遅れてごめんっ」

え……。男の人の、声?

透き通るような優しい声。

「今しか使えそうになくて。あんまり時間もないからゆっくりできないけど。呼び出してごめんね」

んん?

何度も謝る声の主が視界に入っていないので、私に話しかけてるのか定かではない。

だけど、やけに距離は近い気がする。

いったい……誰?

起き上がって確認したいけれど、先生ではない人物がここにいるということへの怖さに、体が硬直してなかなか動けない。

「なんか今日、いつにも増して我慢できなくてさ――」

男子の制服が視界に入ったので目線を上げれば……。

「……えっ、郁田、さん?」

目を見開いて私の名前を呼んだのは、爽やか系イケメンと名高い、女子から圧倒的人気がある夏目涼々くん。

なんで夏目くんがここに?

っていうか、なんで私の名前を知ってるの?

クラスが一緒になったことはないし、いつも夏目くんを囲む人たちと関わったこともない。

成績優秀、品行方正、容姿端麗。

ザ・完璧男子と言いたくなるほど、ルックスも性格もどこにも欠点がないと言われている有名人。

　生きている世界が違う人だと思っていたから、名前を覚えてもらえていることがだいぶ衝撃。

「あの……」

　——ブーッ、ブーッ。

　やっと出た私の声は、夏目くんのポケットから聞こえたバイブ音にかき消された。

「……えっ、マジか」

　スマホ画面を見た夏目くんは、呟くように言って少しの間それを見つめたまま。

　いったいどうしたんだろう。

「あの、夏目くん、大丈夫？」

「……大丈夫じゃない」

「え……」

　ベッドに、うなだれるように腰を下ろす夏目くん。

　同じ空間に、ベッドに、あの夏目くんと一緒にいる。

　なんか夢みたい。

　夏目くん、なんでこんなところにいるんだろう。

「郁田さん、体調悪いの？」

　私に背中を向けてベッドに座っていた夏目くんが、突然こちらを向いて聞いてくる。

「……え、は、はい。そんな感じ、です」

　まさかこれ以上話しかけられるとは思っていなくて、びっくりして言葉に詰まる。

「そっかぁ、じゃあ無理させられないもんね」

「へ？　まぁ、さっきよりはだいぶよくなりましたけど」

　夏目くんの言っていることがわからなくて、ぽかんとしてしまう。

「そうなんだ！　んー……どーしよ」

　体勢を戻し、ボソッと小さく呟く夏目くん。

　夏目くんがどんな顔をしているのか、寝たままの体勢からはよく見えない。

　何が『どーしよ』なんだろうか。

「ねぇ、郁田さん」

「はい」

「だいぶよくなったなら……俺としてくれない？」

「えっと……何を、でしょうか……」

　あまりにも唐突すぎるセリフに困ってしまう。

　だって、アバウトすぎるでしょ。

「あれ、わからない？」

「ちょっと、わからないです。すみません」

　人気者の夏目くんと私が、これから何をするっていうの。

　できれば役に立ちたいけれど、今の私は体調が万全ではないから、やれることには限界がある。

「……郁田さんって、見かけによらず天然？」

「いや、今までに天然だと言われたことはないですが」

「え、そうかな……」

　なぜか驚いた顔をする夏目くん。

「あの……夏目くんは、なんでここに」

　夏目くんのしてほしいことを詳しく聞く前に、まずは状況を整理しなくちゃ。

　話はそれからだ。

　寝たまま話を続けるのはさすがに失礼かと思い体を起こそうとしたけれど、「いいよそのままで」と言われて、お言葉に甘える。

「約束、してたんだけど」

「保健室で？」

「うん」

　保健室なんかで約束って、変なの。

　だって普段は、養護教諭の優木先生が保健室にいるわけだし。生徒だけで利用するんだとしたら難しくない？

　あ、夏目くんは先生と約束があるってこと？

「先生に用事？　それならまだ帰ってきてないみたいだから向こうで待ってたら？」

　私は夏目くんに言いながら、カーテンに目を向ける。

　私がすでに利用しているこの空間から、夏目くんが動こうとしないのが不思議でしょうがない。

　まるで、この "ベッド" に "用事" があるみたいな。

　は！　もしかして……。

　いや、でもそんなまさか。

　いつも爽やかオーラ全開の夏目くんに限って、いくらなんでもそんなことはないだろう。

　でも……。ビビッときてしまった。

　女の勘というやつかもしれない。

　夏目くんの、なんだかソワソワしている様子。

　それは、まるで……。

　いやいやいやいや！

　まさか、先生と生徒がデキているなんて漫画や映画の世界の話……。

　だけど、念のため確認……。

　事実だとして、答えてくれるかどうかわからないしね。

「あの、もしかしてだけど、夏目くんと優木先生って……」

「まさか、違うよ」

　聞かれることがわかっていたみたいに、私の言葉を遮って否定する夏目くん。

　あまりにも反応が早すぎて、逆に疑いそうになる。

　夏目くんの顔面レベルなら、先生だってほっとけないんじゃないかって。

「今からする話、誰にもしないって約束できる？」

「えっと……それは、約束できるかわかんないです」

「わかんないって」

「だって本当にわかんないから。内容による、です」

　守れるかわからない約束なんてできないよ。

　せめて、内容を教えてもらわないことには。

「郁田さんってさ……」

「へ、ちょっ……」

　私に背中を見せたままベッドに座っていた夏目くんが、横たわったままの私に、突然グイッと体を近づけてきた。

　そして、私の頬を大きな手のひらで包んできて。

　夏目くんと、顔が、体が、ものすごく近くなる。

　優しい手つきだけど、無理やり合わされた目。

　その瞳に優しさはなくて……。

「俺のことバカにしてる？」

「へ、いや、そんなつもりは……」

　品行方正というイメージからは想像できない、口調とセリフにびっくりしてしまう。

「そこは、『誰にも言わないよ』って言うところでしょう？」

「……え、そ、そうなのかな？」

　そんなこと言われても、守れるかわからない約束はできない。

「はぁ……」

　夏目くんは呆れたようにため息をつくと、私から体を離して、そのまま隣にバタリと仰向けになった。

　えぇ……なんで隣に寝るんですか……。

　同じベッドで、しかも人気者の夏目くんと並んで寝るなんて、友達に話したところで信じてもらえなさそう。

「とりあえず時間ないし、今ここにはあいにく郁田さんしかいないわけだからさ、協力してもらわないと俺すごく困るんだ」

　あいにく……って言い方。

　しかも、吐き捨てるような口調。

　夏目くんのイメージ、だいぶ変わったな。

「だ、だから、さっきも言ったけど何してほしいかわかんないから……」

「俺のこと、気持ちよくしてよ」

「はい？　って！　ちょ、なんで入ろうとしてるんですか！」

　かぶっていた布団の半分が、いきなりめくられたかと思うと、その中に夏目くんが入ろうとするので、慌てて布団を持つ手に力を入れてそれを制す。

「じゃないと郁田さんにさわれないでしょ」

「さわらなくていいからっ」

「さわらないとできないでしょ」

「意味わかんない！　何が！　入ってこないで！」

　みんなから慕われるイケメンにこんなことを言うなんて絶対に怒られそうだけど、今は関係ない。

　緊急事態である。

　私は今、体調が悪くて休んでいたんだから、こんなことされても困るよ。

「ここまでしてもまだ、言ってる意味がわからないとか言わないよね？」

「……」

　こちらをまっすぐ見つめながら言う夏目くんの顔がほんのり赤い気がして、どこか焦っている様子。

　思わず言葉を失う。

　なんなの、いったい……。

　みんなが……私がイメージしていた夏目くんじゃない。

「郁田さんに、あっためてもらいたい」

　だから私は、再び口を開いた彼に向かって、

「無理です！」

　はっきり言った。

一緒にしないで

「……死にそう……」

「えぇ……」

　女の子と"そういうこと"ができないだけで『……死にそう……』だなんて……。

　大げさだ。

　っていうか、夏目くんは私が相手でいいの？

　夏目くんなら、もっとレベルの高い女の人に相手してもらったほうがいいんじゃないの？

　私で妥協（だきょう）するほど我慢できないってことなの？

　夏目くんが私にしてほしいことが、やっとなんとなく理解できた気はするけれど、あの夏目くんの口からそんなことを言われたのかと思うと、どうしても信じられない。

　だって、夏目くんから発せられる謎（なぞ）の爽やかオーラは、そんな嫌（いや）らしいこととは無縁（むえん）って感じに見えるもん。

　カッコいいし色気だってもちろんあることはあるけれど、それ以上に爽やかさと穏（おだ）やかさが圧倒的。

　菩薩（ぼさつ）かと思うほどなんだ。

　そんな彼からそういう話をされて、ましてや、その対象にされるとは思ってもみない話で。

「俺、人より寂（さみ）しがりみたいで」

「は、はぁ……」

「我慢できない」

「あの、それでも今みたいなこと誰かれ構わずやってたら
犯罪だからね？　いくら未成年とはいえ」

　我慢できないって、なんの言い訳にもならないから。

　我慢してよ。

「誰かれ構わずじゃないよ。基本的に合意がある人としか
しないし」

「へぇ、そうなんだ……」

　それなら、傷つく人はいないからアリなんだろうか。

「今も、ある人とここで会うはずだったんだ。でも急に来
れなくなって。さっきメッセージを見るまでは、てっきり
もうここに来てるものだと思ってたから、郁田さんをその
人だと勘違いしてて。それで、びっくりした」

「なるほど……」

「だから今回は緊急事態なんだよ。郁田さんならそういう
のに理解ある子かと思ったけど、そうじゃないならいいや。
言いふらしたきゃ言いふらせばいいよ。他の人たちが郁田
さんの言うことを信じるとは思えないし」

「いやいや、ちょっと待って！　なんで理解あると思った
の？　っていうか、みんなが私のことを信じるとは思えな
いってどういうこと！」

　ベッドを下りようとした夏目くんを慌てて引き留める。

　彼はいい人だと、勝手に思っていた自分が恥ずかしい。

「だって、みんな噂してるよ。郁田さん、今は地味にして
るけど本当は違くて、中学の時は二股してたんでしょ？」

「……はぁ～～!?」

「優木先生！　すみません、資料渡すの忘れてました！」

　夏目くんの衝撃的な言葉にとっさに大きな声を出した瞬間、保健室の向こうから何やら話し声がした。

　もしかして、先生帰ってきた!?

　よし、今こそ先生に言いつけてやるんだ！

　何が、『他の人たちが郁田さんの言うことを信じるとは思えないし』よ。

　今に知らしめてやる！

「え、ちょ、郁田さん何して……」

　かぶっていた布団をはいでベッドから下りようとすると、夏目くんが私の手首を掴んできた。

　……熱いな、夏目くんの手。

「何って、夏目くんのこと言いつけに」

「言いつけって……」

「だって夏目くんが悪いんでしょ？　そもそも保健室はそういうコトするところじゃないし、何かの見すぎだよ！」

「シッ！　こんなとこ見られたら、郁田さんも叱られちゃうよ」

　夏目くんへいだいていた不信感が爆発してしまったのか声が大きくなってしまい、夏目くんが慌てて、外にいる先生のことを気にしながら言った。

　いやいや、なんで私も叱られなきゃいけないの！

　——ガラッ。

　保健室のドアが開かれる音。

　私たちはベッドの上でジッと息を殺す。

　まったく……なんでこんなことに。

　これじゃ、本当に私と夏目くんがそういうコトしようとしてたみたいじゃない!!

　キッと隣の夏目くんを睨むけど、本人はカーテンからまっすぐ目を逸らさない。

　ど、どうしよう……。

　もし、優木先生がこのカーテンを開けて私たちのことを見つけちゃったら。

　あぁ、ダメだ。

　絶対に問題となって噂になるに決まっている。

　みんな大好き夏目くんのゴシップなんて他の噂よりも数百倍、騒がれるに決まっているんだから。

　私は何もしていないんですけどね!

「……っ」

　息を潜めて、先生の影の動きに集中する。

　私、何も悪いことしていないのに、どうして夏目くんと一緒に隠れなきゃならないのよ。

　完全に巻き込まれているって。

「……あっ、いっけない!」

　ん?

　──ガラッ。

　優木先生の、何かを思い出したような声とパタパタと慌てたような急ぎ足の音。

　足音がだんだんと遠のいて、再び保健室がシーンとする。

　優木先生、出ていったのかな？

「よし」
　隣にいた夏目くんがベッドから下りて、カーテンの隙間(すきま)からあたりを確認する。
「行ったみたい」
「はぁ……よかった。寿命(じゅみょう)縮んだよ……」
　先生にバレなかった安心感で、一気に体の力が抜(ぬ)ける。
「それで、私が二股ってどういうこと？」
　夏目くんがここへ来たばかりの時は、おそれ多いって気持ちから同級生にもかかわらず敬語を使っていたけど、イメージとは真逆な人だとわかってしまった以上、今はもう必要ない。
　身に覚えのないことを突然言われちゃうし。
「どういうって、そのまんまだけど。郁田さんは高校では地味を演じているだけで、中学の時には二股していたって話。結構有名な話だと思っていたけど、まさか本人が知らないとは……」
「何それ……」
　知らないに決まっているじゃない。
　だって、どう考えても事実無根(じじつむこん)。私は、今まで一度も男の人とお付き合いすらしたことないんだから。
　それなのに、そんな根も葉もない噂が流れていたなんて信じられない。
「男子はみんな知ってると思うけど」

「はい？　みんな信じてるの？」

「まぁ。だって郁田さん、目立つから」

　夏目くんの言った『目立つ』が、いい意味じゃないことはわかっている。

　中学の時から何かと、いわゆるギャルっぽい派手なグループの先輩たちにやたら絡まれたり、もともと色素が薄い髪色のせいで、染めているんじゃないかと先生に疑われて指導されたりしたことも何度か。

　どうしてか、容姿だけで悪目立ちしてしまうのだ。

　私自身は、どちらかというと、仲のいい友達２、３人と教室の隅で好きなアイドルの話をしているほうが好きな性格なのに。

　夏目くんの言う私の噂も、きっとこの見た目が原因なんだろう。

　実際の私は、男の人となんの話をしていいのかわからないぐらい、二股とは程遠いタイプなんだけど。

　まったく、誰がこんなしょうもない噂を流すのよ……。

「だから、郁田さんなら俺の話に乗ってくれるかなって期待したんだよ。なんでも経験済みって顔してるから」

　最低……。

　あまりにも清々しい声でサラッと言うもんだから、危うく聞き流しそうになったところだけど。

　夏目くん、ものすっごく失礼な人じゃん!!

　人のことを、そこまで見た目で判断するなんて!!

「……はぁ。そもそも、付き合ったことすらないから」

「え、嘘」

「なんで、こんなことで嘘を言わなきゃなんないの。本当だよ」

「……へー」

　明らかに棒読み口調で、まだ少し半信半疑って顔でこちらを見つめる夏目くん。

　訂正しても、その反応ならもう何を言っても無駄じゃん。

　別に夏目くんに信じてもらえなくてもいいし。

　だって、変な噂がもう勝手にひとり歩きしているなら、今さらここで訴えたってどうしようもないしね。

「そっかー、残念。噂を聞いて俺ちょっと郁田さんに仲間意識を持ってたんだけどな〜。わかり合えるかもって」

「仲間意識って……夏目くんなんかと一緒にしないでよ」

　思わず強い口調になり、彼を睨んでしまう。

　残念って何よ。わかり合えるって何よ。

　人のこと軽い女みたいに言っちゃって。

「『なんか』って。そんな言い方しなくてもいいでしょ。体質なんだからしょうがないし。俺、郁田さんと仲良くなれるかもって思ってたんだよ？」

「……はは。申し訳ないですが、残念ながら仲良くなれそうにありません」

　人のこと勝手に二股した女だと決めつけて、自分の欲望のまま恥ずかしいことも平気でしようとする人と仲良くするなんて冗談じゃないよ。

「そんなトゲのある言い方されたの初めて」

「そう、ですか」

　さんざん言いたい放題言っておいて、なんだそれ。

　今すぐここを出たい。

　今まで、夏目くんのことは目の保養で見ていたのに、だいぶイメージが崩れて、ちょっと嫌いになりつつある。

　他の男の子たちに、男にだらしない女だと思われているかもしれないっていう事実もショックで。

「……さようなら」

　私は、きっぱりした口調で言って保健室を出た。

「あれ、菜花。お腹、大丈夫なの？」

「うん、だいぶよくなった」

　まだ少し下腹部に鉛のような重さを感じたまま体を引きずりながら教室にたどりつくと、仲良しの同じグループの子たちが声をかけてくれたのでとっさに笑ってみせる。

「え〜本当に〜？　まだちょっとキツそうだよ〜？」

　そう言って心配そうに私の顔を覗き込んできたのは、去年も同じクラスでとくに仲の良い西東光莉。

「大丈夫、大丈夫。授業遅れちゃったら困るし」

「いや、授業なら私たちがノート取れるしさ〜」

　サラサラの黒髪をきゅっと高い位置で結んだポニーテールは、くっきり二重のお人形さんみたいな顔の彼女に本当によく似合っている。

　見た目の雰囲気はフワッとしているのに、しっかり者で頼りになる光莉は、１年のころから友達も多くて、私は光

莉の優しさに導かれるように、その中に入れてもらっているって感じだ。

　本当はもう少し保健室で休むつもりだったけれど、夏目くんのせいで出ていかなくちゃならない流れになってしまったのだからしょうがない。

　みんなに夏目くんの素顔を言い振らして、彼の株を下げてやろうと思えばいくらでもできるけれど。

　──ズキン。

　襲ってくる鈍い痛みと、不快感。

　正直、今はそんな気分でもない。

　騒いだせいで、余計に痛みがひどくなっている気がするし。

　夏目くんめ……。

「あんまり無理しないでよ〜菜花」

「うん、ありがとう……」

　優しい言葉をかけてくれるみんなにお礼を言って、私は、次の移動教室の準備をするために自分の席へと向かう。

「サボり？」

「へっ……」

　机の引き出しから筆記用具を取り出していると、隣の席の泉楽くんが、ニヤッといたずらな笑みを浮かべながら聞いてきた。

「違うよ。ちゃんとした体調不良」

「あーはいはい、アレね」

　アレって……。まぁ、アレだけど。

　察しのいい泉くんは、すぐにわかってくれたみたい。

　でも、やっぱり男の子にこういう話をするのは抵抗あるよね。

　泉くんは女友達もたくさんいるし、彼の雰囲気も相まって、他の男子と比べれば、こういう話をするのは嫌じゃないけど。

　はちみつ色に染められたふわふわの髪の毛と、生まれつきであろうクルッと上向きにカールされた長いまつ毛。

　女の子に負けないくらいかわいい。

　誰とでも話せる人懐っこさがあるから、自分から積極的に話すのが苦手な私にも、こうしてよく話しかけてくれる。

　見た目はフワッとしててかわいらしいのに、中身は結構毒舌家。

　そのギャップがいいのか、泉くんには密かにファンがいる。

「そっか。じゃあ今日の放課後はカラオケとか無理か」

「カラオケ？」

「うん。Ｔ高の人たちが女の子紹介してってうるさいからさ〜、今日、郁田のこと誘おうと思ってたんだよ。でも体調悪いならダメか」

　Ｔ高って、たしか男子校だったよね……。

「楽〜。菜花を誘っても無駄だよ〜」

「光莉」

　私と泉くんの会話を聞いていた光莉が、私の肩を掴んでドヤ顔で泉くんを見た。

　光莉と泉くんは同じ中学出身で、お互い下の名前で呼び合う仲。

　泉くんが私に話しかけてくれるのも、光莉が私と仲良くしてくれているからっていうのが大きいかも。

「無駄ってなんだよ」

「菜花は合コン苦手だから」

「え……そうなの？」

　泉くんが光莉に向けていた目線を再びこちらに向けて聞いてくるので、コクンと頷（うなず）く。

　泉くんがあからさまに意外って顔で私を見るので、夏目くんにさっき言われた噂を思い出す。

　……やっぱり私、みんなからそういう目で見られているのかなぁ。

「菜花はかわいいからT高の男子が狙（ねら）うのもわかるけど、こう見えてパリピじゃないからね〜」

　と、光莉。

「はは、パリピって……」

　そりゃ、パリピではないけれど。

「なんで苦手なの？　男嫌い？」

「ん〜嫌いっていうか……なんの話をしたらいいかわからないんだよね。そりゃ、カッコいいとか面白いっていうのはわかるけど、それ以上は……」

「え——マジか。だって彼氏欲しくない？　俺めっちゃ彼女欲しいのに」

「楽はアレじゃん、絶対に彼女より、かわいい俺に浸（ひた）るタ

イプじゃん」

「光莉、俺のことなんだと思ってんだよ。半分合ってるけど」

「合ってんのか」

　彼氏……かぁ。

　少女漫画や恋愛ドラマを見てキュンとするのはわかるけれど、それが現実の男の子となると結構難しいものだ。

　夏目くんの素顔というか本性を見てしまったから、なおさら現実の男の子に幻滅してしまった感は否めないし。

　好きになって幻滅されるのも、幻滅するのも嫌だなって。

　でも、恋って理屈じゃないって言うし、好きな人ができれば変わるもんなのかな。

「言われてみれば、菜花って恋バナしないよね〜。いつも聞いてるばっかで、自分の話はしないじゃん？」

　化学室への移動中、光莉が突然言い出した。

「え、まぁ……人の恋バナを聞いてるほうが好きかな」

「何それ〜。いや、楽しいこともあるけどさ〜惚気とか愚痴とか、聞いてるばっかじゃ絶対つまらないでしょ！」

「そんなことないよ。それ言ったら光莉だってあれからどうなの？」

「いやぁ私はね、今は自分を見つめ直す時期ですから」

　そうはぐらかされたけど、光莉だって十分モテるし、現に去年だって他校生と付き合っていた。

　冷めたと言って２年に上がる前に別れたけれど、新しい恋を始める気持ちとか、どうなんだろうか。

「まぁでも、菜花のそういう高嶺の花的なところが好きだ
から、無理して彼氏作ればいいのに、とは思わないけどね」
「光莉、高嶺の花って使い方間違ってるよ」
「わかってます〜。菜花が鈍感なだけでしょ〜」

　鈍感って……。

　絶対そんなことないのに。

　夏目くんに、あんなことを言われちゃったら余計。

　あぁ、嫌だな。

　夏目くんの言葉に完全に呪われてしまった。

誤魔化さないで

　キーンコーンカーンコーン。
「はーい、今日の授業はここまで」
　４時間目終了のチャイムが鳴り、先生の号令とともにガタガタとみんなが席を立つ。
　キューと締めつけられるお腹の痛み。
　うぅ……。
　この痛みのせいなのか、今日は、時間がたつのがものすごく遅く感じる。
「あ、前回の授業で出してもらったクラス分のノート、持ってくるの忘れたから準備室に取りに来てな〜。えっと、出席番号３番の人な〜」
　先生はそう言って、化学室をあとにした。
　って、ちょっと待って。
　今、出席番号３番って言った？
　嫌な予感がして黒板に書いてある日付を見れば、今日は３日。
　日付の数字で生徒を指名するのは、化学の山田先生の得意技だ。
　３番って……私じゃんか。
　はぁ……なんだか、今日はとことんついていない。
「えー３番って菜花じゃん。大丈夫？　誰かに変わってもらったら？　ごめん、うちら今日の昼休みは顧問に呼び出

されててさ……」

　同じグループの３人が申し訳なさそうに言う。

　たしかバレー部は話し合いがあるって、朝のショート
ホームルームで言ってたっけ。

　そして彼女たち３人はバレー部。

「ねぇ、光莉は？」

　バレー部のひとり、木村雪（きむらゆき）ちゃんが光莉に声をかけると、

「ほんっとごめん！　今日、私、放送委員でさ……」

　光莉がパチンと顔の前で手を合わせて謝る。

　そうだ、毎月第１火曜日は光莉が放送委員の当番の日。

　放送委員の活動は主にお昼休みの放送がメインだから、
急いで放送室に向かわなければならない。

　当番の日に忙（いそが）しそうにしている光莉をよく見ているか
ら、説明されなくても十分わかっている。

「私は本当に全然大丈夫だから！　みんな早く行ってきて！　気をつかわせちゃってごめんね」

　さらに私が謝れば、「誰か捕（つか）まえて手伝ってもらいなよ」
なんて言ってくれて。

　「またあとでね」と続けて４人は化学室をあとにした。

　ポツリポツリと人がいなくなっていく化学室。

　完全に、声をかけるタイミングを失ってしまった。

　残っている他の女の子たちは、自分たちのグループで固
まっているし。

　普段、一緒じゃないグループの中に自分から入っていく

のは、すごく苦手だ。

　こんな時に限って、唯一気兼ねなく話せる男子である泉くんも、購買で人気の焼きそばパンをゲットする闘いのために誰よりも先に出ていったし。

　ひとりで行くしかないか。

　化学準備室は化学室のすぐ隣にあるけれど、クラス全員のノートを持って教室まで持っていくなんて、元気な時だって面倒くさいことなのに……。

　こんな日に限って……。とほほ。

　落ち込んでいても仕方がないので、重い足取りで準備室に向かえば、

「おー、頼んだぞー」

　なんて軽快な声とともに、すぐにクラス分のノートを先生に渡された。

　先生がノートを初めから忘れずに持ってくれば、私がわざわざこんなことしなくて済んだのに。

　完全に二度手間だ。

　──ズシッ。

「重い……」

　持てないほどではないけれど、調子の悪い時に持つ重さじゃないことはたしかだ。

　教室があるのは３階。化学準備室は１階。

　ただ階段を上るだけでも息が切れそうになるのに、目の前に立ちはだかる、長い階段。

　階段の数が、いつもの倍に見える。

　こんなものを持って上るなんて。

　こんなことしている間にも、お昼休みだってどんどん削られていくし。

　はぁ……。

　嫌になりながらも階段を数段上って、やっと２階の踊り場までたどりついて立ち止まっていると、

「郁田さん？」

　後ろから名前を呼ばれたので、ゆっくりと振り返る。

「……げ」

　お手本のようにきれいに着こなされた制服によく似合う、清潔感のあるサラサラのダークブラウンの髪。

　色気と品を兼ね備えた薄い唇にスッと高い鼻筋。

　今、私が一番苦手としている人物だ。

「さっきぶり。人の顔を見て、そんな声を出さなくても」

　濁りのないきれいなアーモンドアイが、さらに私を煽っているかのよう。

　あんなふしだらな発言ばっかりしてて、どうしてこんなに目がきれいなのかムカついてならない。

　この人と関わると絶対にロクなことがない。

　こうなってしまったのも、夏目くんのせいだもん。

　夏目くんが、あのタイミングで保健室に入ってこなければ、私はこんな目に合わずに済んだんだ。

　すぐに夏目くんから目を背け、無視するように再び階段をのぼろうと踵を返した瞬間——。

「ちょっと待ってよ」

　肩に手が置かれて、自然と足が止まる。

「……なんですか」

　ため息まじりに声を出す。

　この人に敬語なんて必要ないって思っていたけど、無意識に使ってしまうのは、できるだけ距離を取りたいからだろう。

　本性を知る前の敬語とはワケが違う。

　私なんかにかまわないで、ちやほやしてくれる女の子のところへ早く行けばいいのに。

　それか、いつも相手をしてもらっているという人のところへ……。

「貸して」

「はっ……？」

　夏目くんの手により、ひょいっと持ち上げられたのは、私の手の中にあったクラス分のノート。

「な、何してるんですか」

「郁田さん体調悪いんでしょ」

「……まぁ」

「ここ上って左に曲がったすぐのところに非常ドアがあるから、そこの階段で休んでて。ちょっと外の空気を吸ったほうがいい」

「え、あ、いや、あの、夏目くんは……」

　まさか、夏目くんにノートを持ってもらえるなんて思わなくて、わかりやすく戸惑ってしまう。

「これ、３組に持っていけばいいんでしょ」

「そうだけど……でも……」

「俺だって、さっきのこと少しは悪いと思ってるよ」

「え……」

　あの夏目くんから、まさかのセリフが飛び出してきて完全に返す言葉を失う。

　『悪いと思ってる』なんて言われて、それ以上責められるわけがないし、それに、こんなふうに助けてもらったら、さらに何も言えないじゃん。

「ちゃんと向こうで休んでてよ」

「え、あっ、ちょ……」

　夏目くんは、引き留めようとした私を置いて、長い足でスタスタと階段を上り始め……あっという間に見えなくなった。

　あんな人に借りを作るなんて嫌だし、もう少し粘って意地でも取り返して自分で持っていくことだってできたはずだけど、正直、体が限界だった。

　ぼーっとしてて、あまり頭が回らなくて。

　私は、夏目くんに言われたとおり、階段を上った左側にあるドアを開けて、その非常階段に腰を下ろした。

　階段には涼しい風が通って気持ちがいい。

　外の空気ってこんなに違うんだな……。

　ちょっと、落ちつくかも――。

　フワッと鼻をくすぐる香りが、心を落ちつかせる。

　爽やかなシトラスの香りのあとに、ほんのり温かみのあ

るウッディの香りが鼻腔を抜けて。

　頬にはほどよく涼しい風が当たっているけれど、体は何かに覆われているような。

　朝からギューギューときつく絞られるような痛みがあった下腹部は、とくに温かい。

　さっきまで、重苦しかった気分が嘘のよう。

「ん……」

　ものすごく心地いい。

　そう思いながら瞼をゆっくりと開けた。

「あ、起きた？　郁田さん」

　……へ？

　うっすらと目を開けると、きれいな顔がこちらをまっすぐ見ていた。

　しかも視線を自分のお腹へ移動させると、その声の主のきれいな形をした手が乗っていて……。

　え……。な……何、これ。

「えっ、ちょ……まっ！」

　知らぬ間に倒れていた体をガバッと全力で起こす。

　意味わかんない!!

　意味わかんない!!

　なんで私、夏目くんの膝の上で寝ているの!?

「なんで夏目くんが……」

「あれ、覚えてない？　郁田さんのクラスにノート置いたあとここに戻ってきてみたら、郁田さん寝ちゃってたから。一瞬、気絶しているのかと思って焦ったけど、気持ちよ

さそうに寝息を立ててたから大丈夫だなって」

「……っ」

　ね、寝息……。

　私、この人に寝顔を見せちゃったわけ!?

　いや、故意じゃないから完全に事故だけど！

　だからって、なんで夏目くんの膝に!!

　保健室で彼にされたことを思い出して、できるだけ距離を取ろうと階段の壁に背中を預けると。

「はい、これ」

　夏目くんが私に差し出してきたのは、ココア缶。

　これって……。

「ん」

　ココアから目を離せないでいると、彼は私の右手を取り、ココア缶を乗せた。

「こういう時は、体の中から温めたほうがいいって聞いたことあったから」

「えっ……」

　なんで……。

　よく知りもしない私にここまでするの？

　まさか、まだ懲りずに体目当てとか!?

「そんな警戒しないでよ。言ったでしょ。悪いことしたと思ってるって。俺のせいで、体調悪い郁田さんが保健室から出ていっちゃったから」

「……っ」

「お詫び」

　何これ。

　調子狂う。

　あんなふうに出ていった私のことなんて、ほっといてくれればいいのに。

「……何、企んでるの？」

「ふはっ、ひどいなぁ」

　夏目くんは目線を私から離して軽く笑う。

　だって、彼の本性を知った今、ここまでしてくれるなんて何か裏があるとしか思えない。

「そんなことより、郁田さんそんなに体調が悪いなら帰ったほうがよくない？」

「え、あ、いや……」

　言われて気がついたけど、お腹の痛み、さっきよりもうんと楽になっている。

「帰らないの？」

「うん。なんかちょっと楽になってるから」

　あんまり認めたくないけど、夏目くんが私のお腹に手を当ててくれたおかげなのかな。

　渡されたココアを両手で包み込むように持ちながら、そんなことを思う。

「……えっと、その、いろいろとありがとうございました。じゃあ私、教室に戻りますっ」

　彼と話すのは今度こそこれで最後だ。

　そう決意して、その場から立ち上がろうとした瞬間──。

「戻るって……もう授業始まってるよ？」

「へっ……」

　夏目くんの声に足が止まる。

「それに郁田さんお昼まだでしょ。体調よくなったなら少しでもご飯食べたほうがよくない？」

「えっと……」

　なんで……？

　なんで、夏目くんにお昼の心配までされなくちゃいけないの？

　さっき会ったばかりの赤の他人なのに。

「郁田さんって、お昼は弁当？」

「え、いや、今日は体調が悪かったから作れなくて」

「ならよかった。はい」

「……え」

　そう言って夏目くんがこちらに見せてきたのは、白のビニール袋。

　これって……。

「焼きそばパン、カレーパン、メロンパン、クロワッサン、いろいろあるよ？　どれがいい」

「なんで……」

「なんでって、一緒に食べようかと思って」

　いやいやいや！

　そんな当たり前みたいに言われても！

　本当にお昼休みは終わってしまったのか、私は本当にお昼休みの間ずっと夏目くんの膝の上で爆睡してたのか、スカートのポケットからスマホを取り出して時間を確認しよ

うとロック画面を開くと……。

　【13：50】という時計の表示。

　とっくに５時間目の授業が始まっている時間。

　マジか……。

　それから、光莉から数件のメッセージが入っていた。

　ん？

『やっぱりまだキツかったんだね、ゆっくり休んで』

『てか夏目くん、ほんと王子様みたいな人だね〜！　菜花の代わりにノート届けてくれたんだって!?』

『体調よくなったら詳しく話を聞かせてっ』

　んんん？

「夏目くん……クラスの子たちに私のことなんか言った？」

　目線をスマホから夏目くんへ向ければ、彼は焼きそばパンの袋を開けてパンをかじっていた。

「そりゃ、違うクラスのやつが他のクラスのノートを持ってきたら、みんな不審がるからね」

「……まぁ」

「郁田さんが体調悪そうだったから保健室に行くように言って、代わりにノートを持ってきたってクラスの人に伝えたよ」

「なるほど……」

　きっとその話を、光莉はクラスの子から聞いたんだよね。

　放送委員の光莉は、まだその場にいなかっただろうし。

　光莉のメッセージの様子からしてもわかる。

　これじゃ、ますます夏目くんの株が上がっちゃうじゃん。

　爽やかイケメンの夏目くんが、人助け、なんて。

　本当は……ふしだらなことを平気で言う人なのに。

　かと思えば、触れる触れない関係なしに、こうやって助けてくれるし。

　夏目くんが、よくわかんない。

「授業中の教室に入るのなんて気が引けるでしょ」

　さらに、「5時間目終わるまではゆっくりしてれば」なんて続けながら、再び焼きそばパンを口に運んだ夏目くん。

　そりゃ……教室に帰って注目されるのはちょっと苦手だけど。

　というかそれよりも、

「夏目くんは？　授業受けないの？」

　そうだこれ。

　ずっと引っかかっていたこと。

　保健室の時はちょうど休み時間だったけど、今はそうじゃない。

　夏目くんといえば、真面目でみんなに信頼されてて勉強のできるイメージだったから、授業をサボっている印象なんて全然なかったし。

　でも……。

　今ならわかる。

　保健室でイケナイことをしようとした夏目くんだ。

　本人から聞いた話から考えるに、そういうことするためのサボりとか、よくやっているんだろうか。

「俺たちのクラス、今は体育で。だからサボり」

「えっ、いや、だからサボリって……」

「もっと気持ちいい運動してるほうが好きだし」

　ニッと口角を上げて言った。

　こ、この人っ!!

　そうだ、そうだ!!

　爽やか仮面を外した夏目くんの正体はこれだった！

「ほんと下品……」

「人間のもともと持ってる本能だよ。何も下品じゃない」

「夏目くんは露骨すぎるの！」

「今さら郁田さんに隠してもしょうがないでしょ」

「……っ」

　言い返す言葉が見つからない。

　夏目くんが言ってたように、このタイミングで教室に帰る勇気はないから。

　その場にもう一度座り直して、もらったココア缶のプルトップを開けて口をつける。

　フワッと温かい甘さが鼻を通って、自然と心が落ちつく。

　あったかい……。

　ココアの甘さが口いっぱいに広がって、それがあまりにもおいしくて口元が緩む。

「ココア好きなんだ」

「えっ……」

　楽しそうにこちらを見る夏目くんと、バチッと目が合ってしまった。

　慌てて口角を元に戻してから目を逸らす。

「やっと笑った顔が見られた」

「……笑ってなんかっ」

　ココアを飲んで思わずニヤけてしまった顔を夏目くんに見られた恥ずかしさで、言葉に詰まる。

　今のは、『ココアの味』に思わずほころんだだけで。

「笑ってたよ。ね、一口ちょうだい」

「えっ……ちょ」

　スッと取り上げられたココア缶を目で追えば、飲み口に唇をつける寸前の夏目くんの伏し目がちの目が、こちらを見た。

　その表情が何とも色っぽくて、不覚にもドキッとしてしまったのが悔しくて目を逸らす。

　こんな人にときめくなんて、ないない！

　顔は、たしかにカッコいいかもしれないけれど。

「ダメ？　もともと俺が買ったやつだけど」

「……っ、いや、その」

　そりゃ、夏目くんのお金で買ったものだから私に飲むのを止める権利はないのかもだけど。

　でも……。

「あ、間接キスになっちゃうのが嫌？」

「……っ!?」

　ほんっとにこの人は、なんでそういうことを平気で言うのかな。

　呆れる。

「……別にっ」

「フッ、郁田さんって、ほんと見かけによらずなんだね。耳真っ赤」

「うるさいっ」

　思わず声が大きくなりながら、耳を隠すように手ぐしで髪をとく。

「じゃ、もらうね」

　何が楽しいのか、夏目くんは終始ヘラヘラした顔をしながらココアを一口飲んだ。

　本当にこういうことを誰とでもできちゃう人なんだな。

　昨日までの印象とは全然違うから、いまだに本当にこの人があの夏目涼々くんなのかと疑ってしまう。

「ん、おいしい」

　「はい」と言ってココア缶を返されて自然と受け取ったけど、正直もう飲む気になれない。

　こんなの……意識しないで飲める人なんているんだろうか。

　裏の顔は最悪だけれど、これでも表向きは、品行方正、容姿端麗と言われている夏目くんなんだから。

　そりゃ、気になってしまう。

　保健室では体調が思わしくないこともあって、あまり冷静に考えられなかったけど。

　私の隣に座っているこの人は、人気者の夏目くんなんだ。

　そんな気持ちと同時に、やっぱりまだ引っかかる。

　なんで仮面をかぶる性格になってしまったんだろうか。

「夏目くんって、どうしてそんな裏表が激しいの？」

　そんな素朴な疑問を投げかければ、わずかに目を細めた夏目くんの手がこちらに伸びてきて。

　その手が私の首筋に触れた。

「ちょっ、な、……やっ」

　彼の細くて長い指の腹がスーッと肌を撫でて。

　体中の鳥肌が立つ。

「やめてよっ！　急に何っ！　話を逸らそうとしても無駄だよっ」

「逸らすつもりなんてないよ」

「じゃあっ……」

　勝手に触れてきた夏目くんをキッと睨む。

「じゃあ、いったいなんの真似よ」

「……郁田さんが俺の相手してくれるなら、話してあげてもいいよ」

　わざと吐息がかかるように私の耳元でささやく彼の声に、体が無意識にビクッと反応する。

「やめてっ。離れてよっ！　わかった、話さなくていい。相手なんてしないからっ」

　そう抵抗すれば、夏目くんが私の耳のそばで「フッ」と息を吐いて続けた。

「っ、……」

　背筋がゾワッとして顔が歪む。

「……やっぱり、郁田さんってここらへん弱いの？」

　また話がズレている。

　本当になんなんだこの人……。

「俺、郁田さんのこともっと知りたいな」

「……別に知らなくていいからっ」

　そう言えば、「ハハッ」と笑って私に再び袋に入ったパンを見せた。

　ゴクリ。

　正直、お腹ペコペコだ。

　体調悪くて朝は食べられなかったし。

「どれがいい？」

「……じゃあ、メロンパンで」

　食欲に負けて遠慮がちに答えれば、満足そうに「はいどうぞ」と言われて、それがまた気に食わない。

「郁田さんは首が弱くてメロンパンが好き、っと」

「ちょっと！　何してるの！」

　スマホを取り出し、何やら話しながら画面に打ち込む夏目くんに瞬時に突っ込めば、

「ただのメモだよ。たくさん食べて体力つけて。じゃないと俺の相手なんてできないよ」

「だから相手なんてしないからっ！」

　本当に話が通じないったらありゃしない。

　さっさと食べてここから出ていこう、そう思っていたら、

「そんなこと言っていいのかな？」

　目の前の彼が何かを企むような笑みを浮べて、スマホ画面を見せてきた。

　すごく嫌な予感がした瞬間、私の目に飛び込んできたのは……。

「こっ、これ……」

「かわいくて撮っちゃった」

「なっ、」

「郁田さんの、ね、が、お」

　ニコニコしながらスマホをひらひらと見せてくるな夏目くんに、私の苛立ちはＭＡＸ。

　正真正銘、彼のスマホ画面に映っているのは、この階段で寝ていた私の姿だ。

　最悪……。

「無防備な郁田さん目の前に、手を出さなかったのを褒めてほしいよ」

「何バカなこと言って……！」

「郁田さんの返事次第では、この写真、俺以外の人にわたっちゃうかもね」

「っ、さいってい！」

「はい、わかったら、郁田さんスマホ出して」

　渡せと言いたげに手のひらを見せた夏目くんの勝ち誇った顔に、さらに悔しさが込み上げてくる。

　どうして私がこんな目に!!

　こんな自分の恥ずかしい姿を晒されて、残りの学生生活を絶対に穏やかに過ごせるわけがないから。

　グッと唇を噛みながら、仕方なく、彼の手に自分のスマホを置いた。

「はい、よくできました。覚悟しててね、郁田さん」

関わらないで

「はぁ……」

翌日、自分の席についてスマホのメッセージアプリを開き、【新しい友達】の欄<ruby>欄<rt>らん</rt></ruby>を見てため息をつく。

【夏目涼々】

なんでこんなことになってしまったんだろうか。

昨日、寝顔の写真をバラまくと脅<ruby>脅<rt>おど</rt></ruby>されて、仕方なく連絡<ruby>連絡<rt>れんらく</rt></ruby>先<ruby>先<rt>さき</rt></ruby>を交換してしまった。

戻れるのなら今すぐ昨日に戻って、あの外階段で休んでしまったことを取り消したい。

せめて保健室で寝ればよかった。

はぁ……考えるだけで頭が痛くなる。憂鬱<ruby>憂鬱<rt>ゆううつ</rt></ruby>だ。

よりによって、なんで私なんだろうか。

かわいい子や夏目くんをチヤホヤする女の子なんて星の数ほどいるのに。

あのあと教室に戻ったら、案の定グループのみんなからは質問攻<ruby>攻<rt>ぜ</rt></ruby>めだったし。

なんとか当たり触<ruby>触<rt>さわ</rt></ruby>りのないの返しで、深くまで聞かれずに済んだけど。

これで連絡先まで知っているとなったら、余計に騒がれちゃうよ。

でも、中学のころの苦い思い出があるから、学校で目立つことは極力避<ruby>避<rt>さ</rt></ruby>けたい。

　光莉たちに隠し事をするのは気が引けるけど、しょうが
ないよね……。

「菜花おはよー！　体調大丈夫ー？」
　名前を呼ばれて顔を上げれば、光莉たちが私のことを心
配して席まで来てくれた。
「おはよう。うん、もうだいぶよくなったよ！　心配かけ
てごめんね」
　わざわざ心配してくれるみんなに隠し事をしているの
は、かなり罪悪感。
「元気になってくれてよかったよ〜。マジで数時間、菜花
が教室にいないだけでつまんないもん」
「光莉……ありがとう。でも、もう大丈夫だから」
　普段ならそこまで辛くないのに。
　絶対に、夏目くんという巨大なストレスが降ってきたせ
いだ。
「それにしても見たかったな〜。お姫様抱っこして菜花を
保健室に連れていった夏目王子」
「いや、光莉、話だいぶ変わってるんだけど……」
　夏目くんが積み上げてきた"いい人"って印象は、本人
が何も言わなくても勝手に都合よく作り上げられるんだ。
　恐るべし夏目仮面。
　私なんて、何もしてないのに『二股』だもんね。
　何この違い。
「カッコよすぎて、非の打ちどころがないよね」

　なんて同じくバレー部の秋津百合ちゃんも言う。

　絶対、キラキラフィルターかかってるよそれ。

「ほんとカッコいいわ〜夏目くん」

　と、目をうっとりさせる光莉。

「は、はあ……」

「でも、夏目くんって全然彼女作らないよね〜。入学式の時からずっといろいろな子に告白されてるけど、付き合わないって噂じゃん」

「忘れられない想い人でもいるのかな」

「えー！　それだとさらに好感度アップすぎる！　めっちゃ一途ってことじゃん！」

「完璧すぎる」

「へ、へ〜。そ、そうなのかな〜……」

　どうしよう。

　みんなの妄想はどんどんヒートアップしていくけど、まったく話に乗れない。

　だって、そんなことあるわけないもん。

『俺のこと、気持ちよくしてよ』

　保健室で初めて会った時に言われたセリフを思い出してゾッとする。

　夏目くんが特定の女の子と付き合わないのはきっと、ああいう “いかがわしいこと” をするだけの都合のいい関係だけが彼には必要だからなんじゃないの。

　本気で彼を好きな子たちの想いを、平気で『重い』とか思っていそうだ。

　彼の本性を知った今、容易に想像できてしまう。

　あぁ、やだ。もう二度と関わりたくない。

　私は穏やかな学生生活を送りたいんだから。

　夏目涼々とは、生きる世界が違う。

「郁田さんっ」

『もう二度と関わりたくない』

　そう思ってたのがついさっき。

　２時間目の休み時間、みんなと移動教室に向かっていたら、不意に後ろから名前を呼ばれた。

　今、一番聞きたくない声だった。

　私が恐る恐る振り向いたと同時に、両側から「夏目くん!?」なんて驚いた声がして。

　なんてことだ。

　……今すぐ帰りたい。

「……な、何？」

　みんなの前。

　しかも、他のクラスメイトの子たちも行き交う廊下。

　あからさまに嫌な態度をとって目立つことは、極力避けたい。

「体調どうかなって心配で」

　夏目くんが眉を少し下げて言えば、光莉たちが「まぁ！」なんて大げさに反応した。

　あぁ、これだ。夏目くんの狙いは。

　こんな空気じゃ、無視なんかできないし。

54

「もう大丈夫だよ。昨日は助けてくれてありがとう。じゃあ──」
「あのさ、郁田さん」

　『じゃあね』と言ってすぐ体の向きを戻そうとしたのに、引き留められてしまった。

　なんなんだ、なんなんだ。

　光莉も雪ちゃんたちも、目の前の夏目くんにうっとりして動かないしっ!!

「……な、なんです、か？」

　しぶしぶ聞けば、目の前にいる爽やかイケメンの顔がパァと明るくなった。

　胡散くさい……。

　よくもまぁ、みんな騙されるよ。

　いや、一昨日まで、私も騙されてたひとりなんだけど。

「よかったら、これからも仲良くしてくれるとうれしいな。郁田さんも、郁田さんのお友達も」

　は、は？

「……えっ、と……」

　ガシッ。

　っ!?

　突然、私の両腕のそれぞれをギュッと掴んだ光莉と雪ちゃんが口を開いた。

「しますします！　仲良くします！　ね！　菜花っ！」
「夏目くんのほうからそんなこと言ってくれるなんて！」
「いや、えっと……」

　目がハートになっているふたりの前で、「するわけない
でしょうが」なんて言えるわけもなく。

　私たちのやりとりを見ている夏目くんは、うれしそうに
ニコニコ笑っていて満足そう。

　ぐぅ……この野郎……。

「……ま、まぁ、はい」

　私は、そう返事をするしかなかった。

【話があります】

　放課後。

　我慢の限界だった私は、夏目くんを屋上に呼び出した。

　お昼休みはいろいろな生徒が友達とご飯を食べるために
利用している屋上だけれど、放課後となれば誰もいない。

　学校であの夏目くんと会うには、ちょうどいい時間と場
所。

　しっかり言ってやらないと。

　私に関わらないでって。

　友達にだってそう。

　これ以上、学校で変な目立ち方をしたくない。

　中学のころみたいにはなりたくないんだから。

　ギィ――。

　意を決し、深呼吸をしているところで重たいドアが開く
音がした。

　――バタン。

「まさか郁田さんから呼び出してくれるなんてね。……も

しかして、その気になってくれた？」

「……っ」

　フェンスに体を預けて待っていた私の正面に立つ夏目くんは、ニヤッと笑ってから手に持ったアイスをかじった。

　反省の色がまるでない。

　たしかに、うちの学校にはドリンク専用の自販機(じはんき)とは別に、アイスの自販機も設置されている。

　だからって。

　人が話があるという時に、食べながらやってくるなんてどうかしている。

　しかも、私がメッセージで呼び出したのはお昼休みの時。

　この人、私に放課後会うとわかっていて、のうのうとアイスを買ったんだ。

　私が怒っている理由を知っていながら、それを楽しんでいるかのようにしか見えない。

　ムカつく……。

「なんでアイス食べてるの……」

「そんなカッカしないでよ。ほら、郁田さんの分もちゃんとあるんだから、これでその熱くなった頭を冷やしな？」

「……えっ、あ、ありが――」

　って、ちが――う!!

　危ない危ない。

　差し出されたアイスに伸びた手を、すぐ引っ込める。

「ん？　食べないの？」

　不思議そうに首をかしげる夏目くん。

　わざとらしいったらありゃしない。

「……いや、そういう気分じゃないから。ていうか呼び出されててアイス買う余裕ある!?　普通!!」

「んー郁田さんの普通はわからないけど。放課後にアイス買うのは朝起きた時から決めてたから。そっちのほうが優先でしょ。郁田さんのほうがあと」

「っ、何それ」

　言い返せない自分も嫌になる。

　夏目くんの言うことは、いちいち的を射ている気がするから。

「でもこれ食べないと溶けちゃうよ。もったいない」

「夏目くんが勝手に買ってきたんでしょ！　責任持って全部食べなよ」

「けど、2本も一気に食べたら絶対お腹壊しそう」

　いや知らないよ。夏目くんのお腹のことなんて。

　でも……。

『もったいない』

　そう言われたら、申し訳ないじゃん。

　食べ物は粗末にしちゃいけないし。

「はぁ……わかった。もったいないから食べるよ」

　これっぽっちも夏目くんのためじゃないけれど、私の選択がいちいちそうしているみたいで気分が悪い。

　でも、食べ物に罪はないから。

　私が手を伸ばせば、彼はパッケージに【生キャラメル】と書かれたアイスを満足そうにくれた。

　また夏目くんにごちそうになってしまった。

　いや、自然とそういう形になってしまっただけだし、溶けたらもったいないから仕方なく。

　グゥ〜〜。

　っ!?

「なんだ〜郁田さんもお腹減ってるんじゃん。素直じゃないな〜」

　夏目くんがそう言って私の正面にしゃがんでから、アイスをまた一口かじった。

　恥ずかしすぎて死にたい……。

「別にっ」

　そりゃ、おいしそうだなとは思ったさ。

　あぁやだ。また夏目くんのペースにのまれる。

　悔しくて、でもうまく言葉は出てこなくて。

　自然と下唇を噛んだ。

「その恥ずかしがってる顔、そそられるな〜」

「はぁ……本題」

　夏目くんの声を無視してアイスを開けながら言うと、彼は「ん？」と首をかしげた。

　自分をよりよく見せる角度をわかっている感じ。

　ますます鼻について嫌になる。

　でも今は、彼の行動にいちいち心をかき乱されている場合じゃない。

　しっかり、伝えなきゃ。

「……私が夏目くんをこうして呼び出すのは最初で最後。

お願いだから、人前で私に接触（せっしょく）してこないで」

「え～命の恩人（おんじん）にそんなこと言うの？」

「はい？」

　いやいや。

　たしかに夏目くんは、私のことを助けてくれたかもしれない。

　でも、それは保健室でのことを、私に悪いことしたって思っていたからでしょ？

　それがなんで急に、『命の恩人』なんて規模の話になるんだ。

　夏目くんに助けてもらわなくったってよかったし。

「夏目くんが勝手にしたことでしょ？」

　正直、助けてもらってこんなことを言うのは自分でも非常識だとは思うけど、相手が癖（くせ）の強い夏目くんとなれば話は別だ。

　目の前の夏目くんにムカつきながらアイスを袋から取り出す。

　バニラアイスに生キャラメルのソースが層になってかかったそれは、さっきまで手に持っていた彼の体温でほんの少し表面が溶けている。

　それでも……おいしいに違いない組み合わせにゴクンと唾（つば）を飲み込んで。

　一口ぱくっとかじれば、さっぱりしたバニラアイスと甘ったるいキャラメルの風味が口いっぱいに広がった。

　ん～～!!　うまっ!!

　たかが自販機のアイスと、侮（あなど）るなかれ。

　６月上旬の、ジメジメとした暑さと授業終わりの疲（つか）れた体に沁（し）みる。

「食べ物には、そんなかわいい顔できるのにね～」

「えっ……」

　嫌いな声がして目線を向ければ、何やら不服そうに夏目くんがこちらを見ている。

　うっ、アイスのあまりのおいしさに彼の存在を忘れかけていた。

　そもそも、このアイス持ってきたのは夏目くんなのに。

　っていうか、何さっきのセリフ。

　『食べ物には、そんなかわいい顔できるのにね～』とは。

「あの、夏目くん、話を聞いてた？」

　ついアイスに心を持っていかれていた私が言えるセリフでないことは重々承知だけれど。

　それとこれとは別問題だ。

　たぶん。

　さっさと『わかった。もう郁田さんには近づかないから』って言ってよ。

「アイスに妬（や）けるな～」

「はい？」

　すぐ話を逸らして、おかしな方向へと持っていこうとするんだから。

「話を逸らさないで！　約束して！　私にはもう金輪際（こんりんざい）近づかないって！　わかった？　返事！」

そう言って、また一口アイスをかじる。

今ならこのアイスに免じて許してあげるから、ちゃんと約束してほしい。

キッとしっかり彼の瞳を捉えれば、夏目くんはシュンと目を伏せた。

「俺と郁田さんの仲じゃん。そんなこと言わないでよ」

「いやいや、私と夏目くんの間には何もないから！」

はっきりと、少々荒い声音で叫べば、「へー」と今まで彼の口から聞いたことないような低い声が響いた。

それからアイスを持っている手を突然掴まれて。

——熱い、夏目くんの手。

「ちょ、何よ——」

とっさに顔を上げて対抗しようとした瞬間。

フワッと生キャラメル味のアイスとは別の、爽やかな香りが鼻をかすめて。

一瞬だった。

視界は、目をつむった夏目くんの顔でいっぱいで。

唇には生温かい何かが触れて、ほんのりイチゴの香りがして。

いったい……これは……。

「……んっ!!」

何が起こっているのかわからないまま固まっていれば、唇はさらに深く奪われて。

ようやく、何が起こっているのかわかった時には、後ろに回った彼の手によって頭が固定されて、うまく逃げられ

ない。
「……っ!?」
　このまま、まるで口の中までも全部、夏目くんに支配されちゃいそうな。
　熱い。
　酸素が足りなくなって脳が回らないような。
　さっきまでアイスを食べて冷えていたはずなのに。
　温かくなったキャラメル味の中に、かすかにイチゴの風味がして、こんなの……知らない。
　息ができない。
　やめさせなきゃ。
　力じゃ全然敵わないけれど──。
「……っ、くん、夏目くんっ!!」
　ようやく大きな声を出して叫べば、夏目くんはやっと顔を離した。
「フッ、イチゴキャラメルも悪くないね」
「……っ、あんたっ」
　あのみんなの人気者である夏目くんを、『あんた』呼ばわりしてしまうほどの衝撃。
　誰か嘘だと言って……。
「郁田さん、顔が真っ赤、どんだけ慣れてないの」
　指摘されなくてもわかっている。
　顔が熱い。
　史上最高に赤くなっているだろう。
　そりゃそうだ。

　恥ずかしさと悔しさで頭がおかしくなりそう。

　今のが……私の、ファーストキスなんて。

　絶対信じたくない。

　あんなの……。

　今さっき起きたことが脳内で再生されて、泣きそうにな
るほどのショックが私を攻撃する。

　無理……。

　絶対無理……。

「……最悪」

　あまりのショックに、視点を落としたままボソッと呟け
ば、

「これで、俺と郁田さんの間に何もないなんて言えないね」

　なんてさっきのキスをした人と同一人物とは思えないぐ
らいの、爽やかな声が耳に届いた。

　あれから1週間。

　夏目くんは廊下で私を見つけると絶対に駆け寄ってき
て、話しかけたり、私の視界に入ってきては目を合わせた
りしてくる。

　しかも彼がそうするのは、決まって光莉たちが私のそば
にいる時で。

　そのせいで、今彼女たちの中で夏目涼々の好感度はどん
どん急上昇中。

「菜花のおかげで夏目くんとお近づきになれてるから、ほ
んと感謝だよ〜」

　今日も朝から話題は夏目くんのことばかりで、５時間目が終わってからもみんなのその勢いは止まらない。

「夏目くんって菜花のこと好きなのかな？」

「絶対そうだと思う！　菜花の、かわいいのに気取ってなくて大人しくて守ってあげたくなるような性格に、夏目くんも惚れたんじゃないかな〜！」

「やめてよ、みんな……。あの夏目くんが私のことを好きだなんて、絶対ない」

「え〜でも〜」

　夏目くんが私を気にしてまわりをうろついているのは、私が彼の本性をみんなに話さないよう監視するため。

　好きな人に、あんなひどいことするわけない。

　この間の彼とのキスがフラッシュバックしたので、慌ててブンブンと首を横に振って記憶をかき消す。

　夏目くんの行動に私への『好意』がないことは、自分でよーくわかっているんだ。

　それに、あれがファーストキスだったなんて、死んでも認めたくない。

「あ、でも……」

「何？　雪」

　バレー部の雪ちゃんの声に光莉が首をかしげた。

「いや、これも噂なんだけど、どうやら３年の先輩と仲良さげだって聞いたことがあって」

『先輩』

　そのワードに、保健室で誰かを待っていた夏目くんの顔

が浮かんだ。

「付き合ってるっていうのは聞いたことないけど、先輩の中で一番夏目くんとよく話してて仲良いらしいよ」

「あ、もしかしてその先輩って、天井月子先輩？」

と、光莉。

「そうそう！ 月子先輩！ クールビューティな人だったよ。去年一度だけ見た程度だけど」

「へ〜、いや、私も同じ放送委員の先輩から月子先輩と夏目くんの話を聞いたことあって。でも、月子先輩には別に好きな人がいるって言ってた気がする」

「え〜！ そうなんだ。実際どうなんだろうね〜」

「本当に夏目くんの想い人だったりして」

「そういうことなら、夏目くんが誰とも付き合わないのも納得だよね〜」

『天井月子』

　その名前が何度も頭の中でループする。

　夏目くんが相手をしてもらっていると言っていた人は、その人なんだろうか。

「え、てかまって！ 6時間目プールじゃん！」

　安住結花ちゃんの声で教室の時計を見れば、休憩時間が始まって早くも3分すぎていた。

　そうだ。

　今日からプールの授業が始まるんだ。

　私たちは慌てて準備をする。

「うわ、やばっ！」

「急ごう〜！」

　プールの時の着替（きが）えって時間かかるからあんまり好きじゃないんだよな……。

　そう思いながら、急いで水着の入ったバッグを持ってみんなと急ぎ足で教室を出る。

　着替えるのは少し面倒くさいけど、ジメジメと蒸し暑くなってきたこの時期にプールに入れるのはうれしくて。

　それにしても、天井月子先輩か……。

　夏目くんと、どんな関係なんだろう。

　って、なんで私、あんな人のこと考えちゃっているんだ。

　夏目くんが、誰を好きだろうと私には関係ないんだから。

　そう心の中で呟いて、プールへの道を急いだ。

触れないで

「ふぅ〜！　着替えはだるいけどやっぱりプール入ると楽しいよね〜！　泳ぎ足りない！」

　いつもポニーテールの光莉が、それをほどいて髪をとく姿にキュンとする。

「最初の時間だけは自由時間だからいいよね」

　無事に体育を終えて教室に帰れば、女子はみんなタオルで髪の毛を拭きながらブラシで髪をといていて。

「プール終わりの女子、エロいな……」

「変な目で見てんじゃないよ、楽」

　髪の毛をタオルで乾かしながら、光莉が泉くんにツッコんだ。

　たしかに、普段とは違う光景に、体育から帰ってきた男子たちもなんだかソワソワしているように見える。

「男子は夏休み明けてからプールだっけ」

「そー」

「夏目くんって細く見えるけど、意外とマッチョだったりして〜！　楽、見たことある？」

　うっ、光莉……泉くんにも夏目くんの話題ですか。

「はー？　お前らまで『夏目、夏目』言うんか。興味ないから知らない」

「なんだその態度」

「べっつに〜〜」

　と言いながら、席を立って友達の輪へと行ってしまった泉くん。

「……変なやつ」

　そして、「あいつに聞いたのが間違いだったわ」と続けた光莉。

　ほんと、今のはちょっと泉くんらしくなかったなと思う。

　たしかに毒舌家なところはあるけれど、感情的になるほうではないと思っていたから意外。

　夏目くんの名前を出した瞬間、明らかに泉くんの態度が変わった。

　泉くん、夏目くんと何かあったのかな。

「もういっそ菜花のほうから聞いてよ〜最近仲良いんだし、菜花になら見せてくれそうじゃない？」

「い、いや〜」

　あんな人の体なんて興味ないし。なんて言えるわけもなく笑って受け流す。

　──ブーブーッ。

　ん？

　突然、スカートのポケットに入れてたスマホが震えたので、取り出して画面を確認する。

「……っ」

「どうした菜花。固まって」

「えっ、いや、ううん！　ママからお使い頼まれちゃって、うん」

　慌てて答えると、すぐにスマホの画面を机に伏せる。

「そっか。菜花んちの夕飯は何かな〜うちは今日、3日目のカレーだよ」

「カレー3日連続はきつい……」

「それな」

　必死に光莉と会話をするけれど、頭の中は届いたメッセージのことで頭がいっぱい。

　メッセージを送ってきたのは……。

【今度は俺が呼び出す番。今日一緒に帰ろうよ、話したい。もし付き合ってくれるなら、この前の写真は消してあげるから】

　夏目涼々。

　本当、なんなのよこの人。

　もう関わらないでって言ったよね？

　なんで私にかまうのよ。

　無視無視。って言いたいところだけど……。

　脳裏にチラつくのは、夏目くんに撮られてしまった寝顔の写真。もしあの写真を消してもらえさえすれば、彼に怯える毎日を過ごさなくていいということ。

　すっごくムカつくけど、今の私に答えなんてひとつしかないんだ。

【わかりました】

　仕方なく返事をしてスマホをスカートのポケットにしまうと、教室のドアが開いて。

「はーい、みんな席ついて〜」

　担任の先生が教室に入ってきて、帰りのホームルームが

始まった。

「よし、じゃ、起立——」

　帰りのホームルームが終わる直前。

　担任の先生の声でみんながガタガタと席を立って。

「礼——」

「「さようなら～」」

　クラスメイトの挨拶の声が響いて、教室が一気にざわざわとした。

　一目散に教室を出る人、まだ何やら残って作業している人、グループでおしゃべりしている人。

　はぁ……さっさと人目のつかないところに移動しよう。

　まだ賑やかなこの空間で夏目くんと接しているところを見られたら、面倒くさいから。

　そう思って、席から教室のドアへと踵を返した瞬間。

「郁田菜花さん、いる？」

　大嫌いな声が、ドアのほうから聞こえた気がした。

　勢いよく顔を上げれば、バチッと視線が交わった。

　嘘でしょ。

　だから早く教室から出ようって……思っていたのに。

「えっ、菜花、どういうこと!?」

　光莉がドアの前に立つ人物と私を交互に見て、何やら騒ぎ出す。

　あーあーあー。

　起こってほしくないことが起こってしまったよ。

　教室に残っていたクラスメイトたちも、学年一人気者の顔を見て、何事だとこちらと交互に視線を向けている。

　一番避けたかったことが起きてしまった。

「郁田さん！」

　私を見つけると、安定の微笑みを向けてこちらにひらひらと手を振る夏目涼々。

　ほんと……心底嫌いだ。

　彼の本性を知っている身からしたら、背筋がゾッとするほどの胡散くさい笑顔。

「ねぇねぇねぇ、もしかして夏目くんと放課後デートの予定だったの!?　なんで言ってくれないのよ！」

「いや、そんな予定ないからっ！」

　楽しそうに私の腕をツンツンしてくる光莉に、はっきりと答える。

「郁田さん」

　私の席まで来て声をかけてきた夏目くんに、ため息が出そうになって慌ててのみ込む。

　そんな悪態ついちゃったら、とくに彼のファンである女子たちにそれこそ処刑されてしまう。

　来やがったな、爽やか仮面王子め。

　彼は、私がみんなの前なら逆らえないってことをわかっていて、すべて計算して動いているんだ。

「一緒に帰ろ」

「えっと……」

　夏目くんのセリフに出す声が見つからなくなった私をよ

　そに、クラスメイトの女子たちはもちろん、光莉たちも
『きゃー！』なんて騒いでいる。

　いやいやいや。

　キミたち騙されているんだよ!!

　そんなことをここで言ったって、私が変人扱いされるだ
けに決まっているけど。

　みんなが夏目くんへ向ける眼差しを見れば、そんなこと
容易に想像できてしまう。

「じゃ、行こっか」

「ちょっ」

　彼に手を掴まれて、私は諦めて夏目くんに連れていかれ
るがまま教室をあとにした。

　最悪だ……最悪すぎるよ。

　絶対逃げるなよ、なんて念が伝わってくる手首に伝わる
彼の力の強さ。

　そして温度。

　夏目くんってほんと体温が高いんだな。

　手が熱い。

　って、夏目くんの体温なんてどうでもよくて。

「あの……夏目くん」

「……」

　てっきり外に出るんだと思っていたのに、その足は昇
降口とは別の、体育館へと繋がる渡り廊下を歩いていた。

　なんでこんなところに……。

　てか、人が呼んでいるのに無視だし。

　連れ出しといて、そんな態度なんてますます感じ悪い。

「夏目くんっ、手を離してよ」

「嫌だ。郁田さん逃げそうだし」

「いや、逃げないよ。他の人に見られて変な誤解されるのが嫌なの」

「いいじゃん別に。他の人に何を思われようが」

「全然よくないから！」

　腹立つことを穏やかな声で言うから、それがさらにイライラするんだ。

「あの……ここって」

「ん？　男子更衣室」

「いやそれはわかってるけど……」

　夏目くんに連れてこられたのは、体育館の中にある男子更衣室。

　そんなこと、言われなくてもわかっている。

　なんでこんなところに連れてきたんだ！って話なんだよ。

　というか、男子更衣室に女子がいるところなんて見つかったら怒られちゃうよね？

　なんだか夏目くんといると、怒られそうな状況にばっかりなっている気がする。

「フッ」

　私の手を離さないまま、少しだけその力を抜いた夏目く

んが突然吹き出した。

「何」

　キッと睨みつける。

　私は怒っているんだ。

　何がおかしくて笑うわけ？

　関わらないでほしいと言ったのに、私のファーストキス
を奪って、それからも平然とこんなふうに絡んできて。

「いや、やっぱり俺と郁田さんって似てるなぁと思ってさ」

「はぁ〜!?　やめてよね！」

　こんな人と似ているなんて絶対に嫌！

　なんにも似てないから！

「友達の前だと大人しい感じを装っているのに。俺と一対
一になった途端に口調は荒くなるし。猫かぶってるのは一
緒だね」

「……っ、いや、私はあれが普通だから！　こうなるのは
夏目くんがイラつかせるからでしょ。っていうか、またこ
んなところに連れてきてどういうつもり？　言うこと聞い
てついてきたんだから、早く写真を消してよ」

「まぁまぁ、そんなに急がないでよ。ちゃんと消すからさ」

　夏目くんはそう言うと、ポケットからスマホを取り出し
て私の寝顔が写った画面をひらひらと見せてきた。

「無防備な郁田さん」

「な、早く消して！」

　夏目くんがもったいぶって、なかなかゴミ箱マークを押
してくれない。

　いっそ、スマホを奪い取って私が消したほうが早いと思い、目線より上に掲げられたスマホに手を伸ばす。

　私には、こんなことをしている暇なんてないのよ。

「さっさと消しなさ──」

「はいはい。わかったから。ほら、ちゃんと消したよ」

　わずか数秒の間に、夏目くんはスマートに画面から私の写真を消した。

「どう？　これでいい？」

「え、あ、うん……」

　コクンと頷いて、ほんの一瞬の出来事だった。

　伸ばしてた手をグイッと引っ張られて、そのまま彼の手の中に体が捕まってしまった。

「隙あり」

「へっ?!　ちょっ……何やって！」

「先に近づいてきたのは郁田さんのほうだよ」

「騙したの?!」

「人聞きが悪いな～」

　写真で私の気を引いて、こうなることを予想していたんだ。

　さいってい！

「……離して」

「ん～やっぱり最高の抱き心地だね、郁田さん」

「はぁ？」

「プールだったんだ？　髪、まだちょっと濡れてる」

「だったら何」

　夏目くんのさっきのセリフが気になりながらも、男の人に抱きしめられるという初めての状況に頭が追いつかなくて、反抗的に言い返すのがやっと。

　何よ、これ。

　耳に夏目くんの吐息がかかって一気に体が熱くなる。

「エロいなって」

「っ」

　バチっと視線が絡んでとっさに逸らす。

　またこうやって変な空気にしようとして。

「バカ！」

　勢いよく夏目くんの胸を押せば、私を捉えていた手がスルリと離れた。

　さっさとここから逃げないと、また好き放題されてしまう。

　写真も消してもらったし。今度こそ彼と話すのは最後。

　早く帰らなきゃ。そう思って体を背けようとしたけど、今度はとっさに手首を掴まれた。

　その力は、なかなか強い。

　いい加減にしてほしい。これ以上、私の邪魔しないでよ。

「お願い、郁田さん。郁田さんにしか頼める人がいないんだよ」

　何をお願いされているのか、そんなこと知りたくない。

「意味わかんない。夏目くんには言い寄ってくる女の子たくさんいるでしょ！」

「俺は郁田さんがいいの」

　私の手を掴んでいた手を、今度は私の両肩に持ってきて
しっかりと捉えてくる。
「っ、なんで私なのよ。……いるんでしょ、相手してくれ
る人……天井月子先輩、とか」
「……っ」
　思わずその名前を口にした瞬間、明らかに夏目くんの目
の色が一瞬変わった。
　動揺している。
　噂どおり。
　天井先輩は、夏目くんにとって特別な人なんだと瞬時に
わかった。
「……そうだね」
　少し黙っていた夏目くんが消えそうな声で言った。
　やっぱり、夏目くんが相手をしてもらっている人って天
井先輩だったんだ。
「でも、もう先輩には頼めなくなっちゃったから」
「天井先輩に好きな人がいるから？」
「……ん？」
　目を細めて微笑みながらまるで『なんでそんなことお前
が知ってるんだ』って顔。
「一部の子が噂してるよ。夏目くんは天井先輩が好きだけ
ど先輩には好きな人がいるんだって」
「……ハハッ、何それ。俺が月子を好き？」
「え、うん」
『月子』

　そう親しげに呼ぶぐらいだから、夏目くんと先輩が親密な関係であることはたしかなはずだ。

「まぁ、抱き心地はいいけど」

　ん？

　何、今さら抱き心地って。変な言い方。

　それ以上のこともしているくせに。

「その噂、半分は間違ってるよ。俺は月子のことは恋愛対象としては見ていない」

「はい？」

　全然わからない。

　なんで好きでもない人と、そういうことができちゃうの。

「月子とは昔からの知り合いで。俺が苦しんでる時に一度助けてくれてからずっとそういう関係で。でも最近、彼女に好きな人ができたからこの関係を終わらせなきゃと思ってて、そんな時に郁田さんと出会ったんだ」

　本人の口から語られる『本当の話』に、緊張でドキドキしている自分がいる。

「非常階段で寝てる郁田さんを抱きかかえた時、思ったんだ。絶対にこの子だって。そして今、確信した」

「……っ」

　夏目くんの細い指が私の頬を撫でた時だった。

「お前、ほんとだるいっ」

「気がつかなかったのが悪いだろ〜！」

　っ!?

　更衣室の外から生徒と思われる人たちの話し声がした。

　足音が、どんどん近づいてくる。

　嘘、人が来る!?

　こんなところを見られたら、絶対にまた変な勘違いされちゃうよ!!

　どうしよう!!

「こっち」

「……へっ」

　突然、夏目くんが私の手を掴んだかと思えば、彼は更衣室の中に設置されたシャワー室の中に入っていった。

　──シャッ。

　シャワー室のカーテンが閉められたと同時に「どこだよ、俺のスマホ〜」なんて声が更衣室に響いた。

　ち、近い……。

　ひとり用のシャワー室に、夏目くんとふたりきり。

　バレないようにふたりで息を潜める。

　チラッと夏目くんを見上げれば、余裕な顔で自分の口元に人差し指を当てて『シー』のポーズをした。

　その表情が妙に色っぽくてちょっとムカつく。

　なんで、こんな時にもヘラヘラしているのよ。

　こっちはヒヤヒヤして、心臓がおかしくなりそうだっていうのに!!

　ていうか、この人たちは何しに来たわけ？

「おい岡本〜!　俺のスマホどこに隠したんだよ〜」

「誰も更衣室なんて言ってねーよ。ヒントは体育館って言っただけ」

「お前な〜!!」

　うわ、もしかして友達のスマホ隠す遊びをしているとか
そんなところ?

　まったく……。

　──トントン。

　カーテンの向こうにいるふたりの会話に聞き耳を立てて
いると、夏目くんに肩を叩かれて視線を再び上に上げた。

　へっ……。

　ゆっくりと夏目くんの顔がこちらに近づいてきて。

　ん!?　ちょ。ちょっと、待って。

　普段なら声を出して制御できるところ。

　それなのに、今は声が出せない。

　どうしよう。

　こんなの……。

　とっさに顔を下に向けて見せないようにしていたのに、
夏目くんの長い指が私の顎に添えられて。

　無理やり視線を合わされてから……。

「……っ!」

　熱い唇が触れた。

　あ、ありえないんだけど!!

　なんでこんな危ない時に!!

「おい〜マジでどこだよ〜」

「ハハッ頑張れ〜!」

「……っ」

　早く、お願いだから、ここから出てっ!!

　向こう側にいる彼らにそう念を送るけど、なかなか出て
いく気配(けはい)がない。

　その間にも、夏目くんのキスはどんどん深くなる。

　拳(こぶし)で何度も彼の肩を叩いてやめてほしいと訴えれば、唇
を離した夏目くんが、意地悪な笑みを浮かべながら口に再
度人差し指を当てて『静かに』のポーズをする。

　こ、こいつっ!!

『大人しくしてないとバレちゃうよ』

　そう言われているみたいで。

　これでもかというぐらい睨みつければ、ふいに夏目くん
の影が迫ってきて。

　耳にチクッと小さな痛みが走った。

「……っ、や」

　思わず漏(も)れてしまった声。

　慌てて自分の口元を手で塞(ふさ)ぐ。

　そんなのお構いなしに、夏目くんの暴走は止まらない。

　私の頬に触れていた彼の手が胸元に下りて、その指が制
服のリボンにかけられる。

　最悪だ。

『ダメ!』

　訴えるようにブンブンと顔を横に振るけど、夏目くんは
そんな私をあざ笑うかのように口の端(はし)を上げて、また唇を
強引に奪った。

　必死に閉じた唇も、彼の指先が私の耳にいたずらに触れ
ると、へにゃっと力が抜けてしまいわずかに開いて。

夏目くんの侵入を許してしまう。

好きでもない人と、こんなこと、ダメなのに。

息が苦しい。体が熱い。全身が痺れて、心臓がうるさい。

おかしくなってしまいそうだ。

口の中全部、夏目くんの舌で溶けてしまいそうな。

「……んっ、」

「あれ？　今、何か聞こえた？」

っ!!　どうしようっ！　バレた!?

カーテンの向こう側にいる男子生徒の声に息を止める。

「はあ？　何も聞こえねーから。どこだよ俺のスマホ！」

「あーわかったよ、第2のヒント！　校長先生!!」

「はぁ？　ったく、演台かよ！」

「自分の目で確かめな！」

「クソが！」

ふたりはそんなやりとりをしながら、パタパタと走って更衣室をあとにした。

間一髪。

ホッとして「はぁ」と大きくため息をつく。

やっと解放してもらえる、そう思った瞬間、

「……っ、ちょ、ちょっと」

「郁田さんがわかったって首を縦に振るまで続けるから」

フッと空気が動いて、夏目くんの熱を帯びた吐息が耳に触れる。

その熱が伝染するみたいに、私の体も熱くなって息が上

がって。

　何度もされるキスに、抵抗する力がなくなっていく。

「……んっ」

　ひどい風邪で熱が出た時以上に頭がぼーっとして。

　味わったことのない感覚に、目の奥が痛くなって視界が
ぼやける。

　首筋に落とされるキスの音もわざとらしく響いて、それ
がさらに感覚を狂わせる。

　やめて！　と強く突き飛ばしたいのに、その甘い刺激に
全身が痺れて力が抜けて。

　やめて、やめて。これ以上、さわらないで。

　そう思っているはずなのに、これ以上触れられたらどう
なってしまうだろうなんて考えがよぎって。

　こんなの、おかしいのに。

　こんなの、私じゃないから。

「っ、やめてよっ！」

　首筋から彼の唇が離れてそう言えば、彼は息を吐くよう
に笑った。

「泣くぐらい気持ちよかった？」

「はぁぁっ!?」

「悪いけど拒まれるほど興奮するもんだよ」

「意味わかんないっ！」

「そんなこと言ってもさ、触ったら気持ちいいって顔する
くせに」

「そんなことっ！　……っ、ん」

「体は正直だね」

　目の前のケダモノは、勝ち誇ったように呟いてから、さらに私の体に触れた。

　夏目くんに体のあちこちを触れられて。

　味わったことないいろいろな刺激に耐（た）えられなくなった私は、とうとうその場にへなへなと座り込んでしまった。

　それを、あざ笑うかのように見下ろした夏目くんが心底憎（にく）い。

　出したくもない声が出て、反応したくないのに体が勝手に動いて。

　嫌いだ。

　こんなふうに反応してしまう自分の体も、好きでもない人とこんなことができる夏目くんも。

　この人の言いなりになっても、嫌な思いをするだけなのが容易に想像できちゃう。

　私にメリットなんて何もない。

「……どう？　その気になってくれた？」

「なるわけないでしょ!?」

「本当に強情だね」

「……なんで私なのよ」

　偶然（ぐうぜん）、保健室で会っただけ。

　それまでの私たちは、すれ違ってもお互い何も思わない赤の他人だったはず。

　それが、いきなりこんなところで、こんなことをするよ

うになってしまって。

「警戒心の強い捨て猫をかわいがってあげてたら、その飼い主にだけ甘えてくれるようになるみたいに、郁田さんも俺じゃなきゃダメになって懐いてくれたらいいなって」

「はぁ？」

「かわいがりがいがあるっていうか」

「私は動物じゃないから」

　エサを与えてくれる飼い主を動物が慕うのは本能だ。

　私には理性があるもん。

　そんなものに騙されない。

　流されないんだから。

「でも、さっきは本能に逆らえてなかったよ。かわいい声も出しちゃってさ。だから、こんなふうになっちゃったんでしょ？」

「……っ」

　抑えていた声が手の隙間から漏れたのも、夏目くんの熱い刺激に耐えられずに立てなくなってしまったのも事実だから、何も言い返すことができなくて。

　でも、

「絶対に懐いたりしないからっ！」

　私はそう言いながら目の前の彼を軽く突き飛ばすと、更衣室を飛び出した。

近づかないで

「え〜本当に何もなかったの？」

「本当だって。化学室に忘れてたノートを届けてくれて、そのついでに買い物に付き添ってくれただけで……」

　翌日のお昼休み。

　光莉たちに夏目くんとの関係を疑われて、すぐに誤解を解くために話す。

　変に強く否定しすぎても逆に怪しまれるかと思い、あくまで冷静に。

　友達に嘘に嘘を重ねて心が痛いけど、自分を守るためには、しょうがないのだ。

「えぇー。わざわざ買い物まで付き合ってくれるって、絶対さ〜」

「本当に何もないから」

　面倒くさい。

　これも全部、夏目くんの計算どおりなんだろう。

　私の友達に近づいて、まわりから固めていこうって魂胆が見え見えだ。

「最近、他のクラスでも噂になってるよ、夏目くんと菜花」

「えっ……」

　嘘でしょ。

　結花ちゃんのセリフに体が固まる。

　起きてほしくないことが起きてしまっている。

　私は穏やかに学校生活を過ごしたいだけなのに。

　これじゃ、中学のころと同じになってしまうよ。

「あ、噂をすれば」

「え……」

　光莉たちの視線の先を追う。

「わー夏目くんどうしたの〜？」

　マジですか。

　教室のドアの前で、女の子たちに囲まれている夏目くんが見える。

「うん、ちょっとね。用事」

　女の子に爽やかな笑顔を向けた夏目くんの目が、こちらを向いた。

「……っ」

　すぐに目を逸らす。

　ああもう。

　今回ばかりはまわりからひどいと思われようが、冷たい態度をとってやるんだから。

　我慢の限界だ。

「あれ〜夏目くん、また菜花に会いに来たんですか？」

「ちょっと、雪ちゃん」

　私たちの座る席にやってきた夏目くんに、雪ちゃんがニヤついた顔で言うので慌てて制す。

「うん、まぁ、今日は木村さんたちバレー部に」

「え、私たち!?」

　予想外の夏目くんのセリフに、バレー部の３人が目を開

いた。

　それは光莉も私も同じ。

　夏目くんがバレー部に、いったいなんの用なんだろう。

「じつは俺のバイト先、カフェなんだけど、店長が元バレー部らしくて。この間、たまたま女子バレー部の３年生がお店に来たんだけどその時に盛り上がってさ、それでなんか燃えちゃって、２年にもいろいろと伝授したいから声かけてきてほしいって言われて」

「え、そうなんだ！」

「マジか、行きたいっ！」

「今週は放課後に部活だから難しいかもだけど、来週１日なら」

「うん、行けるね！」

　バレー部の３人が目をキラキラさせながら話す。

「よかった～！　ありがとう。店長喜ぶよ。伝えておくね。西東さんと郁田さんもぜひ。みんな友達割引きするし」

　夏目くんは「じゃあ、来週ね」と言って、そそくさと教室をあとにした。

　何、今の。

　光莉と私は、おまけみたいな。

　いや、私たちはバレー部じゃないから正真正銘おまけなんだけど。

　なんか……今の。

　拍子抜けというか。

　って。

　何これ。

　まるで、自分が夏目くんに誘われるんだと身構えてたみたいじゃん。

　いやいや、ここ数日の距離感がおかしかったから感覚が麻痺してきている。

　警戒するに越したことはないし。

　来週、か。

　何か理由をつけて、私だけ行かない手もあるわけだから。

　うん。そうだ。そうしよう。

　おまけだろうが何だろうが、私は絶対に夏目くんとは会わないんだから。

「わ～！　夏目くんユニフォームめっちゃ似合う～。絵になるな～。ね、菜花」

「え、あ、うん」

　どうしてこうなってしまったんだろうか。

　学校から徒歩数十分のところにあるカフェ。

　あれから、あっという間に今日という日がやってきた。

　私は光莉、雪ちゃんたちと共に、夏目くんのバイト先とやらに来ている。

　どうにかして帰ろうとしたのに、

「帰宅部ひとりにしないで」

「絶対、話についていけないから」

　と、光莉にせがまれて……今に至る。

「へー！　百合ちゃんセッターか！　私もセッターだった

んだよ」

「えー！　そうなんですか！」

　通路を挟んだ隣の席では、バレー部３人と店長の沖田さんが盛り上がっている。

　うん。

　やはり、光莉が言うとおりついていけない専門用語が飛び交っていて何がなんだかさっぱりだ。

　テレビでバレーボールの試合を見ることはあっても、ポジションとか細かいルールのことはわからないし。

「ね、これで私ひとりだったと思ったら場違いすぎて泣くよ」

「ハハッ、ごめんごめん」

　パフェをつつきながら、口をとがらせる光莉に謝る。

　光莉をひとりにしなかったことで罪悪感は薄れたけれど、でも、それならふたりで別のところに寄り道することだってできたはず。

　なのに光莉は、それを頑なに拒んだから。

「なんでそんなに来たかったの？　気まずいなら他のところへふたりで行けたのに」

「はい？　半額だよ？　友達割引きで半額！　しかもあの夏目涼々に友達認定してもらえる絶好のチャンスだよ？　行かないほうがおかしいでしょうが！」

「いや、まぁ」

　たしかに、バイトもせず、親からもらうごくわずかなお小づかいだけで生活しなければならない私たちにとって、

こういう大きな割引きは非常にありがたいけれど……。

「どう？　うちの新作パフェ」

　っ!?

　突然、名前どおりの涼しい声が頭上からしたので顔を上げれば、ニコッと爽やかスマイルを見せた夏目くんがいた。

　でたな。

　妖怪猫かぶり。

「めちゃくちゃおいしいよ、夏目くん！」

　光莉が目をキラキラと輝かせながら、仮面をかぶった男を見つめる。

　……その正体を知ったら、こんなデレデレした光莉だって絶対引くに決まっているんだから。

　私の言葉を信じるかどうかはさておき……。

「よかった。またいつでも来てよ」

「ありがとう夏目くん！　今後とも菜花のこと、よろしくお願いしますっ！」

「ちょっと、光莉っ」

　余計なことを言い出す彼女にすぐに声をかぶせて注意したけれど、ずっとニヤニヤ笑っている。

　何が楽しいんだか……。

「おい」

　光莉のニヤケ顔にやれやれと呆れていると、後ろから聞き覚えのある声がして首を背後に向けた。

「あれっ……」

　視界に入ってきた人物を見て思わず固まってしまう。

　なんでこんなところに彼がいるんだろうか。

「楽!?」

　私が名前を呼ぶ前に、光莉の大きな声が呼んだ。

　そう。彼女が言ったとおり、そこにいたのは白のコックコートを着たクラスメイトの泉楽くん。

　いつもの制服の時とは違って、ほんの少し大人っぽく見える。

　それでも、かわいらしいのは変わらないけれど。

「あんたなんでこんなところに。え、何その格好……ってもしかして」

「あぁ、俺ここでバイトしてるから。光莉の声、マジで厨房（ちゅう）までガンガン聞こえてうるせーよ。他のお客さんに迷惑」

「はぁー!?　今、私たち以外に客いないじゃん！」

　光莉は「夏目くんの前でやめてくれる!?」と、さらに泉くんに言い返す。

　相変わらず、安定して今日もあたりが強い泉くん。

　……まさか泉くんが、夏目くんと同じバイト先だったなんて。

　かなりの衝撃。

　光莉と泉くん、いつものふたりのやりとりを黙って眺める。

「てか、なんで来てんの？」

「なんでって、夏目くんと菜花が仲良しだから」

「はっ!?　いや……」

　いちいち誤解を招くような言い方をする光莉にすぐツッ

コもうとしたけど、そんな私の代わりに夏目くんが口を開いた。

「俺が誘ったの。店長が木村さんたちと会いたがってたから。この間、盛り上がってたでしょ。バレー部の３年生と」

「あぁ、あの時の」

「うん。それで、木村さんたちと仲のいいふたりのことも誘ったんだ」

キラッと爽やかな笑顔を泉くんに向けて話す夏目くんに、内心イラッとする。

ほんっと、誰にでもいい顔しちゃってさ。

毒舌な泉くんも、夏目くんの徹底した仮面には騙されているのかな。

「ていうか、楽、なんでバイト先教えてくれなかったの？」

光莉がおいしそうにパフェを食べながら聞く。

「はぁー？　お前に教えたら絶対に冷やかしにくるだろ」

「まぁ、それは否めないけど」

「否めよ」

「ハハッ、でも夏目くんがいるってわかってたら初めから楽じゃなくて夏目くん目的で来るし」

「ほんと、なんなんお前」

ふたりが息の合ったやりとりをしている中、横目で彼を確認すれば、微笑ましそうな表情をしてふたりを見ている。

本当に、隙がないというかなんというか、完璧を徹底しすぎじゃん。

この間、更衣室であんなことしてきた人と同一人物とは

思えない。

「……っ!?」

　ジッと見てたせいで、夏目くんとバチッと目が合ってしまいすぐに逸らす。

　最悪。

　早くここから出たい。

　ていうか、とっとと夏目くんも仕事に戻ればいいのに。

　こんなところで油を売っててていいわけ？

　なんだか、ずっと監視されている気分で嫌になる。

「お前だけ割引きしないからな！」

「いいよ別に！　夏目くんにやってもらうし」

「お前ってやつは本当に……」

「あの、ごめんっ」

　ふたりの言い合いに、私が割って入って口を開く。

　あくまで『自然』に、その場を立って。

「私ちょっとお手洗いに……」

「あぁ、うん、いってらっしゃい！」

　光莉に言われて、すぐに席を離れて。

　私は夏目くんと泉くんを押しのけるようにして、お手洗いに向かった。

「はぁ……」

　手洗い場の鏡に映る自分を見て、大きなため息をつく。

　雪ちゃんたちのあの様子だと、まだまだ帰れなさそうだな。

　せめて、光莉がパフェを食べ終わって満足してくれれば、私と光莉はふたりだけ先に帰れるかもだけど。

　まさか、泉くんがここで働いているとは。

　しょっちゅう言い合っている光莉と泉くんだけど、なんだかんだ馬が合うのか話し出したら止まらないしな～あのふたり。

　でも、夏目くんの視界には極力入りたくないから、光莉が目的であるパフェをちゃんと完食できたらなんとしてでもこの場を去ろう。

「よしっ」

　軽く自分の頬をパチンと叩いてから、お手洗いを出た。

「いーくたさんっ」

「……っ」

　なんで。

　こんなことに。

　お手洗いから出るとすぐ、ニヤついた声が私の名前を呼んだのが聞こえた。

　声がするほうに視線を向ければ、向かいの壁に背中を預けた高身長の彼と、バチッと視線がぶつかった。

　正真正銘、夏目涼々。

「よかった来てくれて。あの様子だと来てくれないんじゃないかって思ったから」

　そう言うと、一歩こちらに距離を詰めてきた夏目くん。

　そんな彼とは逆に、元の距離感を保とうと一歩下がろう

とすれば、すぐに背中が壁にぶつかった。

「仕方なくだから。光莉が帰宅部ひとりは嫌だって言うから……」

「ふーん。その割には、俺が木村さんたちを誘った時に残念そうにして見えたけど」

「はい？　してないからっ!!　光莉が食べ終わったらすぐに帰るしっ」

　こうなったら、光莉になんと言われようと彼女を無理やりにでも引っ張って帰るしかない。

　嫌だと言うなら置いていく。

　夏目くんにこうやって捕まるのだけは、これ以上嫌。

「夏目くんも早く仕事に戻れば」

　あからさまにツンとした態度で言って、その場を立ち去ろうとした瞬間だった。

　グイッと手を掴まれたかと思えば、

「ちょっ」

　その手がそのまま壁に固定されて、あっという間に、私は夏目くんと壁に挟まれて身動きが取れなくなってしまった。

「何してんのっ！　離して！」

　無理やり体をねじって彼の手から離れようとするけれど、力が全然かなわない。

　どういうつもりなのよ……。

　なんで私にばっかりこんな……。

「ほんと素直じゃないよね、郁田さん」

　夏目くんの片方の手が伸びてきて、その指が私の顎のラインをツーっとなぞる。

「んっ」

　くすぐったくて体中が一気にゾワっとする。

「やめてってばっ」

「フフッ、嫌」

　ニヤついた顔をしながら言って、そのまま私の首筋に顔を埋める夏目くん。

　彼の生温かい舌が肌をなぞる。

「……っ」

　体を引き剥がしたいのに、夏目くんから伝わる熱と刺激が、私の力をさらに弱らせる。

「あーあ、また腰抜かしちゃうかな？」

　あざ笑うかのようにこちらを見下ろしたかと思うと、今度は私の足と足の間に、彼の足が入ってきた。

「っ、何してっ」

「ん？　郁田さんがいつでもへたっていいように」

「ならないからっ、早く離してっ」

　嫌でたまらないのに、私の気持ちとは裏腹に変に反応する自分の体が憎くてたまらない。

「こんなになっててよく言うよ」

　そう言った夏目くんの指先が私の耳たぶに触れた。

　熱い。

　自分の耳も、夏目くんの手も。

「ちょっとからかうつもりだっただけど、郁田さん見て

ると我慢できなくなっちゃうな。イケナイね、バイト中
なのに」

　なんて笑ったその顔がさらにムカつく。

「どうする？　お友達が来て見られちゃったら」

「っ」

　こんなところをみんなに見られたら、ふしだらな女だっ
て思われてしまう。

　夏目くんとこんなところでこういうことをしているなん
て、節操ないなんて思われるのもごめんだ。

「それとも、見られたほうが燃え……」

「夏目──」

　間一髪。

　向こうから夏目くんを呼ぶ声がして、すぐに彼の体が私
から離れてくれた。

「続きはまた今度ね。郁田さん」

　夏目くんは手のひらを私の頭の上に軽く乗せてから、呼
ばれた先へと戻っていった。

「はぁ……なんなのよ……」

　どうして、こうも夏目くんに絡まれてしまうんだ。

　少し前までは、関わることなんてなかったのに。

　学校に行く以外でも、こんなに憂鬱になるなんて。

　夏目くんなんて大っ嫌いだ。

　そして、嫌いな相手に体が反応してしまう自分ももっと
嫌い。

　経験がなさすぎるせいなのか……。

　とにかく、もう絶対、夏目くんの好き勝手にさせないよ
うにしなきゃ。

　……あと数週間もすれば夏休みがやってくる。

　それまでの間、もう少しの辛抱だ。

chapter 2

家に来ないで

　ついにこの日がやってきた。

　やっとだ。

　やっと、待ちに待った夏休み!!

　終業式までがこんなに長く感じたのなんて、生まれて初めてだ。

　ようやく夏目くんの監視やイタズラから解放される。

　夏休み前日の担任の先生の最後のホームルームが早く終わるのをどれだけ願っていたことか。

　あれから、夏目くんは変わらず私の行動範囲に何かと現れて。

　何がムカつくって、みんなの前では直接私と話したりせずに、光莉や雪ちゃん、他のクラスメイトに絡んで、間接的に私に接触してくるところ。

『もう近づかないで！』

　なんて言えば、絶対に……。

『郁田さんに話しかけたわけじゃない』

　って言われるのが目に見えている。

　けどまぁ、夏目くんのバイト先に行ったあの日から2週間以上たって、夏目くんとふたりきりになることもあんなふうに触れられることもなくなったから、もう私に飽きてきたんだろうと思うから、少しは安心だけれど。

　このまま夏休み明けには全部なかったことのようにして

もらえたらありがたいな……。

　……って。

　あの人のこと考えるなんてやめやめ!!

　せっかくの夏休みなんだから!!

　あんな人のことなんか忘れる勢いで、夏休みの思い出を
たくさん作るんだから!!

　──ピロンッ。

　ちょうど着替え終わったタイミングで、ベッドに置いて
いたスマホが鳴った。

【雪：みんなちゃんと起きてる～？】

　仲良しのグループトークに雪ちゃんのメッセージが届い
た。

　口元を緩めながらすぐに返事を打つ。

【楽しみすぎて6時に起きちゃった！】

　なんて送れば、すぐに光莉たちの返信も届いた。

　みんな文面からワクワクしているのが伝わって、さらに
ニヤけが止まらない。

　夏休み初日の今日は、仲良しのみんなで動物園に遊びに
行く日。

　なんでも、夏目くんのバイト先の沖田さんから、動物園
の割引チケットをもらったとか。

　夏休みといっても、バレー部のみんなはそれなりに部活
があるからなかなか休みがないわけで、そんな中、今日は
みんなの時間が唯一空いているという貴重な日。

　全力で、高校の夏休みの思い出を作る絶好の日なのだ!!

　起きてすぐカーテンを開けた窓を見れば、少し空は曇っているけれど。

　1日中外にいる動物園なら、ちょうどいいと思う。

　ギラギラした太陽に1日中照らされる屋外なんて、想像しただけでバテちゃいそうだし。

　久しぶりに渾身（こんしん）のコーデも考えて、髪の毛もちょっと巻いちゃって、私のワクワクは最高潮。

　みんな、どんな格好してくるのかな〜。

　いつもは制服ばっかりだから。

　放課後みんなで集まって遊ぶことは時々あったけれど、こうやってガッツリ休日に遊ぶのは初めて。

　部屋にかけられた時計を見れば、時刻は9時25分。

　待ち合わせは10時に動物園の入り口前。

　うちから動物園まで電車20分ほど。

　駅まで歩いて10分かかるからそろそろ出発しなくてはいけない時間だ。

　最後にもう一度ドレッサーの前で身だしなみを整えて、ショルダーバッグを肩にかけた瞬間……。

　──ピンポーン。

　家のインターホンが鳴った。

　へ？

　こんな時間に誰だろうか。

　宅急便とか？

　そう思いながらも、家を出ないといけない時間が刻々（こくこく）と迫っているので慌てて2階の部屋から下りれば。

「あらっ、わざわざ菜花を迎えに？」

　ママのそんな声が、階段を下りた先にある玄関<ruby>玄関<rt>げんかん</rt></ruby>から聞こえた。

　ん？

　迎え？

　ママがいったい誰と話しているのか、相手を確かめようとさらに階段を下りた時だった。

「郁田さん、行ったことないって友達に話していたみたいなので、もし迷ったりしたら心配だなと思って」

　ヘラヘラしたその声に足が止まった。

　嘘でしょ。

　体中から一気に汗が吹き出る。

「あっら〜〜!!　優しいわね〜〜夏目くんっ!!」

　……終わった。

「菜花〜！　夏目涼々くんってイケメンさんが迎えに来てくれてるわよー！」

　まだ私が準備に時間がかかっていると思ったのか、ママは大きな声で私を呼んだ。

　ありえない……。

　マジでありえない。

　もう関わることはないはずだと、たかをくくっていたのが間違いだった。

　てか、なんで夏目くんが私の家を知っているわけ!?

　ムカムカと苛立ちながら、階段を最後まで降りる。

「あ、菜花〜！　んもう〜！　ボーイフレンドできたなら

言ってよね～！」

「はぁ!?　違うからっ！」

　ボーイフレンド!?

　ママのその言い方も鼻につくし、こんなやつが私の彼氏なわけないでしょうよ。

　しかも、夏目くん本人の前でやめていただきたい。

「おはよう、郁田さん」

　私を見るなりそうフワッと笑った夏目くんは、いつもの制服と違って私服。

　今時のおしゃれな男の子って服装で、私服だとさらに黄色い歓声を浴びせる女の子たちが増えるだろうと思った。

　悔しいけど、顔がいいことは認めざるをえないんだ。

　少し前までは私だって、夏目くんのことを超絶爽やかイケメンだと思っていたし。

「なんで夏目くんが私の家を知ってるのよ！」

「ちょっと菜花、そんな言い方ないんじゃないの？　せっかく菜花を心配して一緒に行ってくれるって言ってるんだから」

　なんで私が悪いのよ。

　どんな手を使ったのか知らないけど、人の個人情報を許可なく聞くほうがおかしいんじゃないの？

「ごめんなさいね、夏目くん。菜花、素直じゃないところがあるだけで根はいい子だから」

「ちょっと……」

　余計なことベラベラ話さないでよね。

　夏目くんにはとくに!!
「よく知ってますよ、郁田さんが素直じゃないことは。でも、そういうところもかわいらしいなって」
「まあっ!!」
　こ、こいつ……。
　そんなこと微塵も思ってないくせに。
　というか、夏目くんの作戦に決まっているけれど。
　ママまで味方につけようという魂胆だ。
　よくもまぁ思ってもないことが口からポンポン出てくるよ。
「あーも、わかったから!　ほら、夏目くん早く出て」
「えっ、ちょ」
　急いで靴を履いて、夏目くんの背中を無理やり押しながら玄関のドアを開けて。
「フフッ、行ってらっしゃい、ふたりとも!　楽しんでっ!」
　うれしそうに笑ったママに小さく「行ってきます」と低い声で言ってから、バタンッとドアを閉める。
　夏休み早々最悪だ。
　大嫌いな夏目涼々と、ふたりで動物園に向かうことになるなんて。

「え、何。夏目くんって暇なの」
　家を出てすかさず彼をキッと睨む。
「俺も店長から割引券もらったんだよ。それで昨日、ちょうど木村さんたちに昇降口でばったり会って。じゃあ一緒

に行こうかって流れに。8人以上だと、さらに割引きされるしさ」

「え、8人？」

　私たちは5人で動物園に行く予定だ。

　夏目くんが行くなんて知らなかったから、今この瞬間に6人になったと思ったけど、まだいるの？

「木村さんが長山と泉も誘ったみたい」

「えっ」

「長山は、うちのクラスで木村さんの幼なじみ」

「あ、はあ……」

　雪ちゃんに幼なじみがいたなんて初耳で、夏目くんのほうが先にその情報を知っていたことにもムカつく。

「俺が郁田さんのことストーカーしてるとか思ったんでしょ？　悪いけど、提案してきたのは全部木村さんたちのほうだからね」

「いやでも、迎えに来るのは意味わかんないから！」

　やっぱりストーカーじゃん！

「そんなカッカしないでよ、せっかくかわいくしてるのに」

　夏目くんは突然立ち止まってこっちを向いて言うと、巻かれた私の毛束にそっと触れた。

「ちょっ、触らないでっ」

　ほんと、こんな人が隣を歩いているなんて、遊びに行く前から疲れてしまう。

　せっかく夏休みの間は、夏目くんの監視から逃れられると思っていたのに。

　なんでわざわざ迎えになんて。

　夏目くんと私は中学が別だから、校区はもちろん違う。

　簡単に迎えに来れるような距離じゃないと思うんだけど。

　そこまでして私のことを監視したいかね。

　っていうか、ほんと誰から聞いたの。

　まぁ、光莉や雪ちゃんあたりだろうと予想はついているけれど。

「別に私、誰かに言うなんてことはしないから。見張ってなくても大丈夫だよ」

　だから、もう解放してよ。

「何それ。別に俺、郁田さんのことを見張るつもりで一緒にいるんじゃないよ。単純に、イタズラしたいだけ」

「もっと最悪」

　そう言ってさらに睨めば、

「ハハッ。嘘だよ。郁田さんが俺のお願い聞いてくれるまで付きまとうよ。今日1日、楽しもうね」

　夏目くんはそう言って、また爽やかに笑った。

　はぁ、あんなに楽しみにしてたのに。

　最悪だよ、本当。

　ガタンゴトンと揺れる電車の中。

　夏目くんとふたり並んで座る。

　なんでこんなことになってしまったんだ。

　たしかに、これから向かう動物園を訪れるのは初めてだ。

　けど、今の時代、地図アプリで検索すれば行き方なんて一瞬で出てくる。

　どう考えたって、わざわざ迎えに来なくてもいいのに。

　どうしてママも不審に思わないかな。

　顔がよかったら、みんな警戒しないもんなんだろうか。

　それに……。

「見て、あの人カッコいい」

「いくつぐらいなんだろう。うちらと同い年かな？」

「隣の人は？　彼女さん？　いいな〜」

　めちゃくちゃ居心地が悪い!!

　なんなのこの!!　女子たちの視線!!

　せっかく座っているのに全然気が休まらないんですが。

　いや、夏目くんが隣にいるってだけで十分疲れるんだけど。

　やっぱり外でも人気なんだな、夏目くん。

　たしかに、どんなに嫌いだとしても顔だけはきれいだなって思う。

　隣にいるのが別の意味で嫌になるぐらい。

「ねぇ、郁田さん」

「な、何」

　電車に乗ってから一度も口を開かなかった夏目くんに突然名前を呼ばれて、少しびっくりする。

　寝ていると思ってたのに……。

　注目を浴びている中での夏目くんとの会話も、ちょっと緊張するし。

「……手でも繋ぐ?」

「はい? なんでよ」

「他の男が郁田さんのことチラチラ見てんの、気に入らないんだよね」

「はぁー? 私のことなんて誰も見てないから」

　当然のことながら、圧倒的に夏目くんが女の子たちに注目されているんだよ。

　それで男の子たちも夏目くんが気になって、こっち見ているんだ。

　私なわけないじゃない。

「俺の、郁田さんなのにね」

　っ!?

　わざとらしく耳元でささやかれた。

　ほんっと油断ならないっ!

「ちょ、夏目くんのものになった覚えとかないからっ」

　そう言いながら、彼の吐息がかかった耳をとっさに手で押さえる。

「え? あんなことした仲なのに?」

「……っ」

　ニヤつきながらの彼のセリフに、更衣室や夏目くんのバイト先で起きたことがフラッシュバックする。

　ほんっと、だいっっきらい!!

「っ」

「うわ、思い出しちゃった? 顔真っ赤。俺以外が見てるところでそんな顔しないでよ」

　夏目くんはそう言って、強引に私の手を握った。

　振り解こうにも、視線がこちらに集まっているままじゃ抵抗がある。

『何あの女、生意気』

　なんて思われたくない。

　たとえ知らないに人でも。

　人目を気にしちゃうのはもう私の癖だ。

　最悪な１日がスタートしてしまった。

「あっ、来た！　菜花〜夏目くん〜！　こっちこっち〜！」

　電車から降りて数分歩いて動物園の入り口ゲートが見えてきたかと思えば、ゲートの端から、聞き慣れた声が私たちの名前を呼ぶのが聞こえた。

「光莉っ！」

　いつものメンバーと、泉くん、そして見慣れない男の子がひとり。

　きっと彼が、雪ちゃんの幼なじみ、長山くんなのだろう。

　私と夏目くんは早足でみんなの元へと向かう。

「おはようっ！　遅くなってごめんね〜」

「大丈夫！　遅くなったって１分じゃん。それに……」

　光莉が私と夏目くんの間を見てニヤけ出した。

　え、何を見てニヤニヤして……。

　あっ！

　光莉の目線の先を見て思い出した。

　手!!

　電車に乗ってからずっと手を繋いでいたことを、すっかり忘れていた。

　私もなんで忘れるぐらい慣れちゃうかな……!!

「いや、これはっ!!　違くて!!」

「何が違うのよ〜!!　菜花のこと夏目くんに迎えに行かせて正解だったわね〜」

　なんだか誇ったような顔をした光莉は、私がどんなに誤解を解こうとしても「まぁまぁ」と受け流すだけ。

　っていうか、夏目くんもなんか言ってよ!

　このままだったら、私と夏目くんが勘違いされちゃうじゃない!

　隣に立つ彼を睨みつけても、安定の爽やかスマイルをみんなに振りまいていてこっちに気づかない。

「……あのさ」

　光莉や雪ちゃんたちに冷やかされていると、一部始終を見ていた泉くんが口を開いた。

　顔がすこぶるかわいらしくてきれいな泉くん、私服もすっごいおしゃれで、ほんとモデルさんみたいだと思う。

「えっと、夏目と郁田は付き合ってるの?」

　っ!?

「へっ!　ないないないっ!　ないからっ!　絶対!」

「ちょっと菜花〜そんなに否定しなくていいでしょ〜〜!仲良いじゃんふたりとも。ね、夏目くん」

「俺と郁田さん、仲良く見えてるかな?　だとしたら俺はすごいうれしいけど」

　そう言ってフワッと笑う彼が大嫌いだ。

　嘘つき。

　ふたりきりの時と全然違うじゃん。

　しかも、夏目くんがそう言っているのに私が拒否してたら、明らかに私のイメージ悪くなっちゃうし！

「付き合うのも時間の問題って感じかな、ほら、菜花、変に素直じゃないところあるし」

　雪ちゃんたちまでも楽しそうに言うから、もう私だけの言葉じゃどうにもならない。

「あぁ、ほら、もう、早く中に入ろうよ！」

　話題をすぐにでも変えたくてそう言ってから、私たちは入り口のゲートへと進んだ。

「わ〜！　ゾウおっきいね！」

「赤ちゃんゾウもいるーー！　最近産まれたんだね〜全然知らなかった！　名前はサリーちゃんだって！」

「赤ちゃんでもでかい……」

「かわいい〜〜!!」

　みんなで園内の動物を見て話したり、写真を撮ったり、夏目くんがいて楽しめるのか正直不安だったけれど、案外楽しんでいる自分がいて少しびっくりもしている。

　動物園って、高校生になっても楽しいんだなぁ。

　ここに来たこと自体初めてで、ワクワクしているのもあるんだろうけど。

「うわ、キツネ！　星矢にめっちゃ似てるんだけどー！」

「はぁー？　俺あんなに目つき悪くねーよ！　あ、そういえばさっきのカバ、雪に似てたな」

「あんたねー！」

　星矢っていうのは長山くんの下の名前で、雪ちゃんとふたり、さっきからいいコンビネーションだななんて思う。

　さすが幼なじみ。まるで夫婦漫才を見ているみたい。

　ほっこりするな〜。

　午前中、そんなふうにいろいろな動物をみんなでたくさん見て回って、そうこうしている間に、時刻はあっという間にお昼時間になって、私たちは園内にあるレストランで昼食を取ることにした。

「ここのオムライス、話題なんだよねっ」

「あ、ネットで見た！　オムライスの仕上げのケチャップを好きな動物のイラストでお願いできるんだって」

　店内に入って席につけば、おしぼりで手を拭きながら百合ちゃんと結花ちゃんが言った。

「へぇー!!　そうなんだっっ!!」

　ケチャップで動物のイラストっ!!

　絶対にかわいい!!

　ラテアートとかチョコペンで書かれたイラストとか、そういう器用な作業で作り上げられたかわいらしい食べ物、じつは私、大好きなんだ。

　おいしいだけじゃない、そういうところで食べる前にワクワクさせられるもの、素敵だって思う。

　テーブルの真ん中で開いたメニューの一番初めのページ

にも、ふたりが今話していたであろうイラストつきオムライスが看板メニューだと言いたげにドーンと写っていた。

「私、これにするっ!!」

　そう言ってイラストが描かれたオムライスを指さす。

「お、即決か!!　え～私どうしようかなぁ～～」

　光莉たちも迷いながらも楽しそうにメニューを選んでいて、男子3人もメニューに目を凝らしている。

　そういえば、光莉とは外でご飯を食べることはあっても、こうやってみんなで集まって、どこかで食事をするなんて初めてだな。

　高校2年生の夏休み、面倒くさい人はついてきてしまったけれど、なんだかんだいい思い出が作れている気がする。

　私も思ったより楽しんでいるし。

　それからみんなのメニューが一通り決まって、店員さんが全員の注文を取ってから最後に確認をする。

「……が3つ、オムライスがふたつですね。オムライスですが、それぞれイラストの希望はありますか?」

「あ、私はパンダで!」

　そう先に答えたのは結花ちゃん。

「はい、かしこまりました。もうひとつは……」

「あ、はい、えっと、サリーちゃ!っ、……いや、あの、ゾウ、で、お願い、します……」

　やってしまった。

「かしこまりました。ゾウのサリーちゃんですね!　サリーちゃん、かわいいですよねっ。それでは少々お待ち下さ

い！」

　優しく私に笑いかけて話を合わせてくれた店員さんは、そう言って厨房<rp>（ちゅうぼう）</rp>のほうへと向かっていった。

　うぅ……恥ずかしい。

　さっき見たサリーちゃんがあまりにもかわいかったから、意識がそっちに行きすぎて、思わずサリーちゃんの名前を口にしちゃったよ。

　店員さんが優しく合わせてくれたからまだよかったものの、高校生にもなって小学生、いや幼稚園児みたいな注文をしてしまった。

「菜花って、たまにすごく子供っぽいところあるよね〜」

　光莉がニヤニヤと笑いながら言う。

　うっ、今一番言ってほしくないことを。

「子供っぽいって……」

「かわいいなぁって言ってんの〜！」

　絶対バカにしている……。

「……しょうがないじゃん、サリーちゃんかわいかったんだもん……」

「菜花のほうがかわいいよ、ね、夏目くん」

　はっ……？

　光莉ったら、ほんと隙あらば夏目くんを話に参加させようとするんだから。

「うん、郁田さん、かわいい」

「……っ」

　フワッと笑う夏目くんにイラッとする。

　あんまり爽やかな笑顔で言うもんだから、少しドキッとしてしまった自分もさらに嫌になって。

　どうせ夏目くんは相手が私じゃなくても、女の子になら誰にでもすぐそういうことを言えるタイプだ。

　見た目だけは無駄に爽やかイケメンの夏目くんが言うから、変な下心とかあるように見えなくて、それが余計にたちが悪い。

『夏目くんに言われても全然うれしくないから』

　はっきりと言いたいけど、みんなの前だとなかなか本音が言えない。

　これじゃあ、私もまんざらでもないんじゃと思われちゃいそうで嫌。

　それもそれでごめんだし。

　やっぱり隣に夏目くんがいると、いろいろと考え込んで疲れてしまう。

　ほんと、もっと大人しくしててよね。

「わぁ〜かわいい……！　おいしそう〜〜！　結花ちゃんのパンダもかわいいね！」

「うん！　私のと菜花の並べて写真撮ろ〜！」

　結花ちゃんが、そう言いながら私たちふたりのオムライスを並べてすぐにスマホで写真を撮ると、「あとで送るね」と言ってくれた。

　本当に、食べるのがもったいないって思うぐらいかわいい。

　黄色いきれいな卵の上に、トマトケチャップで描かれたゾウのイラスト。

　絵上手だな……。

　崩しちゃうのがかわいそう!!

　けど、お腹が空いているのはもちろんなので、食べないなんて選択肢（せんたくし）はないわけで。

　心の中で「サリーちゃんごめんねっ」と謝ってから、私はオムライスを一口パクッと口に運んだ。

　ふわふわの卵とケチャップライスの相性は抜群（ばつぐん）で。

　すっごくおいしい!!

「ん〜！　ハンバーグおいしい！」

「オムライスも、めちゃくちゃおいしいよ！」

　みんな食べ始めてから、顔を綻（ほころ）ばせてうれしそうに口々に言う。

　歩き回って、ちょっと疲れた体においしいご飯が沁（し）みる。

「郁田さんのオムライス、おいしそうだね」

「えっ、あ、うん……」

　オムライスを食べていたら、隣の夏目くんに声をかけられて返事をする。

　せっかく幸せな時間を過ごしているんだから、邪魔しないでもらいたい。

「どんな味するの？」

「え、いや、普通にオムライスの味だけど」

「普通ってどんな？」

「だからっ……」

　えっと、もしかしてこの人……。

　私のオムライスを、もらおうとしている!?

「あの、あげないよ!?」

「えー！　いいじゃん菜花、うちらとだっていつもシェア
してるし、てか、いつもは菜花のほうからあげたがるのに」

　光莉が急に会話に入ってきて、そんなことを言う。

　また夏目くんの味方ですか、友よ。

「いやいやいや！　それは……」

　それは、相手が大好きな光莉たちだからで。

　夏目くんのことは嫌いだもん、なんて言えるわけがない
けれど。

「今はそんな気分じゃないの」

「なるほど、ついに菜花も夏目くんを男の子として意識し
出してるということか」

　なんでそうなるのよ……。

「おー！　よっ！　乙女菜花！」

　なんて雪ちゃんたちも騒ぎ出す。

「ちょっと、みんなやめてよ……」

「え、郁田さんそうなの？　うれしいなぁ」

「はっ」

　隣の夏目くんも楽しそうに悪ノリして。

　はぁ、誰かこの人たちのことを止めてよ。

「あぁ、もうわかったから……そんなに食べたいならどう
ぞ」

　夏目くんの顔を見ないまま、スプーンに小さなオムライ

スを作ってから差し出す。

「え、いいの？」

「ん」

　夏目くんを意識しすぎている、私も夏目くんを好きなんだ、とか、そんなふうに勘違いされるほうが嫌だ。

　夏目くんに私のオムライスを食べられるのも嫌だけど。

「じゃあ、お言葉に甘えて」

　夏目くんはそう言うと、私からスプーンを取って自分のほうへオムライスを運んだ。

　あぁ、面倒くさい……。

「ん！　おいしい！　ありがとう〜。お礼に俺のエビフライあげるよ郁田さん」

「大丈夫」

　私はキッパリと断ってから、食事を再開した。

　流されてやらないんだから。

　夏目くんに、ちょっかい出されるのは嫌だけど。

　それでも、おいしいご飯を食べながらみんなでおしゃべりを楽しんで。

　さっき見た動物の話で盛り上がる。

「なんだかんだ動物園なんて小学生の時以来だもんね〜」

「雪、ライオン見て大泣きしてたじゃん」

「いや、星矢だってヘビ見て泣いていたじゃん。懐かしいな〜」

　私の正面に座る雪ちゃんと長山くんが、ふたりの思い出話に花を咲かせる。

あれ……。

なんか長山くんの耳……いや、気のせいかな。

でも。

長山くんの雪ちゃんに向ける目線とか、その……。

あっ……。

長山くんを見ていたら、彼の隣に座る泉くんと目が合ってしまった。

ニッと、まるで私しか気がつかないような微かな笑み。

えっと……これって。

「郁田も気づいた？」

「え」

　みんなでレストランを出ると、後ろから突然、泉くんが静かに言った。

「木村と長山」

「え、あ、うん……」

　他のみんなは、次はどこを回ろうかと園内マップに夢中で私たちの会話は聞こえていない。

「泉くんも気づいてたんだ」

「まぁ、木村はともかく長山はわかりやすいからな」

「うん。長山くんはわかりやすいね」

　絶対、雪ちゃんのことが好きだって伝わった。

　話し出したらすぐケンカみたくなるけど、それは幼なじみっていう特別な関係によるものなんだと思うし。

「せっかくだから、ふたりきりにしてあげたいよね」

「いや、俺はダチの中からリア充が増えるのはごめんかな」

「え、あ、そっか」

　なるほど。友達でもそう思うことってあるんだな。

　泉くんらしいっちゃらしいけど。

「けど、郁田が言うなら仕方ないかな」

「え」

「俺にいい考えがある」

　泉くんはそう言うと、みんなの元に向かってから「なぁ」と声をかけた。

「さっき、木村たち乗馬体験したいって言ってたじゃん」

「あ、うん」

「でも、乗馬体験の場所とふれあいコーナー、位置的に真逆じゃん」

　そうマップを指さしながら話す泉くん。

　たしかに、さっきご飯を食べながら、午後の予定をどうしようか話している時、乗馬かふれあいコーナーか意見が割れたっけ。

　みんな、うんうんと彼の話を聞いている。

「提案なんだけど、どっちか行きたいところで人数分けない？」

「あぁ、それいいね！」

「賛成！」

「うんっ！」

　泉くんの提案にみんなが即ＯＫを出して、私たちはそれぞれ分かれて行動することになった。

　乗馬に向かったのは、光莉、長山くん、雪ちゃん、結花ちゃん。

　ふれあいコーナーは、私と泉くんと百合ちゃん。

　そして……夏目くんだ。

拗ねないで～涼々side～

　気に食わない。

　さっきから。

　ふたりでコソコソと。

　みんなで昼食を食べ終わり、泉の提案で俺たちはグループを分けて行動することになった。

　けど。

「お似合いだなぁ」

「え」

　ふれあいコーナーに向かいながら、前を歩くふたりの背中を眺めていたら、自然と俺の横を歩いていた秋津さんが突然口を開いたのでびっくりする。

　郁田さんと同じクラスでバレー部。

　他の仲良しメンバーの人たちに比べたら、性格は大人しいほうだとは思う。

　そんな彼女が唐突に、ふたりの背中を見つめたまま呟くんだから、スルーできるわけない。

「あ、ごめんね。夏目くん、菜花のこと気に入ってるのに」

「気に入ってるって、そりゃ好きだけど、俺はみんなのことも同じように好きだよ。秋津さんのことだって大切」

　俺がそう言えば、秋津さんが少し頬を赤く染めてから、

「フフッ、どうも。さすがみんなの夏目くん」

　と言って笑った。

　俺の悪い癖。

　でも、もうずっとこんな生き方しかしていなくて、これ以外の方法がわからない状態だ。

「ただ郁田さんは、ちょっと強引にコミュニケーションをとらないと話してくれないところあるから」

「それはめちゃくちゃわかる。菜花って自分の話は進んでしないから」

　俺がそれっぽいことを言えば、みんなの反応は大抵決まっている。

　反論してくる人なんてほとんどいない。

「だよね。それで、さっきのお似合いっていうのは？」

「あぁ、私が個人的に推してるふたりってだけで」

「推してる？」

「うん。癒やし系の顔をしていながら割と自分の意見ズバズバ話す泉くんだけど、なぜか菜花のことは気にかけているっていうか、大事にしてるように見えるから。『オカンか？』みたいな」

「ハハッ、なるほどね」

　ムカつく。

　気に入らない。

　口には絶対出さない代わりに、

「バイト先でも、一番面倒見がいいのは泉だからなんかわかるかも」

　なんて笑顔で返して同調する。

　バイト先で面倒見がいいのも、顔がいいのも認める。

　けど、郁田さんは俺が見つけた。

　その時点で、誰にも渡さないから。

　これはもう"執着"なのかもしれない。

　初めて声をかけた時、一度だけでよかった。

　あの時、コロッと俺に落ちて俺のお願いを聞いてくれていれば、俺だってこんなに郁田さんにつきまとうことなんてなかったはず。

　俺を見る時はいつだって険しい目つきで、態度も反抗的なくせに。

　今、隣にいる泉とは、くったくない笑顔で話していて、俺への態度とのあからさまな違いにだってイライラする。

　俺に興味ないなんて顔するくせに、弱いところ触れられたら、急に助けを求める潤んだ瞳で見つめてくるから。

　きっと、自覚なんてこれっぽっちもない。

　体を貸してほしい、初めはそんな気持ちしかなかったはずなのに。

　もっといろいろな顔を見たくて。

　どんな表情も俺以外に見せないでほしくて。

　彼女のまわりから固めていこうって作戦だったけど、思った以上に郁田さんは手強い。

「わー！」

「かっわいい──！！」

　ふれあいコーナーにつくと、郁田さんと秋津さんはすぐに小動物に夢中になって駆け寄った。

さすが、女子。

やっぱり女の子は、こういうのが好きなんだな。

モルモットやウサギがいて、他のお客さんが抱いて一緒に写真を撮っている。

「私たちも抱っこしよー！」

秋津さんの声に郁田さんもうんうんと頷いて、ふたりで飼育員の人に声をかけて。

俺の前だと絶対見せない郁田さんの少し無邪気な姿が新鮮で、なぜかこっちまで楽しい気分になる。

「ふたりもおいで！」

ウサギを抱っこした秋津さんに呼ばれ、向かおうと踵を返した時、

「夏目」

隣に立っていた泉が静かに俺の名前を呼んだ。

正直、俺はこいつが苦手だ。

「ん？」

いつもの笑顔を向ける。

「あんま調子乗んなよ」

彼は今まで俺が聞いたことのない低い声を俺の耳元に響かせてから、ふたりのところへ向かった。

俺はこいつが苦手だ。

泉にだけは、すべてを見透かされている気がするから。

それから数分。

郁田さんたちが今度はモルモットコーナーに向かった。

「うわ──！　見てっ!!　かわいいっ!!」

「……っ」

　モルモットを抱きかかえたまま、こちらに満面の笑みを向けてきた郁田さん。

　と思ったら、すぐに表情をいつも見せるものに変えた。

「あっいや、……ごめ、間違えた、その」

　たぶん、隣にいたのが俺ではなく、秋津さんだと思って間違えたって感じだろう。

　パッと目線を上げて向かいで泉と話している秋津さんを確認した郁田さんは、恥ずかしそうに頬を赤らめて口ごもった。

　無邪気な笑みを、初めて俺に向けてくれた。正確には友達と間違えてだけど。

　その表情があまりにもかわいらしくて、初めて女の子に、欲望以外の感情でドキッとした。

「ふっ、何も間違ってないでしょ。かわいい。モルモット」

「うん、まぁ」

「モルモット見せてきた郁田さんも」

「ちょっ……別に夏目くんに言われてもうれしくないからっ」

　そう言って、いつものムスッとした態度に戻るけど、耳の先が赤くなっているのを見逃さなかった。

　ほんと、素直じゃない。

「私、妹にお土産買ってあげる約束したから、ちょっと向

こう寄ってもいいかな」

　ふれあいコーナーを十分楽しんで、そろそろ集合場所に戻ろうかと話していたら、秋津さんがふれあいコーナーの隣にあるショップを指した。

「そうなんだ。じゃあみんなで……あっ」

　郁田さんがそう言いかけたけど、ショップ付近を見て口をつぐんだ。

　夏休み初日。

　ショップ付近は、かなり混雑していた。

「できるだけ少人数で行ったほうがいいかも」

　と、泉。

「うん。そうだね。えっと、私は、お土産を買う予定はないから……」

「そっか。俺、ねーちゃんにこっちのシュークリーム買ってこいって頼まれてるから」

「じゃあ、俺と郁田さんはここで待ってるよ。ふたりゆっくり買い物してきな。向こうのグループにも連絡しておく」

　俺がそう言えば、泉は一瞬不服そうな顔をしたけれど、少し間を置いて納得したように口を開いた。

「……あぁ、じゃあ、頼んだ。秋津行くか」

「うんっ」

　ふたりはそう言ってから、ショップへと向かっていった。

「はぁ」

「そんなあからさまに嫌がらなくても」

　ふたりが離れていったのを確認してから、郁田さんがわ

ざとらしく大きなため息をついた。

『夏目くんとふたりきりなんてごめんだ』

　と言いたげに。

「だって……」

「さっきは、かわいい顔を見せてくれたのに」

「うるさい。あれは百合ちゃんと間違えて……」

「俺に笑った顔を見せるの、そんなに嫌？」

「嫌だよ。夏目くんのこと嫌いだもん」

「俺は好きだよ、郁田さんのこと」

「……」

　無視ね。

　ポタ、ポタ、ん？

　頭上から降ってきたそれが、地面のアスファルトに溶け
ていく。

「あっ」

　郁田さんもそれに気がついて空を仰ぐ。

　その仕草が、なぜか俺の鼓動を速くさせた。

　伸びた首筋に、きれいな顎のラインが強調されて。

　普段見ない私服の格好も相まって。

　触りたくなる。

　ポタ、ポタ、ポタ、落ちてくる雫のスピードが加速して。

「雨だっっ！」

　誰かの声と同時に、一気に、ザ————ッッとバケツを
ひっくり返したような土砂降りの雨が降ってきた。

「わっ!!」

「郁田さんっ！　こっち！」

「……っ！」

　大雨に打たれながら彼女の手を取って、急いで雨をしのげそうな場所へと急いだ。

「最悪。びしょ濡れだし……」

「隣に俺がいるし？」

「ちゃんと自覚はあるんだ」

　少し歩いて見つけた倉庫のような建物の軒下（のきした）。

　そこに雨宿りできそうな空間を見つけて郁田さんと並んで雨がやむのを待つ。

　建物の壁に背中を預けるようにふたりで腰を下ろして。

　チラッと横目で彼女を確認すれば、前髪の毛先からポタポタと流れ落ちる雫が色っぽくて、ドクンと胸が跳ねた。

　郁田さんに触れた時の感触（かんしょく）とか、熱とか、漏れた声とか、響く音とか、そういうものが全部フラッシュバックして。

　雨に濡れて冷えているはずなのに、明らかに自分の体温が上がっているのがわかる。

　今すぐ触りたい。

　目の前の彼女と、この雨の冷たさを忘れるぐらい一緒に熱くなれたらって。

「大丈夫かな、百合ちゃんと泉くん」

　自分だってびしょ濡れなのに。

　ていうか、まだ店の中にいたであろうふたりのほうが最悪な思いをしないで済んでいるはずなのに。

　俺みたいな計算はなしで、素で自分よりも他人を気づかう姿に、感心する。

　今まで、自分の感情に罪悪感をいだいたことなんてないのに。

　同じ状況の中、自分本位な俺がほんの少し嫌なやつだなって思えて。

　でも……。

　濡れて冷えた体を必死に温めようと「はぁー」と自分の手のひらに息を吹きかける郁田さんに、どんどん、嫌らしい感情が大きくなる。

　シースルーの袖が雨に濡れて肌にピタッと密着して、郁田さんの白い肌がさらにはっきりと見える。

　こんな状況で、変なことを考えるなって言うほうが無理では。

　肌に張りついた衣服が体のラインを強調させて、郁田さんが、というより、世界が俺のことを煽っているかのよう。

「……郁田さん、寒いよね」

「ん、ちょっと」

　両手をギュッと組みながら答えているのを見る限り、絶対ちょっとどころじゃないはずなのに。

　絶対に強がるんだから。

「ごめんね。俺が上着でも持ってればよかったんだけど」

「意味わかんないよ。なんで夏目くんが謝るの？　夏目くんがこの雨を降らせてるならわかるけど」

「いや、まぁ」

　正直、変な妄想を勝手にしてしまったやましさから出た謝罪でもある。

　ていうか、なんで、やましいなんて思わなくちゃいけないんだろう。

　さっきから、罪悪感、とか。

　変だな。

　健全な男子がかわいい女の子を見て、そういう欲望に駆られるのは自然なことじゃん。

　その気持ちが悪いことだなんて、今まで思ったこともないのに。

「夏目くんも寒いでしょ。半袖」

「そーでもないよ」

「え」

「寒くなくなる方法があるの。知りたい？」

「……いや、別に」

　俺の言いたいことを察したのか、郁田さんはすぐに答えて目を逸らした。

　そんなわかりやすい反応されちゃうと、ますます火がついてしまう。

「郁田さん、こっち見て」

「やだ」

　そう言って、やまない雨をまっすぐ見つめる郁田さん。

「なんで見てくれないの？」

「今の夏目くん、変なことする時の目だから」

「へー俺のことよくわかってるんだね。うれしい」

「バカじゃないの。どういうタイプのポジティブシンキングなの、それ」

「でも俺だけじゃないよ」

　俺にはいくらでも警戒するのに、泉には緩々（ゆるゆる）なんだもんね。

「……は？」

「長山だって泉だって、男はみんな一緒。つねに、あぁ女の子とエロいことしたいなーって、頭の中そればっかでいっぱい――」

「ち、違うよっ！」

「……っ」

　俺と目を合わせないつもりじゃなかったの。

　やっと視線が交わったのが、泉の名前を出した瞬間なんて。

　あいつは、郁田さんにとって特別で守りたいものなんだと言われているみたいでムカつく。

「長山くんも泉くんも、夏目くんとは違う！　あのふたりは、ちゃんとしっかりとした気持ちを持っていると思う。だから泉くんだって、モテるけど、中途半端（ちゅうとはんぱ）な気持ちで女の子と付き合うことなんてしないんだよ。夏目くんとは全然違っ……！！」

『うるさいよ』

『その声で』

『呼ばないで』

『俺以外の男の名前なんて』

そんな意味を込めて。

いや違う。ただの欲。

いや、やっぱりどうなんだろう。

嫉妬なのか欲なのか。その両方なのか。

「……っ!!」

俺以外のふたりを擁護しようと必死なその唇を、強引に塞いだ。

「な、何してっ」

「手っ取り早く、あったかくなる方法」

お互いの吐息がかかる距離でそう言う。

熱い。もうだいぶ。

「は?」

「人の心の中なんて見えないんだから。勝手に決めつけないほうがいいよ。ていうか、あのふたりだって知らないでしょ？　郁田さんが俺に触られてる時にどんな顔するか」

そう言うと、恥ずかしいのか彼女の顔が赤くなる。

そんな顔する郁田さんが悪い。

「今日はもう解散だって」

雨がだんだんと小降りになってきたタイミングで、郁田さんに自分のスマホ画面を見せる。

長山とのメッセージ。

雨も降ってきたこともあり、それぞれで解散しようということになった。

「そう……」

「俺んち近いから、電車乗る前にいったんうちで体を拭き

なよ」

「い、行くわけないでしょ！」

「そんなびしょ濡れのまま電車乗れるの？」

「でも、百合ちゃんたち……」

「あっちもゆっくり買い物できたほうがいいでしょ。先に
帰るって言ったほうが向こうも気をつかわない。大丈夫。
何もしないから」

　完全に雨がやんでそこから立ち上がり、俺たちは園から
出ようと歩き出した。

脱がさないで

「ついた」

「うわ……本当に近いんだ」

「……『本当に』って。嘘ついてまで俺が郁田さんに変なことするとでも？」

「別に、そんなこと言ってないでしょ！」

　歩いて10分。

　夏目くんの家は動物園から本当に近かった。

　だから、わざわざ電車に乗ってまで私のことを迎えに来た彼の行動の理解に苦しむ。

　そのまま動物園に向かったほうがよかったじゃん。

　何を考えているの。

　一般的な２階建ての一軒家。

　ていうか、ノコノコとついてきちゃったけど本当に大丈夫？

　濡れたままの体が気持ち悪くて、このまま電車に乗るのは嫌だと思ったから。

　それに……。

『うち、乾燥機つきだから』

　そんな夏目くんのセリフに心が揺らいでしまった。

　夏休みしょっぱなから風邪なんて困るし。

　今日は１日曇りだと天気予報で聞いてたけど、まさか雨が降るなんて。

　着ているズボンの裾には動物園で跳ねたであろう泥がついていて、さらに気分が下がっている。

　この格好で電車に揺られてそのあと歩くなんてのは、ちょっと……。

　考えただけで気が引けてしまう。

　でも、やっぱり、夏目くんの家にお邪魔なんてやめたほうがよかったかなと後悔の気持ちも押し寄せてきて。

　足が重い。

「郁田さん？　早くお風呂入って温まらないと風邪引くよ」

「う、うん……」

　夏目くんの家の門の前で突っ立ったままでいるとそう言われたので、慌ててあとに続く。

「お、おじゃまします」

　家族の人、家にいないのかな。

　夏目くんがドアを開けて玄関に入っても、中から人の気配はしない。

　っていうか、私、男の子の家に上がるなんて人生初じゃ。

　人生初の異性の家が、まさか夏目涼々の家になるなんて。

　キスだってそう。

　なんでこの人に、私の大事なものが次から次へと奪われないといけないんだ。

「そこまっすぐ行って奥の右側のドアが風呂場。今、着替え取ってくるから」

「え、あ、うん」

　すぐに２階へ続く階段を上った夏目くんにとっさにそう

返事をしてから、ゆっくりと彼の家の浴室へと足を踏み入れる。

緊張するな……。人様の家のお風呂なんて。

いろいろと勝手が違うだろうし。

本当に、夏目くんの家のこともよく知らない私が使っても大丈夫なんだろうか。

「……失礼しまーす」

緊張と不安をかかえたまま控えめにドアを開ければ、清潔感のある洗面所と脱衣所が見えた。

うちの洗面所より大きな鏡。

きれいにされているな……。

って、何度も言うけど、私、本当に夏目くんの家のお風呂を借りちゃうの?

だんだんと実感が湧いてきて、途端に恥ずかしくなる。

お風呂に入るということは、あの夏目くんの家で、自ら服を脱ぐということで。

別に夏目くんに何されるってわけじゃないけど。

少なくとも、彼のテリトリーでそういうことをするのに抵抗がないわけがなくて。

「郁田さん」

「っ、はいっ」

後ろから突然名前を呼ばれて、肩をビクつかせながら振り返る。

目の前には、服を着替えた夏目くんがタオルで髪を拭いていた。

　片手には、上下セットのグレーのスウェット。

「フッ、どうしたの？　すごく挙動不審」

「いや、別に」

　すぐに目を逸らす。

　今さら、やっぱり恥ずかしいなんて言えるわけない。

　夏目くんのことを意識しているみたいだし。

　いや、していると言われればしているけど、決していい意味ではない。

「着替え……悪いけど俺ので我慢して。乾くまで」

「はい……」

　夏目くんの、スウェット……。

　夏目くんは洗面所横の棚に着替えを置いてから、

「タオルはこっちの使って」

　と同じ棚の上の段を指さした。

「服はこの洗濯機に入れてね」

「あ、はい」

　そう何度目かの返事をした時、夏目くんの口から「フッ」と息を吐く音がした。

「郁田さん、なんでさっきから敬語？」

　洗濯機のスイッチを押し、慣れた手つきで洗剤を入れる夏目くんがおかしそうに聞いてきた。

「え……」

「あ、もしかして、覗かれるかもって警戒してる？」

「別にそんなこと考えてなっ……！」

　なんで隙あらば、こういうしょうもないことを言うんだ

ろうか。

「はい、あとは蓋を閉めてスタートボタン押したら完了だからよろしくね」

「……えっ、あ、うん」

　そうやって話をコロコロ変えてこっちを振り回すところ、じつに感じ悪い。

　けど、いろいろ助けてもらっているのは事実だから悔しくて。

「あの、いろいろと、その、ありがとう……」

　言いたくないけれど、絞り出すようにお礼を言う。

「いーえ。俺が出たらすぐ鍵を閉めてね。覗きたい欲に勝てる自信ない」

「はっ……？」

　人が下手に出たらすぐ調子に乗るんだから。

　ツッコミどころ満載だし、イライラするのももちろんだけど。

　今はとりあえずお風呂。さっさと夏目くんから解放されたい。

　そう思った矢先、脱衣所から出ていこうとした夏目くんが振り返った。

「あ、それとも、一緒に入りたい？」

「はぁぁん!?」

　イラッ。

「は、入るわけないでしょバカ！　早く出てってよ！」

「え、ちょ、冗談……」

「バカ！」

　バタンッ！

　ガチャ！

「はぁ……」

　無理やり夏目くんを追い出すと、すぐに鍵を閉めてから
息を整える。

　夏目くんの家なのに『早く出ていってよ』はさすがにま
ずかったかなと思いながら、このイライラも一緒に流す勢
いで、浴室に足を踏み入れた。

「あの……お風呂、ありがとう」

　無事にお風呂に入ることができた。

　2階に続く階段を上がって。

　【SUZU】のプレートがかかる開けっ放しのドアを軽く
ノックしてから声をかけると、

「お、早かったね」

　ベッドに座った夏目くんの目が、こっちを見た。

「もっとゆっくり入ってもよかったのに。って、お湯を張っ
てなかったか。ごめんね。ちゃんと体は温められた？」

「うん。全然大丈夫。ほんと助かった」

　そう言えば、夏目くんがフワッと笑う。

　黙っていれば、ただの爽やかイケメンなのに。

「よかった。洗濯が終わるまでまだかかりそうだけど、郁
田さん時間、大丈夫？」

「うん。あ、夏目くんは？　お風呂入らなくて平気？」

「あぁ、俺は大丈夫。着替えたし、髪もほら、乾かした」

「そっか」

　乾かしたてホヤホヤの夏目くんの髪は、ふわふわしていて、ほんの少し幼く見える。

「郁田さんも早く乾かそう」

「えっ」

　『乾かそう』というセリフにほんの少し違和感を覚え、ドライヤーを自分の手から離さない彼を見て、それが確信へと変わっていく。

「おいで」

　そう言いながら、座っているベッドをポンポンと叩く夏目くん。

　つまり、夏目くんが私の髪の毛を乾かすと？

「いやいやいや！　それぐらい自分でできるから！」

「え、いいよ。俺が乾かす」

「全然よくないっ」

　相手が夏目くんなんだから、もっとよくない。

「そんなこと言われても、今使えるコンセントここしかないからさ」

「うっ……じゃあ、自然乾燥で……」

「何を言ってるの。お風呂入った意味……」

「だって……」

　ありえない。

　いくら髪の毛を乾かすためとは言え、夏目くんのベッドに彼と一緒に座るなんて。

　もう前みたいに、好き勝手触れられて遊ばれるのはごめんなんだから。

「何もしないから」

「さっき覗くとかなんとか言った」

「それは……だって、あの状況なら女の子にそういうこと言うの礼儀でしょ？」

「はい？　ただのセクハラだから！」

　私以外の人の前では絶対言わないくせに！

「まぁまぁそんな怒んないで。いつもその長い髪、自分で乾かしてるんでしょ？　たまには誰かに乾かしてもらってもいいじゃん。俺、慣れてるし」

『慣れてるし』

　そのセリフにイラッとする。

　女の人の髪の毛を乾かすことは、夏目くんにとってはなんてことないぐらいしていることだって言いたいの？

　どういうつもりなわけ？

「はぁ……。あぁ、もう、わかったよ。勝手にして」

　夏目くんの言葉に、ヤケになって答えてしまった。

　夏休み早々、風邪を引いて無駄になるのだけは嫌だし。

　彼のほうへと歩いて、ベッドにドスンと腰を下ろす。

「素直な郁田さん、かわいいよ」

「黙ってさっさと乾かしてよっ」

「はいはい」

　夏目くんは終始ヘラヘラ笑いながらドライヤーのスイッチを入れて、私の髪が彼の指の間を通る。

　湿った髪が温かい風に乗せられて。

　いつもの私の髪から香る匂いとは違う、でも知っている香りが、フワッと鼻をくすぐる。

　夏目くんの……匂い。

　まさか自分の髪の香りが嫌いな人と同じになるなんて。

　彼が真正面にいて目が合うのも嫌だけど、どういう顔をしているのかまったくわからない今の体勢も、それはそれで怖い。

　早く、終わってくれないかな。

　さっさと乾いてくれ、髪。

　それにしても……。

　夏目くん、本当に慣れているんだなぁ。女の子の髪の毛を乾かすの。

　手つきが本当に優しくて、私の髪を大切に触ってもらえているのがすぐわかる。

　小学生のころ、パパに髪を乾かしてもらったことがあるけど、ちょっとガサツで、パパの指に私の髪の毛が絡まって引っ張られて、そのたびに少し痛い思いをしたのを覚えているから。

　それに比べて、夏目くんは全然そんなことなくて。

　彼自身、髪の毛が長いわけでもないのに、扱い方をわかっているんだ。

　ドライヤーを当てる距離や角度だって絶妙で。

　天井先輩と夏目くんは普段からこういうことをやる仲なんだろうな、とか。

　なんて、どうでもいいことを考えて。

「……フッ、やっぱり似てるな〜」

「……え？　何？」

　夏目くんが何か言った気がしたので聞き返したのに、

「ううん。なんでもない」

　笑った声で返された。

「はい完了」

「……すごい」

　夏目くんがドライヤーのスイッチを切った瞬間、思わず心の声が漏れた。

　細くて少しくせのある私の髪の毛は、普段、手ぐしとドライヤーだけじゃうまくまとまらないのに。

　ベッド横に立てられた鏡に顔を向ければ、髪の毛がきれいにまとまっているのが見えた。

　自分では、こんなにきれいにできない。

「言ったでしょ？　慣れてるって」

「……はいはい」

　そう適当に相槌を打って、夏目くんのベッドから出ようと体を動かした瞬間だった。

「……っ、ちょ」

　後ろから手が伸びてきて。

　掴まってしまった。

「……離してっ」

「んー？」

「離してってば」

「郁田さんから俺と同じ匂いがするんだよ？　変になるに決まってる」

　肩に彼の顎が乗れば、そのまま吐息が耳にかかる。

　わざとらしく。

「てか、郁田さん細すぎるよ。ちゃんと食べてる？」

　後ろからお腹に手を回され、逃げられないように固定されたまま……。

　サイズの合っていないブカブカの袖から見えた手首を掴まれた。

「服がおっきいからそう見えるだけだよ。離して」

「んー」

「はぁ……っ、ひっ！」

　曖昧（あいまい）な返事をした夏目くんにため息をつくと、突然、素肌（はだ）に何かが触れた。

　説明されなくても、すぐにわかる。

　さっき雨に打たれていたとは思えない。

　お風呂に入ったばかりの私の体温とさほど変わらないんじゃないか。そう思うぐらい、熱を帯びた夏目くんの手。

「夏目くん！　何してんの!?」

　服の中に伸びてきた彼の手を慌てて掴んで、お腹に触れるそれを引き剥がそうとするけれど、力が全然敵わない。

「ほら、やっぱりここも細すぎるよ。ちゃんと食べなきゃ」

「はぁ!?　わざわざ直接触る必要ないでしょ！」

「それと……郁田さん、この中、何も着てないでしょ。さっ

き洗濯機に入れちゃったもんね」

「……っ!!」

　ありえない、ありえない、ありえない。

　夏目くんには、もう二度とそういうことをされないようにって心に決めたつもりだ。

　夏休み。やっと解放されたと思ったのに。

　こんな仕打ちったらない。

「何もしないって言ったのにっ」

「郁田さんが隙だらけなんだもん」

「……っ」

　言葉がうまく出てこなくて悔しさで下唇を噛む。

「男の言うことなんて簡単に信じちゃダメだって。とくに俺の言うことは」

「……っ、さいってい」

　ニヤッと口角を片方上げた話し方にイライラが募る。

「けど、俺はうれしいよ。少しは俺のことを信じてくれたってことだから」

「……帰る」

　体に力を入れて彼の手を振りほどこうとした瞬間、

「……ちょっ！」

　私の体は、あっという間にベッドへと押し倒された。

「へ〜？　帰るの？　いいんじゃない？　頑張って振りほどくことができれば」

「っ」

　終わった。完全に。最悪の状況だ。

　少なからず、この状況を作り出した自分にも腹が立つ。

　時間を巻き戻せるならそうしたい。

　たしかに、夏目くんの言うことには一理あるから。

　ほんの少しの自分の間違った決定が、油断が、気の緩み
が、今の自分の首を締める。

「フッ、観念しなよ」

「嫌だっ！」

「ほんと強情だね。興奮する」

　そう言う夏目くんに、指先で私の顎をツーっとなぞられ
る。

「っ、ん、やめてって」

「すぐったいの？　それとも……気持ちいいの？」

　最後の言葉をわざと耳元で呟くから、全身がゾクッとし
て。

　恥ずかしさと悔しさで熱くなる顔を見られたくなくて
とっさに目を逸らせば、

「……ちゃんとこっち見て」

　再び顎に指が添えられて、すぐに無理やり目を合わされ
て。

「……っ」

『危険』

　体も脳も、全部が言っている。

　今回ばかりは、私の力ではどうすることもできないのか
もしれない。

　終わった。

　少しでも彼を信じた私がバカだった。

　ゆっくりと彼の顔が近づいてきて。

　キスされてしまうと思った瞬間、唇に力を入れたままギュッと目をつむった。

「……」

「……」

「……郁田さん」

　え？

　予想外。

　今日一番の優しい声で名前を呼ばれて恐る恐る目を開けると、今まで見たことない表情で、夏目くんがこっちを見ていた。

　笑っているけどすごく苦しそうな、切なそうな。

　私の手首を強く固定していた手が、今度は優しく私の髪を撫でる。

「ほんと、郁田さんって俺をおかしくさせる」

「へっ」

「この状況で手を出さないでいられるんだから」

　夏目くんの、その言葉への反応の仕方がわからない。

　いったい、どういうこと？

　てっきり、無理やりひどいことされちゃうんじゃないかと覚悟していたから、夏目くんが手をほどいてくれた瞬間、強張っていた全身の力が抜けた。

　夏目くんの様子が少し変だ。

　さっきまであんなに強気だったのに。

「あの、私、帰──」

　そう言ってベッドから降りようとした時だった。

「……っ!!」

　ギュッと腕を掴まれ、抱き寄せられた。

　焦って夏目くんを見ると、彼は私をジッと見つめていて

……ゆっくりと口を開いた。

「俺の全部、郁田さんに知ってほしい」

怯えないで〜涼々side〜

　俺と目を合わせないよう、目をつむる彼女を見て。

　『俺が欲しいのはこれじゃない』って、瞬間的に思った。

　自分の欲求不満解消のためなら、彼女の気持ちなんてどうでもよかったはずなのに。

　変なの。

　自分の過去を誰かに知ってほしいなんて。

　そんなふうに感じたのは生まれて初めてだ。

「ごめんね、郁田さん。今まで嫌がることばっかりして」

「え、何？　突然」

　何が何だかわけがわからないって顔で、こちらを見つめる郁田さん。

　これ以上、俺の欲望で、このきれいな瞳を汚したくないと思ったから。

　俺は意を決した。

「郁田さん、前に聞いたでしょ？　どうして俺は裏表激しいのかって」

「う、うん」

　非常階段で彼女を介抱した時、聞かれてはぐらかしてしまったけれど、今なら彼女に本当のことを話したい、知ってほしいって思う。

「俺、この家の養子でさ。実の親はふたりとも俺が小３のころに事故で亡くなってるんだ」

「えっ……」

「頼れる親戚もいなくて。事故のあと、引き取ってくれる人が見つかるまでの間は施設にいて。小4から、この家にお世話になってて」

「……そうだったんだ。その、ごめん、あの、なんて言ったらいいか……夏目くん大変だったんだね」

　そりゃ、急にそんな話をされたら誰だって困ってしまうはずで、しかも、俺にたくさん嫌なことされてきた立場なのに、『大変だったんだね』って、お人好しすぎるよ。

　さっきの威勢がなくなって、か細い声で絞り出して言葉を紡ぐ郁田さんを見ていると、こんな状況にもかかわらず胸がドキッとして。

「優しいね、郁田さん」

「別に……」

　郁田さんの目が泳ぎ、動揺しているのがこっちにまで伝わってくる。

「俺、根は郁田さんの知っているとおりダメ人間で。保身のために、必死になってずっといい子を演じているんだ。今の養親に嫌われちゃったら行くとこなくなっちゃうから。学校でも家でも……ずっとありのままの自分を見せられない。……でも、本当は時々それがものすっごく疲れるし、ずっと怖い。どんなに繕っても、しょせんは血の繋がっていない息子だから。そう思うと、自分の居場所なんてどこにもないように感じて、孤独で……。ごめん、こんなダサい話」

「……何も、ダサくないよ!!」

「えっ……」

　突然、郁田さんが大きな声を出したのでびっくりして顔を上げれば、彼女の瞳が濡れていた。

「あっ、ごめ、大きな声出して……」

　郁田さんが手の甲で涙をぬぐう。

「いや、全然」

「その、怖いって思うのは当然だよ。夏目くんの経験していることは、私には想像もできないぐらい大変なものに違いないから、簡単に『わかる』なんて言われるのは嫌だろうけど、夏目くんのその感情は絶対間違ってないと思う」

「……郁田さん」

　すべてを失って、何もかも不安で押しつぶされそうで怯えていたあのころの自分の隣に。

　彼女がいて手を握ってくれていたら、まだ幼かった俺はどんなに救われただろう。

「今のご両親のために、優等生でいなきゃって思う夏目くんの気持ちは、今のご両親を悲しませたくないっていう夏目くんなりの優しさからくるものでしょ?」

「……っ、」

　郁田さんの言葉が、あまりにも衝撃的すぎて、俺の心にジワッと染みて温める。

　俺の逃げを、優しさだと言った。

　ずっと、カッコ悪いと、惨めだと思っていた。もともとの自分が歪んでいるから、仮面をかぶって偽らないと生き

ていられないんだと。

　郁田さんのひとつひとつの言葉に目頭が熱くなる。

「そもそも、嘘でここまで演じられないよ」

「え？」

「表の夏目くんの顔全部が本当の夏目くんではないのかも
しれないけど、夏目くんが今まで積み上げてきたものは、
夏目くんの『努力』で形になったものだと思う。あんまり
褒めたくないけど、やっぱりあそこまで人望があるのは、
すごい、と思い、ます」

　『あんまり褒めたくないけど』って、本当にそんなこと
思っているのか疑うレベルで、今の郁田さんは人に寄り添
う天才だと思う。

　ずっと息苦しかったのは、俺が俺自身を認めてあげられ
ていなかったからなんだと、今、気づかされた。

「ありがとう、郁田さん」

「いや、私は別に何も……」

　まっすぐ目を見てお礼を言えば、郁田さんが頬を赤くし
て目を逸らした。

　そんな仕草にも、いちいち胸が鳴って。

　それに気がつかないフリをするかのように俺は再び口を
開く。

「それと、もう1個ごめん」

「え？」

　そして、目をパチパチとさせた郁田さんに、もうひとつ
の告白をする。

「俺と月子は郁田さんの思っているような関係じゃないよ」

「へっ……」

「たしかに、家のことから来る寂しさを埋めてもらっていたけど」

「だからそれが！」

「それはあくまで添い寝だけ」

「……え、そ、添い寝？」

「隣で誰かの体温を感じていると不思議と落ちつくから」

「嘘……、だって夏目くん、」

　どんどん真っ赤に火照（ほて）っていく郁田さんがかわいくて、からかいたくなる衝動を必死に抑える。

「郁田さん、もっと嫌らしいことと勘違いしてるなって気づいていたけど、反応がいちいち面白かったからつい」

「いやいや、ついって！」

「だから安心して。キスしたりするのは郁田さん限定だから」

「いや、全然安心できないから！」

　──ピーピーピー。

「あ、洗濯終わった!!」

　部屋の外から機械音がして、郁田さんが声を上げて体をドアのほうへ向けた瞬間。

　彼女の手首を捕まえた。

油断しないで

　なんで……。

「何してるの夏目くん。離して」

　私をベッドに押し倒して、見下ろしている夏目くんをギッと睨む。

「何って、さっきの続きだけど」

「はぁ!?」

　今の流れで、これは絶対おかしいでしょ!!

　いや、油断していた私が悪いのかも。

「さんざん俺のこと励(はげ)ましておいて、やめろはないんじゃない?　郁田さんって俺のこと好きなのかなって思っちゃった」

「はぁー!?　バカじゃないの!?　落ち込んでる人がいたらそりゃ……」

「相手が嫌いな人でもそうするんだ?　それ、やめたほうがいいよ。完全に思わせぶりだ」

「……っ」

　優しさと思わせぶりの境目なんてわからない。

　どうしたら正解だったの。

　夏目くんの家庭の事情を聞いて、ほっとけばよかったってこと?

　今の夏目くんのことは置いておいて、彼が辛い思いをしていた過去を知ってしまった以上、少しでも、何か、そこ

から彼が一歩、前進することができたらと思うのが、そんなに変なこと？

「これから俺に何されても、郁田さんはなんの文句も言えない立場だよ」

「……っ」

「本当の俺のことを受け入れるなら、俺の全部受け止めてよ」

　そう言った彼の顔が近づいてきて。

　今度こそ終わった、と思った。

　夏目くんの言うとおりなのかもしれない。

　中途半端な優しさは、余計、人を傷つけてしまう。そう教えられた気がして。

「……ごめんなさ……っ」

　ギュッ。

　目をつむって自分の言動を謝ろうとしたけれど、思わぬ温かさに包まれてゆっくりと目を開けた。

「えっ……」

　何、これ。

　夏目くんにイタズラされるかと思って身構えていたけど、彼は私のことをフワッと優しく抱きしめていた。

「……本当にありがとう、郁田さん」

　耳に届いたささやきがあんまり優しくて、ドキッと胸が鳴る。

　夏目くんがわからない。

　無理やり触れてくるかと思えば、そうじゃなかったり。

　いったい、何を考えて———。

　———ガチャ。
「ただいま——!!」
　っ!?
　突然、ドアが開かれると同時にかわいらしい甲高い声が、
部屋に響いた。
「涼々——!!　ただいま——!!　あれ？　お客さん？」
　間一髪。
　夏目くんがすぐに私から体を離したおかげで、目の前の
小さな女の子には見られていなかったみたい。
　よかった。
　色素の薄い栗色の細い髪は、左右上のほうでくくってツ
インテールにされていて。
　大きな瞳にきれいな鼻の形と唇。
　まだ幼いのに、その顔の作りはできあがっていた。
　お人形さんみたい……。
　女の子が着ているのは、私も見たことのある幼稚園の制
服だ。
　この子、いったい……。
「おかえり、瑠々」
　さっきまでの体勢を変えてベッドに座った夏目くんが、
彼女に両手を広げた。
　すると、女の子がすぐに走って夏目くんの腕の中に飛び
込んでから、満足そうにニコニコと笑いながら彼の胸にさ

らにギュッと顔を埋める。

　か、か、かわいい……何このかわいい生き物……。

「ほら、瑠々、挨拶して。お兄ちゃんのお友達の郁田菜花
さん」

　夏目くんの膝の上で座ったまま、私のことをジッと見る
女の子。

　かわいい……。

「あ、初めまして。郁田菜花です」

「っ、な、夏目瑠々です。4歳です。涼々の妹です」

　ペコっと女の子に頭を下げて自己紹介すれば、夏目くん
に促されて少し恥ずかしそうに女の子が口を開いた。

　あぁ、かわいい……。

　瑠々ちゃんっ!!

「ね、瑠々の髪、郁田さんにそっくりでしょ」

「あっ」

　瑠々ちゃんの頭を優しく撫でた夏目くんの言葉に、彼に
髪を乾かしてもらった時に思ってたことが、腑に落ちた。

　夏目くんが女の子の髪の毛を乾かすのが上手な理由。

　それは、夏目くんが妹の髪の毛をよく乾かしているから。

　慣れているってそういうことだったんだ。

　たしかに瑠々ちゃんの細い髪の毛は私に似ている……の
かな。

　でも、さっきの夏目くんの話からして……。

　ふたりは……。

　ふと夏目くんを見れば、「うん、まぁ、そういうこと」

と小声で言って笑った。

　そういう……こと……。

「あら、涼々〜お客さん来てるなら連絡してくれなきゃ〜ケーキでも買ってき……まぁ」

　瑠々ちゃんの次は、夏目くんのお母さんらしき人が部屋のドアから顔を覗かせた。そして私のことを見て、目を大きく見開いて口元を手で押さえてから明らかに驚いた顔をした。

　あっ……。そういえば私、今の格好……。

　目線を自分の胸元に向けて。

　自分が今、夏目くんのスウェットを着ていることを再確認する。

「あ、あの、これは、えっと……」

　すぐに挨拶をしないと失礼なのはわかっているのに、この格好を見られてしまったことへのパニックで、うまく言葉が出てこない。

「郁田さん、俺の母さん」

「あっ、は、はいっ。初めましてっ、夏目くんと同じ学校の郁田菜花です。えっと、さっき大雨で、その、洗濯機お借りしていて、あの」

　バッとベッドから立ち上がって、深々とお辞儀しながら自己紹介をする。

「あ〜、だから涼々の服を」

　なんだかうれしそうに笑いながらそう言う夏目くんのお母さんは、

「フッ、そんなにかしこまらなくても」

　と、優しく言ってくれたけど。

　友達のお母さんとだって話す時は緊張するのに、夏目くんのお母さんと、しかもこんな格好を見られて話すことになるなんて。

　どうしていいかわからなくなるに決まっている。

「菜花ちゃん、時間が大丈夫なら一緒に夕食いかが？」

「えっ、あ、いや」

「いいね、どう？　郁田さん」

　夏目ママの思わぬ発言に、さらに頭がパニックになる。

　なんだこの急展開。

　夏目くんの家族と食事？

　しかも、あんな話を聞かされたあとで……いったいどうすれば……。

　グイッ。

　服が引っ張られた感じがして目線を落とすと、瑠々ちゃんが、うるるな瞳でこちらを見つめていた。

　ううぅっ!!　かわいい!!

　そんなにかわいい表情、どこで覚えてきたの!?

「……お姉ちゃん、一緒に遊ぼう」

　ダメだかわいすぎるっ!!　瑠々ちゃん!!

「えっ、いやでも私……」

　断ろうと声を出せば、瑠々ちゃんの眉がきれいにハの字になって、大きな瞳がさらにうるうると光り出す。

「あ、ちょ、瑠々ちゃん、な、泣かないでっ、わかった、

わかった、一緒に遊ぶから、ね！」

　ずるいよ、その顔は!!

　断ろうとする私が、とんでもない悪党みたいじゃん!!

　私が慌てて瑠々ちゃんの顔を覗き込めば、彼女の顔がたちまちパァっと明るくなる。

　ふぅ、よかった。

　人様の子供を泣かせてしまうなんて、誰だって避けたいことだろうに。

　瑠々ちゃんの機嫌がよくなったことにホッと胸を撫で下ろせば、夏目ママも「決まりねっ！　用意ができるまでゆっくりしてて」と言って部屋をあとにした。

　決ま……り？

　あっ、今とっさに『わかった』と言っちゃったね、私。

　バッと夏目くんに顔を向ければ、満足そうにニコニコしていて。

　また、流れにやられてしまった。

　今回は夏目くんじゃなくて瑠々ちゃんに、だけれど。

　このふたり、顔の整い方から性格まで似ているな。

　血は繋がってないはずなのに……。

「お姉ちゃんは、涼々の彼女なの？」

「えっ!?」

　突然の瑠々ちゃんの発言に、変な声が出た。

　幼稚園児で『彼女』って……。

　ませてるなぁ。

「ち、違うよ!!　全然違う!!」

「え〜違うの〜？」

　そう言ったのは、瑠々ちゃんではなく彼女の兄。

「は？」

「そんな怖い顔しないでよ」

「だって……」

「瑠々、あのね」

　私が言い返そうとしたら、夏目くんは瑠々ちゃんに目を向けて話し出した。

「お兄ちゃんは、菜花お姉ちゃんのこと大好きなんだけどね、乙女ゴコロって難しいね」

「んー、よくわかんないけど……でも、菜花お姉ちゃん、すっごくかわいいから涼々にお似合いだと思うけどな、瑠々」

「瑠々ちゃんっ」

　『菜花』と、さりげなく夏目くんが発したその響きに、一瞬ドキッとしたのは心臓のバグだ。

　夏目くんとお似合いどうこうは置いておいて、瑠々ちゃんの発言にシンプルに照れてしまっている自分が恥ずかしい。

　でもだって、これぐらいの歳の子はお世辞なんて言わないイメージだから。

　同世代の子に言われるよりもうんと、真に受けてしまう。

　少なくとも、このかわいらしい天使のような瑠々ちゃんには私がかわいく見えているんだ。

　全人類の目が瑠々ちゃんと同じ目をしてたらいいのに、なんて。

　思わず調子に乗る。
「うん、お兄ちゃんもそう思う。あ、瑠々は？　幼稚園に好きな男の子できた？」
「フフッ、瑠々はね～、ライオン組のナオくんがね……」

「今の家にお世話になって３年ぐらいがすぎたころ、妹ができたって聞かされて」
　夏目くんの家で夕飯をごちそうになって。
　瑠々ちゃんとたくさんおままごとをして。
　とっくに外が暗くなって、私を家まで送ると言ってくれた夏目くんが、隣を歩きながら話し出した。
「自分と一切血が繋がってない人たちの子供を突然『妹』だなんて言われても、全然実感が湧かなくて……」
「……そっか」
「瑠々のことはかわいいよ。すごく。本当の兄みたいに慕（した）ってくれて。ついこの間まで『涼々と結婚する～』なんて言ってたのにさ～。ライオン組のナオくんって誰だ。どこの馬の骨」
「……」
　なんだかんだ言いながら、立派なシスコンんじゃない、とツッコミたかったのを我慢する。
「瑠々ちゃんとも、お母さんたちともすごく楽しそうにして見えたけど」
　夕食の時間、夏目くんのお父さんもお母さんも揃（そろ）って食（しょく）卓（たく）を囲んで。

『涼々がお家にお友達連れてきたのなんて初めてだから
すっごくうれしくてね！　どう？　菜花ちゃん、うちにお
嫁に来る気はない？』

『ちょ、やめてよ、母さん、郁田さん困ってるじゃん』

『だって〜ね？』

　なんてふたりが話しているのを、どういう顔をして聞い
ていいかわからなくて、ハハハッと笑って。

　帰り際、瑠々ちゃんはまだ私と遊ぶんだって駄々をこね
て泣き出しちゃったし。

　内心それがとってもうれしくて。

　どっからどう見ても、夏目家は本当の家族だった。

　夏目くん本人がそれを言われてどう思うかわからないか
ら、簡単には口に出せないけれど。

「……よかった。俺、ちゃんと楽しそうだった？」

「えっ……」

「あっ、いや、ごめんっ」

　夏目くんはそう言いながら、おもむろに人差し指で鼻の
下をこすった。

「夏目くんは、今のご両親のこと好きじゃないの？」

「んーどーだろ。ただ、すごい気をつかう、かな」

　そう言いながら夜空を仰ぐ夏目くんの顔を横目で見る。

　家族に気をつかえるなら、私にだってそうしてほしいん
だけど。

　なんて。

　なんだか隣にいる夏目くんが、何かに怯えているような、

今にも逃げ出しそうな雰囲気をまとっているから。

　あんまり気の強いことが言えない。

　いつもの夏目くんは嫌いだけど、いつもと違うのもなんだが調子狂うな。

「とくに、瑠々が生まれてから……」

「瑠々ちゃん？」

「うん。普通に考えて自分たちの本当の子供が1番かわいいでしょ。3人の仲を俺が邪魔してるみたいで居心地が悪いっていうか」

「……そんなこと」

「あるよ。それが申し訳なくてあまり家にもいたくなくて。だから今日、郁田さんが一緒にいてくれて助かった」

　あんなに仲良さそうに見えたのに。

　夏目くんが、いろいろなことを思って今の考えに至ったのはなんとなくわかるけれど。

　でも……。

　それはなんだか違う気がした。

「夏目くん、3人の仲を自分が邪魔してるみたいで居心地悪いって言ったけど、本当は逆なんじゃない？」

「えっ。逆？」

「瑠々ちゃんに、お父さんとお母さん取られたみたいで嫌なんじゃないかな」

　その気持ちはなんとなくわかる。

　私にも、ふたつ下の弟がいるから。

　たとえ両親と血が繋がっていようがなかろうが、多少は

そういう感情があるんじゃないかって。

　失礼なことを言っているのは重々承知だけれど。

「何それ……そんな子供みたいな……」

「夏目くんは子供なんだよ」

「はっ？」

「でもそれって、夏目くんがちゃんとふたりのことも瑠々ちゃんのことも家族だって認めてる証拠だと思う。今のご両親からもらった愛情をちゃんと夏目くんは覚えていて、だからこそそれを失ったら、取られちゃったら、と思うと不安になるのかなって。初めから与えられていなかったら、そもそも期待すらできないもん」

　そう言うと、夏目くんが口をつぐんだ。

　嫌な思いをさせてしまったかな。

　でも、私はそう思ってしまったから。

　それに私だって、夏目くんに嫌な思いばっかりさせられているんだから。

　今日ぐらい、ズケズケと踏み込んでも許されると思う。

「血が繋がっていようがいまいが、思いやりが大切なのも、言葉にしないと伝わらないのも変わらないよ。一緒に過ごしてきた時間で築かれていくものが大切だと思うし。私は、夏目くんだけが『血が繋がってない』っていう事実に、自分を呪って閉じこもってるように見えるよ。もっと素の自分を出してもいいんじゃない？」

　今さら夏目くんに気をつかうことなんて、私にはこれっぽっちもないから。

　思ったことを、言いたいことを言うよ。

「……っ、本当の俺なんて知られたら嫌われるに決まって
る。今までずっと優等生で通してきたんだから。今さら。
ていうか、郁田さんだって俺の本性を知ってから俺のこと
が嫌いでしょ」

「まぁ、それはそうだけど」

「そこ否定してくれないんだ」

「私の気持ちと夏目くんの家族の気持ちが同じだなんて思
うのは、ふたりに失礼だよ」

「……っ」

「夏目くんを養子として迎えてからずっと今まで、何不自
由ないように育ててくれたんでしょ？　その歳月を過ごし
た人と、まだ話して数ヶ月の私となんて比べたら、ダメで
しょう。明らかに濃さだって違うって」

「……あー……、ほんと。変な人だね郁田さんは」

「夏目くんに言われたく……っ、!!」

　　――ギュッ。

　突然、さらに視界が真っ暗になったかと思えば、高い体
温に体が包み込まれた。

　ちょっと待って。

　嘘でしょ。

　外で、抱きしめられている!?

　いつ人が通ってきてもおかしくないようなところで何
やってんの!?

「ちょ、あの、夏目くん!?」

「……ムカつくなぁ」

　そう言いながら、彼はさらに私を抱きしめる力をギュッと強くして。

「……それはこっちのセリフなんですが」

　でも。

　夏目くんのかかえている悩みが、どれくらい大きくて複雑なのか知らないから。

　今日だけは。

　この一瞬だけは。

　ほんのちょっと、許してあげてもいいかもと思った。

　なんか……今日はいろいろありすぎて疲れたな。

　無事に家に到着して、お風呂で体を温めながら今日あったことを思い返す。

　夏目くんから聞いた、夏目くんの家族の話。

　夏目くんが裏表のある性格になってしまうのも無理はないのかも、と思って納得している自分がいて。

　勢いから偉そうなことをたくさん言ってしまい、正直反省している。

　けど……。

　夏目くんに抱きしめられたのを思い出して、無意識に顔が熱くなる。

　あれは、……私、夏目くんのことを怒らせてないってことでいいんだよね？

「って……なんでそんなこと気にしてるの」

　思わず出た声が浴室に響く。

　ちょっと前なら、夏目くんの気持ちなんてどうでもよかったはずなのに。

　今は、傷つけていないかな、なんて心配しちゃって。

　変なの。

　おかしい。

　何これ。

　なんか、やだ。

　なんとなくモヤモヤっとした気持ちをかき消すかのように、お湯で勢いよく顔を洗った。

「あれ……」

　お風呂から出て部屋で髪を乾かしながらバックからスマホを取り出せば、何件かメッセージが来ていた。

　夏目くんの家に行ってから、スマホを見てなかった。

　すぐにロックを解除してアプリを開く。

　今日、一緒に動物園に行ったメンバーが入っているグループメッセージが数件と。

「ん？」

　アプリではあまり見慣れていなかった名前に、目が開く。

「泉……くん？」

　泉くんからメッセージなんて珍しい。

　っていうか初めてかも。

　連絡先の交換はしていたけれど、ふたりきりでのやりとりはしたことがない。

　少しドキドキと緊張しながらメッセージを開く。

【雨、大丈夫だった？　気をつけて、いろいろと】

　そっか。

　雨が降って突然解散になったから、心配してくれてたんだ。

　返事を返すのが遅くなって申し訳ない。

【大丈夫！　泉くんたちは平気だった？】

　すぐにそう打って返信ボタンを押したけど。

　【気をつけて】のあとの【いろいろと】が妙に気になりながらも、クタクタの体が睡魔に勝てなくて。

　私はそのままベッドへと潜り込んだ。

chapter 3

繋がないで

　ブー。

【来週、空いてる日ある？】

　あの動物園の日から、あっという間に２週間たったある日。

　夏休みの宿題と動画アプリの視聴を往復していたら、夏目くんからそんなメッセージが届いた。

【ないです】

　即答して再びシャーペンを持つ。

　ブー。

【返信速いね。俺のこと好きなの？】

　ふんっ。

　既読無視をしてそのまま宿題を再開しようとしたら、さらにスマホが震えた。

【今度、瑠々の誕生日プレゼント買いに行きたくて】

【郁田さんが選んだって聞いたら絶対喜ぶと思う】

　そんなメッセージのあとに、かわいらしい猫がうるうるした瞳でおねがいのポーズをしているスタンプが送られてきた。

「うっ」

　瑠々ちゃん、誕生日なんだ……。

　この間、大泣きされたまま帰っちゃったからな……。

　またちゃんと会いたいって気持ちはすごいある。

　私からも何かプレゼントしたいし……。

　うぅ……。

　悔しいけれど。

【瑠々ちゃんのためだからね】

　そう返信ボタンを押した。

「さすが郁田さん。来てくれるって信じてたよ」

　夏目くんから連絡が来た日から1週間後。

　待ち合わせ場所の駅で待っていた彼は、私の顔を見るなりニヤついた顔を向けてきた。

「瑠々ちゃんのためだから。私も何かプレゼントしたいし」

「郁田さんってなんだかんだ言ってすごい優しいよね」

「夏目くん以外にはね」

「はいはい」

　こっちは冷たく返しているのに、目の前の彼はなんだか楽しそうで、それがいちいち癪に障る。

　この間と同じく、まわりの女の子たちはソワソワした様子で夏目くんのことを見ているし。

　皆さん、この人、顔だけですよ。

　騙されないでください。

「それで？　瑠々ちゃんに何をプレゼントするか決まってるの？」

「決まってたら、郁田さんに助け求めないよ。女の子って勘が鋭いから、詮索したら気づかれそうだし。一応サプライズにしたいから」

「なるほど……」

　たしかに瑠々ちゃんは、すぐに気づきそう。

「けど、欲しいかどうかわからないものあげても、かえって気をつかわせないかな？」

「だから頼りにしてるよ。同じ女子目線っていうか」

「え──」

「おままごと系のおもちゃとか？」

「それはもう、母さんたちが買うって決まってて」

「そっかぁ。夏目くん、瑠々ちゃんとの普段の会話からヒントになるものとか思い出せないの？」

「うん、この間からずっとそうしてるし、瑠々を観察してるんだけどなかなか」

「んー……」

　駅から徒歩数分のところにあるショッピングモールを歩きながら、瑠々ちゃんのプレゼントについて夏目くんと話す。

　あれぐらいの歳の子って何が欲しいんだろう。私は何が欲しかったかな……。

　瑠々ちゃんぐらいの年齢の子にオススメのプレゼントをスマホで調べても、どうもピンとこなくて。

　んーと悩みながら、この間、瑠々ちゃんと遊んだ日のことを思い返す。

「あっ、そういえば……瑠々ちゃん、この前遊んだ時に言ってたんだ」

『ねぇ、菜花お姉ちゃん』

『ん？』

『菜花お姉ちゃんは、涼々が瑠々のこと大好きに見える？』

『え、どうして？　見えるよ。すっごく大好きに見える!!』

『フフッ、そっかぁ～、そうだよねっ、フフッ』

　瑠々ちゃんはそう言ってすっごくうれしそうに笑ったけれど、今思えば、どうしてわざわざあんなこと私に確認したんだろうって思う。

「もしかして瑠々ちゃん」

「……気づいてる、のかな」

「……」

　子供は、意外とそういうのに敏感だと聞いたことがある。

　大人のふとした表情とか何気ない言葉を、ずっと覚えているって。

　瑠々ちゃんはもしかして、夏目くんが家族にいだいている複雑な感情をなんとなく察して、不安なのかもしれないって。

　わかんないけれど。

「おもちゃのプレゼントも大事だけれど、今の瑠々ちゃんには、もっと別のものがいいんじゃないかな」

「別のもの？」

「えっと……例えば……」

　瑠々ちゃんにまっすぐ、夏目くんの気持ちが伝わるもの。

「……手紙、とか？」

「手紙？　いや、それは、無理無理……」

「え、なんで？」

　即答して、あからさまに動揺し出した夏目くんに詰め寄る。

「そんなの書いたことないし」

「書いたことないから書くんでしょ」

「いやいやいや」

　そう言いながら目を逸らした夏目くんの耳が赤い。

「え、何、照れてるの？」

「っ」

「手紙を書くの想像しただけで？」

「……郁田さんって意地悪だよね」

「夏目くんほどでは」

　『手紙』って、結構ベタなものだと思っていたから、夏目くんの反応が意外すぎておかしい。

　首の後ろに手を回して、まるで自分のことを落ちつかせようと必死なようにも見えて。

　こんなにドキマギしている夏目くんってレアだなぁ、と見入ってしまう。

「郁田さんは、家族に手紙なんて書いたことあるの？」

「あるよ。普通に。友達にだってプレゼント買う時は、手書きの手紙が一緒のほうがさらに気持ちがこもってていいなって思うし」

「ふーん……」

「決まりでいいじゃん。手紙」

　手紙だけだと寂しいって思うなら、何か小さな小物をプラスでつけてもいいだろうし。

「やだ……」

「え〜〜」

　子供っぽいなぁ。

　こういうのをサラッとクールにこなすのが、夏目涼々じゃないの？

「何を書けばいいかわからないし」

「夏目くんが瑠々ちゃんのことをどう思ってるのか書くんだよ」

「瑠々、まだ字読めないし」

「読み聞かせるんだよ」

「声に出して!?」

　いや、そんな驚くことかね……。

「当たり前じゃん」

「死ぬ……」

「言ったよね？　ちゃんと伝えないとわからないって。瑠々ちゃんがあんなふうに私に言ってきたってことは、夏目くんの瑠々ちゃんを思う気持ち、本人にちゃんと伝わってないってことだよ？」

「いや、だからって……」

「一緒に考えてあげるから」

「えっ……」

　思わず出てしまったセリフに、自分でもちょっとびっくりした。

　けどやっぱり、こんな夏目くんの姿を見ていると、どうしてもどうにかしてあげたいって気持ちが芽生えてきてしまった。

　瑠々ちゃんの気持ちだってそう。

　幼いながらも夏目くんの自分に対しての気持ちに自信がなくて不安に思っているなら、それを少しでも取り除いてあげたい。

　そうだ。

　夏目くんのためというより、瑠々ちゃんのため。

「よし、とりあえずモール内のショップを全部回ってみて、もし瑠々ちゃんにいいなって思えるのが見つかったらそれを追加にしよ」

「……うん」

　夏目くんは、手紙についてはまだ完全に乗り気ではなさそうだけれど。

　とりあえず、ふたり並んで歩きながら瑠々ちゃんへのプレゼントを探す。

　食べてなくなっちゃうものよりも、形に残るものがいいよね……。

　んー。

「……あっ」

　悩みながらお店を回っていると、夏目くんがある場所で足を止めた。

「え、洋服？」

「……うん」

　何かを思い出したのか、静かに答えてズンズンとお店の
奥へと進む彼の背中を追う。

　そこは、主にルームウェアを扱う、女の子にはとくに人
気のお店。

　ふわふわの手触りと、かわいらしいデザインの評価が高
いらしい。

　少しいい値段がするからなかなか手が出せなくて、私も
未（いま）だに着たことがないんだけど。

「何か思い出したの？」

「うん。前に、瑠々に言われたの思い出して。俺と同じ格
好がしたいって言われたことあるんだ。あの時はたぶん、
制服を着たがってたんだと思うけど……」

　そう言いながら、夏目くんがひとつの商品を手に取った。

　紺（こん）色を基調とした生地に、何やら小さな柄が散りばめら
れた質の上品なパジャマ。

　よく見るとその柄は、今人気のクマのキャラクターだっ
た。

「わ、かわいいね」

　瑠々ちゃんが着たらそれはそれはかわいらしいんだろう
と思うけど、夏目くんが持っているそれは明らかにメンズ
サイズ。

　瑠々ちゃんの誕生日へのプレゼントなのに、夏目くんが
自分用に買うつもりなの？

　頭の上にハテナを浮かべながらその様子を観察している
と、夏目くんの目線が、さっきのパジャマの下の棚へと向

けられた。

「あった」

　そう言って彼が手に取ったのは、先ほどのパジャマの柄とまったく同じで、生地の色だけがピンクで色違いになっている。

　そして、レディースものにしてはサイズがかなり小さいようだけど……。

「最近、カップルだけじゃなくて、ファミリーでお揃いとか流行ってるんだよね」

「はっ、そうなんだ！　これ子供用か！」

　つまり、夏目くんとお揃いのパジャマを瑠々ちゃんにプレゼントしてあげるってことか！

「まぁ、今の瑠々の気持ちがどうかわかんないから、涼々と同じじゃ嫌〜とか言われるかもしれないけど」

「いや、いいよ！　いい考えだよ夏目くん！　瑠々ちゃん、絶対に喜ぶ！」

　名案だと、瑠々ちゃんの喜んでいる顔がすぐに想像できて思わず前のめりで言う。

「えっ……あっ、うん」

　夏目くんはそう言うと、スッと私から目を逸らした。

　え？……何、今の？

　さっきの反応がなんだか気になるけど、とりあえず、無事に夏目くんが渡すプレゼントが決められて、ホッと一息つく。

　結局、夏目くんは自分でプレゼントを考えられていたし、

私は来なくてよかったんではとも思ったけど、私も私で、瑠々ちゃんにプレゼントしたいものを今の夏目くんを見てなんとなく思いついて、それからは私のプレゼント選びにも彼の意見を参考にしながら付き合ってもらって。

「わざわざいいのに」

「はい？　私が瑠々ちゃんのこと好きだから勝手にやってるの。夏目くんのためじゃないし」

「フッ、ほんとわざわざかわいくない言い方するよね〜郁田さんって。そういうところがそそられるんだけど」

「余計なこと言わないで。瑠々ちゃんの好みだけ教えてくれればいいから」

「はいはい」

　そうこうしているうちに、瑠々ちゃんへ送る手紙の便箋も選び終わり。

　お昼時間をすぎたころに、すべての買い物が終了した。

「よし、これで全部揃ったね」

「うん。ほんと助かったよ」

「私はなんもしてないし」

「ううん。郁田さんが瑠々の言葉を思い出させるようにいろいろ言ってくれたからだよ」

「別に……」

　夏目くんにそんなふうにど直球に言われると、どうも調子が狂う。

「よし、ご飯食べに行こう」

「え?」

「お腹すいたでしょ、郁田さん」

　そう言って手を伸ばした夏目くんに、2秒ほど反応するのが遅れてしまい、私の手はあっという間に彼の手のひらの中に収まってしまった。

「ちょ、離して、私は全然お腹減ってな──」

　グゥ─────。

「……立派にすいてんじゃん」

「……」

　消えてしまいたい。

「選び放題だよ、何が食べたい?　今日付き合ってくれたお礼」

　そう言って笑顔を向けてた夏目くんの表情が、今までと違って、ほんの少し自然で柔らかくなっている気がして。

「……っ、わ、わかったから」

　なんだか変に彼のペースにのみ込まれてしまった。

　瑠々ちゃんへのプレゼント探しをした日から、早くも5日がたって。

　8月15日の今日は、瑠々ちゃんの誕生日。

　夏目くんから昨日来たメッセージでは、夕方の6時ごろに夏目くんちで誕生日会を始める予定らしくて。

　起きてからずっと夏休みの宿題に取りかかっていたら、あっという間に、部屋の時計はただいま夕方の4時半を指していた。

「そろそろ準備しなきゃ」

　勉強机から立ち上がってクローゼットを開ける。

　何……着ようか……。

　ガチャ。

　ん一と服選びをしていたら、いきなり部屋のドアが開けられてびっくりする。

「あら、支度中にごめんね？」

「ママ……いや、大丈夫だけど……どうしたの？」

　気のせいか、なんだかママの顔がニヤついて見えて嫌な予感がする。

「菜花、今日友達の誕生日会に行くって言ってたけど……」

「うん。そうだよ」

「それって本当に友達？」

「え？　何それ……」

　私が瑠々ちゃんへのプレゼントが入ったラッピング袋を持って帰ってきた日、ママに、中身はなんなのか尋ねられて、とっさに友達へのプレゼントだって言ったけど。

　突然それを疑うってどういうことだ。

　瑠々ちゃんが私にとって友達なのも本当だし。

「それ、前に菜花がデートした夏目くんって子にあげるんじゃないの？」

　ニヤニヤしながら、私のベッドに置かれたそれに目線を向けながらママが言う。

　本当、変なところで勘がいいんだか悪いんだか。

「あんなやつにあげるわけないじゃん！」

「あらそう？　なーんか夏休み始まってから菜花の様子がいつもと違うから、何かあったのかな？って気になって」

　はぁ……もう、面倒くさいなあ。

　そりゃ、何もなかったわけではないけれど……。

　夏目くんの部屋で夏目くんの過去を聞いた日のことがフラッシュバックする。

「フッ、そう。まあ、なんでもいいわ。これ、渡そうと思っただけだから」

「えっ……」

　部屋に入ってきたママが、私の前に立ってから私の手を取ってその中に何か入れた。

「これ……」

「菜花、自分からこういうのあまり買わないから。学校も休みなんだし、もう少し女の子を楽しんでもいいんじゃない。似合うと思うわよ」

　ママはそう言うと、そそくさと部屋をあとにした。

「ちょ……えー」

　手のひらの中に渡されたのは、リップと桜色のネイルカラー。

　これを……つけていけと？

　メイクにはあまりいい思い出がなかったから、高校生になってからは、極力派手めなことは避けてきたのに。

　中学のころ、みんながメイクを覚え出して私もみんなと同じようにしていたけど、なぜか私のほうが悪目立ちして。

　当時の友達には、

『菜花はもともと目鼻立ちがはっきりしているから、みんなと同じようなメイクが派手に見えてしまうんだ』

　とか言われたけれど。

　ママ、やっぱり絶対、私が夏目くんのところに行くと思っているよね。

　母親の勘って怖い。

　私がわかりやすすぎるだけ？

　夏目くんがうちに来た時、だいぶ気に入ってたし。

　まぁ、あの顔だからね。顔だけだけど。

　だからこんなこと……。

「あ──」

　ため息まじりにそんな声が出る。

　けど、せっかく私のために用意してくれたのに使わないっていうのもママに悪いし。

　……まぁ、誕生日会って特別な日だし、今日ぐらいいいのかな。

　中学のころのメイクは見よう見真似で、自分に合っている型がまるでわかっていなかったのもあるわけだし。

　軽くリップを塗るぐらいなら、変じゃないよね。

　そう自分に言い聞かせながら、支度を始めた。

「あ、郁田さん！　こっち」

　夏目くん宅から一番近い駅に降りて、改札口を出ると、こちらに手を振る彼の姿が見えた。

　え。

なんで。

わざわざ迎えに来てんの。

ていうか、安定して目立っている。

近づきにくいんだけど。

今回はひとりでそっちに行けると、メッセージで伝えた
のに。

「なんで迎えに来てるの……」

「なんでって心配だから」

「……っ」

サラッと『心配』って。

ドキッとしてしまったのは絶対に気のせい。

「女の子、ひとりで歩かせるのよくないでしょ。よく知ら
ない道ならとくに」

「……いや、別に。道なら覚えてるし。まだそんなに暗く
ないし」

「バカだな〜郁田さん。明るさとか関係なく襲うやつだっ
ていんの〜ナンパとかされても嫌じゃん」

バカって……心外な。

ナンパだってされたことないし。

「されたことないし大丈夫だよ。それに嫌では──」

「……は？　郁田さんが嫌じゃなくても俺が──」

「……？」

夏目くんが何かを言いかけてやめた。

「はい、とにかく早く行くよ〜。瑠々が待ってる」

「あ、うん」

　何、今の――。

　夏目くん、やっぱり、前からちょっと様子おかしいよね。

　って、なんかこれ、さっき私がママに言われたことと
ちょっと似ている気が――。

「夏目くん、手紙ちゃんと書けた？」

「……んぁー」

　何その変な声。

「書けてないの？」

「……書いた、けど」

「けど？」

　横で俯き加減になる夏目くんの顔を覗く。

「瑠々に伝わるかどうか。逆に傷つけたらどうしようって。
そんなことしたら俺、あの家から本格的に追い出されちゃ
うじゃん？」

「……怖い？」

「……何。俺にカッコ悪いこと言わせる選手権でも始めた
の？　郁田さん」

「何それ。普段からカッコいいこと言ってるわけでもない
のに。それに、怖いって思うのはカッコ悪いことじゃない
でしょ」

「……えっ？」

　急に夏目くんが足を止めたので、私も同じように立ち止
まる。

「だから……傷つけちゃったらどうしようって不安になっ
ちゃうのは、相手のこと大切にしてる証拠でしょ？　どう

でもいい人には、そんな気持ち生まれないもん」

「……ははっ。ずるいなぁ、郁田さんは」

「へっ……」

　ヘラッと力なく笑った夏目くんなんて初めて見たから、戸惑ってしまう。

「俺のこと好きじゃないくせに優しくする」

「……別に、優しくしてるつもりなんかないよ。見ててはがゆいだけだし。夏目くんが弱気だから仕方なく」

「『仕方なく』やってくれるのが優しいんじゃん？」

　そう言って、私の頬に手を伸ばした夏目くんとバチッと視線が合う。

「な、何」

　静かに呟いた夏目くんの親指の腹が、わずかに私の唇に触れた。

　完全に彼の目が私の唇に向けられているのがわかって、すぐに体を離す。

「……郁田さん、今日」

「る、瑠々ちゃん待ってるんでしょ！　早く行くよ──っ」

　ガシッ。

　背を向けて歩き出そうとしたら、手首を掴まれて止められた。

　やっぱりメイクなんてしてくるんじゃなかった……。

「こっち向いてよ」

「やだ」

　髪の毛で顔を隠すように背ける。

「なんで」

「時間がないから」

「まだ大丈夫だよ。郁田さんが早めについてくれたから余裕」

　しつこいったらありゃしない。

　ほんと失敗した。

「……離して」

「だったら早くこっち向いて？」

　今になって、恥ずかしさで嫌になる。

「郁田さ──」

「あーも、何っ！　ママがつけてけってうるさくてっ、だからっ」

「……そんな顔を真っ赤にして言わなくても」

「っ」

　消えたい。

　帰りたい。

　いつもと違うことをしてしまった、よりによって夏目くんと会う日に。

　面と向かってそのことに反応されて初めて、どう思われるか怖くて。

　夏目くんにどう思われようが、どうでもいいはずなのに。

「爪も、かわいくしてんじゃん」

　スッと私の左手を優しく取って爪を撫でる夏目くん。

　その仕草ひとつひとつが、いちいち嫌らしくてムカつく。

　そんな気持ちとは反対に、ドキドキうるさい心臓にもっ

とムカついて。

　何これ……。

「よかった、休みの日で」

「何が」

「だって他の男に見られたくないじゃん。郁田さんが、こんなかわいくおめかししてるところ」

「おめかしって……いや本当に、ママがくれたから、つけないのも悪いと思って」

「うん。ちゃんとわかってるよ、俺のためなんでしょ？」

　ほんと話が通じない人だ。

「バカじゃないの。全然違うか──っ、！！」

『違うから』

　そう言おうとしたのに、夏目くんがいきなり顔をグッと寄せてきた。

　この人、毎度毎度、心臓に悪すぎる。

「……そうだよ。いいように考えちゃう。俺バカだから」

　鼻と鼻が触れそうな距離に息が止まる。

「ね？」

　そう言って顔を離したかと思えば、ポンッと私の頭を撫でてから、再び歩き出した。

　な、なんなのよ、もう〜〜！！

　『俺バカだから』って。

　そりゃ、売り言葉に買い言葉で『バカ』って言ったけど、つねに成績トップの夏目くん自ら『バカだから』って、嫌味にしか聞こえないっつーの。

なんて。

　うるさい心臓の音に気づかないフリをして、慌てて夏目くんの背中を追いかけて隣を再び歩いた。

「わ～いらっしゃい！　菜花ちゃん！」

「こんばんは。この間は本当にありがとうございました！今日もまたお邪魔してしまって……」

　夏目家に到着すると、すぐに夏目ママが出迎えてくれた。

「なに言ってるの！　また来てくれて本当にうれしいわ。瑠々もあれからずっと菜花ちゃんに会いたいって、もうそればっかで」

「そうなんですか!?　私も今日、参加できてとっても──」

「はっ！　菜花お姉ちゃんだ!!」

　夏目ママと話していると、家の奥からタタタッとかわいらしい足音がこっちに向かってきて。

　小さな女の子がギュッと私に掴まった。

「瑠々ちゃん、久しぶり！　お誕生日おめでとうっ！」

「え、菜花お姉ちゃん、瑠々の誕生日……」

「うん。夏目くんに教えてもらったの。それで私も一緒にお祝いしたいって思って」

　そう言うと、パァっと彼女の顔が明るくなって瞳がキラキラと輝く。

「じゃあ、今日、菜花お姉ちゃんも一緒にケーキ食べるの？」

「うん。そうしたいなって思ってるけど、いいかな？」

「やったー！　うんっっ！　菜花お姉ちゃん早く来て！

すごいんだよ、涼々とママたちがね……！」

　うぅ……かわいすぎる。

　私は瑠々ちゃんに手を引かれながら、家の中へと入った。

「瑠々ちゃん、お誕生日おめでとうー！」

　今日のためにとてもかわいらしく飾られたリビングで、夏目ママお手製のおいしそうなたくさんのごちそうを囲みながら。

　ローソクの火を消したばかりの瑠々ちゃんに向けて、みんなが声をかける。

「瑠々、５歳のお誕生日、おめでとう！」

「おめでとう!!」

　瑠々ちゃんは、ヘニャヘニャとうれしそうに満面の笑みで「ありがとうっ」と言って。

　その顔が、あまりにもかわいすぎて。

　天使って、こういうことを言うんだな……。

「はい、瑠々。これはパパとママからのプレゼント」

　リビングの電気がついてからすぐ、夏目パパさんがきれいにラッピングされた大きな箱を瑠々ちゃんの足元に置いた。

「わぁ……！」

　プレゼントの箱のその大きさだけで、私でもワクワクしちゃうのに。

　５歳になりたてホヤホヤの瑠々ちゃんは、もっとうれしいに決まっている。

「開けて、いい？」

「もちろん！」

　ママさんの声で、その小さい手でラッピングのリボンを
ほどいていく。

「はっ!!　これ!!　瑠々がずっと欲しかったもの!!　なん
でわかったの!?　欲しいって言ってないのにっ」

　袋の中に隠れた、お人形セットを見て瑠々ちゃんが目を
輝かせる。

「フフッ。そりゃあ、瑠々のパパとママですから」

　ママさんが言うと、瑠々ちゃんが少し頬を赤らめてすっ
ごくうれしそうに笑った。

「ママ、パパありがとうっ!!」

「どういたしまして」

　はあ……本当に素敵な家族だな……。

　この一家団欒の幸せな空間に、自分が混ぜてもらえてい
ることがうれしくて。

　夏目くんに、おもちゃのあれこれをうれしそうに説明し
ている瑠々ちゃんを眺めていたら、隣に座るママさんが、
私に耳打ちしてきた。

「……瑠々ね、欲しいもの聞いても全然答えなかったんだ
けど、あのおもちゃのCMが流れるたびにすっごく見てる
から。わかりやすいのよ」

「あ、なるほど!!　瑠々ちゃん、かわいいですねっ」

　そう答えれば、ママさんもうれしそうに頷いて。

「あの、次、私からでいいですかっ」

　かわいい瑠々ちゃんを見ていると、いてもたってもいられなくなって席を立ち上がる。
「えっ、菜花ちゃん準備してくれたの!?」
　夏目パパさんが驚いたのと同時に、瑠々ちゃんも「えっ!?」と目を輝かせてこっちを見た。
「はい、ほんとちょっとしたものですけど」
　普段使いしているショルダーバッグとは別のトートバッグから、瑠々ちゃんにあげるプレゼントを取り出して。
　ピンクのラッピング袋を瑠々ちゃんに手渡す。
「はい、瑠々ちゃん。お誕生日おめでとう」
「わっ……菜花お姉ちゃんっ、ありがとうっ……」
　私からもらえるなんて思っていなかったのか、びっくりして固まっている瑠々ちゃんがこれまたかわいい。
　かわいいの渋滞だよ。
「瑠々ちゃんに、すっごく似合うと思って」
　瑠々ちゃんの上目づかいの「開けていい?」に、またやられてしまう。
「うんっ」
　私の声を合図に、瑠々ちゃんが袋を開けて。
　瑠々ちゃんに似合う、と自信を持って言えるけど、気に入ってくれるかわからなくてドキドキと緊張する。
「わあ——!!」
「瑠々ちゃんの年にはちょっと早いかなって思ったんだけど、でもこれ見た瞬間、瑠々ちゃん！って思ったの」
　瑠々ちゃんが、ラッピング袋から取り出してテーブルに

広げたもの。

　ピンクのポーチにかわいらしいデザインのコンパクトミラーと、子供用リップカラー、そしてイチゴのチャームがついたヘアゴム。

「かっわいい……」

　こういうのに憧れる、小さな女の子の気持ちもわかるから。

　大きな瞳で、私からのプレゼントを眺めている瑠々ちゃんが本当にかわいくて。

「菜花お姉ちゃん……ありがとうっ！　とってもとってもと──ってもうれしいっ！」

「瑠々、よかったわね〜っ！　菜花ちゃん本当にありがとうっ」

「いえ」

「瑠々、ご飯終わったらそれつけてみようか！」

「うんっ!!」

　喜んでもらえてよかった。

　この子供用のおしゃれセットを見た時、瑠々ちゃんに似合うと思ったのも本当だけれど、一番は、夏目くんがプレゼントを選んでる時に言ってたセリフが決め手で。

『俺と同じ格好がしたいって』

　もしかしたら、瑠々ちゃんは、夏目くんと同じ年になることに憧れていて、少しでも近づきたいんじゃないかって。

　背伸びしたい乙女心、わからなくないから。

「……よし、じゃあ最後、俺から瑠々に」

　小さく呟いた夏目くんの緊張が、こっちまで伝わる。

　私から手紙を書くことを提案しといてだけど……夏目くんがずっと不安そうだったから。

　緊張なんて縁のなさそうな人なのに。

「……えっと、まずはこれ。開けてみて」

　夏目くんがそう言って、足元に隠していた袋を瑠々ちゃんに手渡すと、すぐに袋を開けた。

「っ、かっわいいっっ!!　ポピーのパジャマだ!!」

「これの映画、ふたりで一緒に見に行ったもんね」

「うんっ!　覚えてるっ!　涼々とデートした時の! とってもかわいいっ!!　ねぇママ、これ今日寝る時に着られるかな!?」

「うん」

　ママさんにそう言われると、瑠々ちゃんがフワッと笑って。

「涼々、ありがとう!　とってもうれし──」

「これね、瑠々。お兄ちゃんの分も買ったの」

「えっ……」

「じゃんっ」

　夏目くんがそう言って、紺色のパジャマを別に取り出して瑠々ちゃんに見せた。

「はっ……」

　瑠々ちゃんが息をのんで、そのパジャマともらったばかりのパジャマを交互に見つめる。

「これっ……涼々と、お揃い?」

「うんそう。俺と瑠々ふたりだけのお揃い」

　夏目くんが瑠々ちゃんの目線に立って言うと、突然、瑠々ちゃんが俯いた。

「ぅっ……」

「えっ、瑠々ちゃん!?」

　そう言って顔を覗けば、瑠々ちゃんの目に涙が溜まってこぼれ落ちたので、その場にいたみんながおろおろする。

「えっ、ちょ、お揃い嫌だった!?　嘘、泣くほど嫌だった!?」

　慌てた夏目くんの言葉に、瑠々ちゃんがブンブンと首を横に振る。

「……くて」

「え?」

「うれしくてっ……瑠々、ずっと、涼々と同じものが欲しかったからっ」

　片手で涙をぬぐいながら、もらったばかりのパジャマを大事そうにギュッと持つ瑠々ちゃんが愛おしくてたまらない。

　瑠々ちゃんは本当に、夏目くんのことが大好きなんだ。

「……うれしすぎて、泣いちゃった。へへ」

　涙を拭き終えた瑠々ちゃんが、少し赤くなった目でそう言うから胸がギュッとなって。

「喜んでもらってよかった。これ今日一緒に着て寝よっか」

「はっ……!　うんっ!」

「フッ。……それからね、瑠々」

　夏目くんはそう言ってから、1枚の便箋を取り出した。

「何？　それ」

「お兄ちゃん、瑠々にお手紙書いたの」

「えっ、涼々が瑠々に？」

「うん。聞いてくれる？」

　コクンと頷いた瑠々ちゃんが、ちょこんとイスに座った。

「涼々……」

　ママさんたちも、夏目くんが手紙を書いたことにびっくりした表情を見せる。

「フッ。緊張するね」

　そう言って瑠々ちゃんに笑いかけた夏目くんがチラッと視線をこちらへ向けたので、「大丈夫」の意味を込めて頷くと、夏目くんがスゥと息を吸った。

「瑠々へ。お誕生日おめでとう。５歳、もう立派なお姉さんだね」

　手紙の出だしに、瑠々ちゃんがうれしそうに「フフッ」と笑う。

「瑠々に手紙を書くって決めてから、今日まで、瑠々との楽しかったことをたくさん思い出していたよ。瑠々がお母さんのお腹にいるってわかって、瑠々が生まれて。最初はね、自分はこの家にいてもいいのかなって思った時もあったんだ」

「……っ」

　夏目くんの手紙の言葉に、ママさんが目頭に手を当てた。

「けどね、瑠々とたくさん話していっぱい遊んで。お兄ちゃんは瑠々のことがどんどん大好きになっていったよ。瑠々

が『涼々』って呼んでくれるたびにうれしい。笑ってお兄ちゃんに飛びついてくる瑠々が大好きだよ。これからも、たくさん笑う瑠々でいてほしいです。こんなお兄ちゃんだけど、5歳になってもよろしくね。涼々より」

「……っ」

　夏目くんが手紙を読み終わると、ママさんとパパさんが泣きながらティッシュで顔をぬぐい出した。

　きっとふたりも、今までたくさん思うことがあったのだろう。

　私にはその気持ちを知ることはできないけれど、ふたりにも夏目くんの気持ちが少しでも伝わっていたらいい。

　そして、同時に、この家族の守っているものがいかに大きなものなのかを痛感して。

「えっと……ごめんね、瑠々にはまだちょっと難しいことも言っちゃったかもしれないけど、このお手紙も、もらってくれるとうれしいな」

　そう言われた瑠々ちゃんがジッと夏目くんを見つめながら、夏目くんから手紙を受け取る。

　瑠々ちゃんに、夏目くんの気持ちは届いたのかな。

「……ありがとう、涼々」

　瑠々ちゃんの頬に一筋の涙が落ちる。

「瑠々……」

「瑠々ね、たまに、涼々は瑠々のこと好きなのかわからなくなる時があって。瑠々が『だいすき』って言っても、涼々は『ありがとう』しか言わなかったから」

「……瑠々ちゃん」

「だから、今日、涼々から『だいすき』って言ってもらって、とってもうれしいの」

　そう言う瑠々ちゃんに、私までも泣きそうになってしまった。

　やっぱり瑠々ちゃん、小さいなりにいっぱい気にしていたんだね。

「……ごめん、瑠々」

「なんで謝るの？　瑠々は喜んでるのに。とってもしあわせな5歳の誕生日だよ！」

「うん。そうだね。……ありがとう。誕生日、おめでとう」

　夏目くんは声を少し詰まらせながら小さく言うと、瑠々ちゃんの頭を優しく撫でながら、彼女をギュッと引き寄せて抱きしめた。

「よかったね！　お手紙作戦大成功だった」

　無事に誕生日会が終わり、遊び疲れた瑠々ちゃんを寝かしつけて。

　暗くなった夜道を夏目くんと一緒に歩く。

「郁田さん、今日は本当にありがとう。今日だけじゃなくて、瑠々のこといろいろ」

　普段と比べて少し声のトーンが低いので、真剣に心から思ってくれているのかもしれない。

「私は何もしてないよ。ちゃんと手紙を書いたのは夏目くんでしょ？　それに……偉そうなことたくさん言ってし

まったから、ちょっと申し訳なかったなって……」

「偉そうなこと？」

「うん。ごめんなさい」

　夏目くんと夏目くんの家族のかかえていること、その大きさ、それを何も知らない私が偉そうに夏目くんを説教してしまったから。

　夏目くんがたくさん考えて悩んで吐き出した想いを、『夏目くんは子供なんだよ』って。

　夏目くんの、瑠々ちゃんやご両親への想い。

　誕生日会を一緒に過ごして、やっと気づいた。

　お互いが壊さないように壊さないように、大事に守っているものがあって。

　守るために、夏目くんがいろいろなことを押し殺してきたのかもと考えれば考えるほど、私なんかが偉そうに口を出していいことじゃなくて。

　夏目くんのまっすぐな想いを綴った手紙の内容を聞いて、うれしい気持ちと同時に、恥ずかしいことをしてしまったと、ひとり反省会が止まらなくて。

「まぁ、人によっては怒る人もいるかもしれないけど」

「はい……」

「うわ、郁田さんがそんな素直だと調子が狂うな」

「……」

　今の私には何も言えない。

　いくら夏目くんに邪魔ばっかりされて嫌な思いしているからって、踏み込んでいいところとダメなところがあるわ

けで。

　時間を置いて冷静に考えると、自分の正しいと思っていた見方が、誰かを傷つけていたかもしれないと気づく。

　あの時は私も少し感情的になりすぎていて。

　言い訳にしかならないのだけれど。

「郁田さんの、あの言葉を誰がどう捉えるかはわからないけど。でも俺は、うれしかったよ」

「えっ……」

　夏目くんのセリフに驚いて、俯いていた顔を上げて彼に視線をうつす。けれど月明かりに照らされたその横顔がきれいすぎて、なんだかその瞳にのみ込まれそうですぐに逸らした。

「俺の話を聞いて、郁田さんが泣いてくれて。怒ってくれて」

「……っ」

「郁田さんが真剣に考えてくれたからこそ出てきた言葉でしょ。どうでもよかったら、あんな熱量で話さない」

「熱量って……」

　自分がいかに熱くなってしまっていたのか気づかされて、余計に恥ずかしさが込み上げてくる。

「それにやっぱり図星だったからね。気をつかってるのも本当だけど、俺だけじゃ足りなかったんだっていうショックっていうか。でもそれは、自然とふたりに心を許してて甘えることができてた証拠だったんだなって。郁田さんが言うように、俺はまだ子供で瑠々に嫉妬してるところがあった。それに気づけたんだよ。それにね」

　夏目くんがそう言って、私の左手をギュッと握った。

「ちょっ……」

　振りほどこうとしたけど、あんまり優しい顔をして微笑むからできなくて。

「郁田さんが手紙書くことを提案してくれたおかげで、俺はちゃんと瑠々と向き合えた。いざ手紙を書こうと机に向かったらさ、ほんと、瑠々の笑顔ばっかり浮かんできて。あー俺、ちゃんと瑠々のこと好きだなーって思えたんだよ」

「夏目くん……」

「見て見ぬ振りして気づくのを怖がっていた気持ちに、郁田さんが寄り添ってくれた。ちゃんと。だから謝ったりしないで」

「……っ、う、うん。あり、がと」

「ハハッ。そんな固まるかな」

「だって夏目くんがいつもと違うから」

「うん。なんでだろうね」

　なんでだろうねって……。

　意地悪で自分勝手に触れてくる時の彼じゃないから、どうしていいかわかんないよ。

「あの、わかったから手」

「ん？」

「手、離してよ」

「あぁ……」

　曖昧な返事をして夜空を見上げた夏目くんが、ゆっくりと顔を向けてこちらに視線を合わせる。

「やだ」

「はっ……？」

「俺、決めたから。郁田さんのこと離さないって」

「いやいやいや!!」

　歩き出そうとする夏目くんを引き留める。

「あれ、それともまだ、帰りたくないのかな？」

「はぁん？」

「もう意地悪しないから、覚悟しててね。菜花ちゃん」

　夏目くんはそう言って満足そうに笑うと、私の手を引いて歩き出した。

助けないで

　瑠々ちゃんの誕生日会に参加した日から、なんだかんだ夏休みはあっという間にすぎていった。

　いつメンのバレー部は夏休みも部活だから、残りの夏休みはほとんど光莉と遊んで。

　遊ぶと言っても、溜まった夏休みの宿題を一緒にやろうと近くのファストフード店で待ち合わせて、なのにメインの宿題に一切手をつけないままダラダラとおしゃべりして終わるとか、そのまま映画を観に行こうかとかいうノリで。

　そんな夏休みが終わって、新学期が始まった。

「おはよー！」

「おはよー！　久しぶりー！」

　校舎に入り廊下を歩いていると、久しい顔ぶれを見つけてちょっとドキドキして。

　雰囲気が変わった人も何人かいて。

　ザ・夏休み明けの学校って感じだ。

「菜花————！　ひーさーしーぶーりー！」

「うっ！」

　後ろから勢いよく誰かに抱きつかれる。

　振り返らなくても、誰だかわかる。

「……光莉、久しぶりって、一昨日会ったばっかじゃん」

「なに言ってんのよ。夏休み明けなんだからこういう雰囲気作りが大事なの」

「……わからなくもないけど」

「あー！　菜花、光莉ー！　久しぶり〜！」

　廊下で光莉とワイワイ話していると、聞き慣れた声に名前を呼ばれた。

　バレー部の３人だ。

　雪ちゃん、百合ちゃんの髪の毛が少し伸びていて。結花ちゃんは逆にバッサリと髪を切っていて。

　なんだか新鮮だ。

「結花ちゃん、ショート似合うねー！」

「めっちゃかわいい！」

「えへへ！　いや、ふたりも大人っぽくなってる気がするよ！　とくに菜花！」

「えっ、わ、私？」

　自分を指さして聞き返す。

「あ、結花も気づいてた？　じつはこの子、夏休みからちょっと違うのよね、なんか」

「あー言われてみれば……なんか」

「なんかなんかって、みんなしてジロジロ見ないでよ〜」

　ドンッ。

　みんなと話すことに夢中になっていたら、後ろを歩いていた生徒とぶつかってしまった。

「っ、あ、すみま──」

「あ、郁田さんっ。久しぶり。おはよっ」

　ぶつかってしまった生徒に謝ろうと、後ろを振り返った瞬間。

　視界に入ってきた人物に胸がドキンと跳ねた。

　な、何、今の……。ドキンッて。

　２週間ぶりぐらいに見る彼への接し方が、一瞬わからなくなっていた。

『俺、決めたから。郁田さんのこと離さないって』

　夏休みに言われたセリフが脳内に響いて。

　顔が熱くなる。

　変なこと……言うから……。

　私ってば、今まで学校でどうやって夏目くんと話してたっけ。

「あっ、お、おはよ……」

　挨拶を返そうしたら軽く噛んでしまった。

　何を動揺してんだか。

「西東さんたちも久しぶり」

　得意の爽やかスマイルで、夏目くんがみんなに軽く手を振れば。

「夏目くん久しぶり！　元気だった〜？」

「夏目くん、夏休み、どこか行った？」

「海外旅行とかしてそうだよね〜！　ハワイとか似合う！」

　夏休みが明けても変わらず、みんなが目をキラキラさせながら夏目くんに話しかける。

「うちは親が仕事で忙しいから。旅行とか全然」

「そっか〜でも夏目くんの夏休みなんて全女子が気になってるよ〜！　夏目くんの夏休みの１日とか動画投稿したら稼げそう」

「ちょっと光莉……」

　思わずツッコんでしまった。

「ハハ。全然そんな大したことしてないよ。あっ……でも」

　何かを言い出そうとする夏目くんと、バチッと視線が絡む。

「デート、したかな」

　っ!?

「「「デートぉぉ!?」」」

　彼のセリフに、みんなが大きな声を出す。

　廊下を歩く他の生徒もこちらに大注目だ。

「うん」

「夏目くん、か、彼女いたっけ？」

「ううん。いないよ」

「えっ、じゃあ」

「いいなぁって思ってる子がいて。妹の誕生日プレゼント選んでもらったりしたんだ」

「……っ」

　ドキン。

　また心臓が、おかしな音を立てた。

　何を言っているんだこの人は。

「えー！　そうなんだ！　夏目くんに好きになってもらえるとか幸せ者すぎるよ、その子！」

　光莉たちが、わーきゃーと騒ぎ出してなんだか楽しそう。

　こっちの気も知らないで……。

「んーどうだろう。俺、その子に嫌われてるから」

「はぁー!?　夏目くんが嫌われるー!?」

「あー光莉光莉光莉!　そろそろ体育館行かないと!　始業式、始まる!」

　夏目くんとみんなの間に入って慌てて会話を遮ると、スマホの画面を確認して「ほんとだ!」という雪ちゃんの声を合図に、夏目くんと別れることができた。

　はぁ……いったい、どういうつもりなの夏目くん。

　絶対、からかっている。

　私がどんな反応するのか見ているんだ。

　ほんと、そういうところ性格悪いよね。

　思ってないことが、よくペラペラ出てくるよ。

　体目当てで私に声かけてきた男だ。

　それが私を好きだなんて。

　そんなの絶対、おかしいもん。

「菜花〜!　楽しみだね〜!　修学旅行っ!!」

「うんっ」

　始業式から早くも1週間がたったお昼休み。

　光莉たちが、さっきの授業でもらった修学旅行のしおりを眺めながら言った。

　そう。

　私たち2年生は、3泊4日の修学旅行を2週間後に控えているのだ。

　正直、私もかなり浮かれている。

　グループは好きな人たちと組んでいいということで、部

屋も班行動も全部、光莉たちと一緒だし。

「……あ、あのさ」

　いつものメンバーでお昼を食べながら修学旅行のことで話していると、突然、雪ちゃんがテンション低めに声を発した。

　みんながどうしたんだと、持っていたお箸を置く。

「２日目の自由行動なんだけど、私が抜けても大丈夫かな」

「……えっ？　どうして……あっ」

　光莉が質問しながら、何かを思いついたようなそぶりを見せると、

「……もしかして、長山くん？」

　百合ちゃんが控えめに言った。

　な、長山くん？　なんで急に長山くん？

　長山くんって、隣のクラスの雪ちゃんの幼なじみだよね。

　たしか夏休みに、雪ちゃんといい感じだなって思ってたけど……って、え!?

「え、ふたりって……」

「じつはなんかそういうことになって……」

　「へへ」と照れながら頭をかく雪ちゃんがすっごいかわいい顔をしていて、自分の顔もみるみるうちに綻んでいくのがわかる。

「きゃ――!!　マジかマジかマジか!!　えー!!　なんですぐに話してくれないのさ!!　いつからいつからいつから!!」

「そーだよ！　私たちも知らなかったよ！」

「長山くんから告白されたの!?　ねぇねぇねぇ！」

　光莉が興奮気味で騒ぎ出して、百合ちゃんや結花ちゃんも身を乗り出して、私も同じ姿勢で耳を傾ける。

「夏休み最終日に、夏祭り誘われて、それで……」

　雪ちゃんのさらに紅く染まる頬を見て、私だけじゃなくみんなの顔がさらに綻ぶ。

「ぎゃー!!　もう!!　何アオハルしてんのよ──!!　いいなあいいなぁ！　夏祭りで告白とか──！　えーチューは？　チューは？」

「ちょ、光莉、マジで声おっきいから！」

　雪ちゃんが顔を真っ赤にしながら注意する。

　いつもハキハキとした雪ちゃんがものすごく女の子で、そのギャップにやられてしまう。

　恋する女の子、か。

「だって～！　そりゃ大きくもなるよ！　うれしいもん！いやーお似合いだとは思ってたけどさーまさかまさか。実際そうなると、うれしいな……いいなあ～！」

　雪ちゃんの背中をバシバシと叩きながら、光莉が満面の笑みで言う。

「長山くんと思いっきり楽しんでよ！」

「うん。ありがとうっ。で、菜花は？」

「はっ!?」

　雪ちゃんが突然私のほうを向いて話を振るので、驚いて声が出る。

　なんで、この流れで私の名前!?

「だって菜花、明らかに変わったもん。夏休み、何かあったよね？」

「それ私も思ってた。なんか雰囲気が柔らかくなってるというか」

　百合ちゃんまでもそんなことを言うんだから。

　何かあったのかと言われたら、それはひとつしかないわけで。

「まぁ、私は夏目くんと菜花を推していたけどさー。私たちの知らない間に菜花が素敵な人と出会っているなら、それはそれで応援したいし？」

「いや、推しって……」

　光莉の口から彼の名前が出てきて内心ビクッとする。

「てか、ほんと意外だよね―夏目くん。デートなんてあんなサラッと言っちゃうタイプだとは」

「そうそう。てっきり夏目くん、菜花のことが好きだと思ってたからさー」

「……っ」

『郁田さんのこと離さないって』

　みんなの言葉によってまた夏目くんのあのセリフを思い出して、慌ててかき消そうと横に首を振る。

「全然何もないよ！　出会いとか！　なんにも！」

「……え、ちょっと待って」

　すぐに強く否定した私の声は、光莉にはまるで届いていない。

　光莉は顎に手を当てて探偵のような考えるポーズをする

と、さらに話し出した。
「夏目くんがデートした相手ってもしかして……」
　バチッと光莉と目が合う。
　や、やばいっ!!
　キーンコーンカーンコーン。
「っ……!!」
　ナイスタイミングで、昼休み終了のチャイムが校内に響く。
「次の授業、体育じゃん!　早く更衣室行かなきゃ!」
「マジか!」
　クラスメイトがバタバタと昼食の片づけをしてから、次々と教室を出ていく。
「今日グラウンドだよ!　急ごう!」
　雪ちゃんの声に、私たちグループのみんなも慌てて体育の準備をして。
　なんとか免れることができたけど。
　夏目くんが、みんなにぽろっと言っちゃうのも時間の問題だと思うし。
　彼の場合それが意図的だし。
　光莉たちに黙ってたら黙ってたで、なんで言ってくれなかったんだって問い詰められるのが目に見えていて。
　面倒くさいことにならないように祈るしかない。

　そして、あっという間にやってきた修学旅行当日。
　朝早く飛行機に乗って2時間。

　じつは人生初の飛行機に終始ドキドキで。

　空港からバスで20分ほど移動して。

　１日目は歴史資料館の見学。

　ここで学んだことをメモして、しおりにまとめなければならない。

　修学旅行はあくまでも『学習しに来ている』のでハメを外すなと言う先生たちの意向だけど、せっかくの修学旅行に勉強かよ、と不満を漏らす生徒も多々いるわけで。

　私はどちらかというと、こういう資料館の見学が好きなほうだから賛成なんだけどね。

　子供連れの家族はもちろん、カップルや、それこそ私たちと同じ修学旅行生とか、いろいろなお客さんが観察できるのも面白いから。

　学校の外、しかも全然知らない土地ってだけでワクワクしちゃう。

　資料館の展示物を、光莉とふたりで見学中。

　ほんの少し照明が暗くて、なんだかそれが余計にソワソワさせて。

　最初、光莉は「こんなところに来るぐらいなら、もっと自由時間増やせばいいのに」なんて文句を垂れていたけど。

　今はもう諦めたように大人しくメモを取っている。

　私も、展示物に目を凝らしながら必死にメモを取る。

「ねぇ光莉、これってさっ──」

　一緒に回っていた光莉に、資料のことで声をかけようとして顔を上げたら……。目の前に全然知らない男の子が、

ポカンとした顔をして立っていた。

　私のとは違う、見たことない制服。

　たぶん、他の学校の修学旅行生だ。

　やっちまった。

「あっ、す、すみませんっ、間違えちゃってっ」

　まったくも〜光莉どこに行ったのよ〜!!

　あたりを見回しても光莉らしき人が見つからない。

　ぼーっとしてた私も悪いけど!!

　間違えて声をかけてしまった隣の人にすぐ謝って、その場を離れようと振り返った瞬間。

「待って」

　呼び止められた。

「えっ……」

　目線を戻してよく見ると、彼の後ろに彼の友達らしき人たちが数名立っていた。

　気のせいかもしれないけど、みんなニヤついているように見える。

　なんだか嫌な予感。

「キミ、ひとり?」

「い、いえ、友達と回ってたんですが……」

「はぐれたんだ?」

「あ、いや……でもすぐ近くに……」

　どこにいるのよ、光莉!

　目をキョロキョロと動かしてみても、焦りもあってか全然見つけられない。

「何、迷子？　囲まれて怯えてんじゃん。かわいい〜〜」

「どっから来たの？」

「友達一緒に探してあげるよ〜」

「ついでに連絡先交換しようよ！」

「え、あのっ……私は大丈……」

　男子生徒たちの質問攻めに軽くパニックになっていると、ひとりにガシッと手首を掴まれた。

「遠慮しないでさー」

　やばいっ。

　振りほどかなきゃ。

　そう思ってギュッと目をつむった瞬間。

「あの、嫌がってるので離してくれません？」

　フワッと優しい香りが鼻をかすめたと同時に、肩に温かさが触れて。

　聞き覚えのある声が鼓膜（こまく）に届いた。

「夏目くんっ」

　まっすぐに男の子たちを見る整った横顔に、トクンと胸が鳴る。

　最近、夏目くんを見ると、心臓がうるさいのは気のせいだと自分に言い聞かせて、隣の人物を見上げる。

　この角度から見てきれいなんて、ほんと悔しいけど羨（うらや）ましい。

　けど、そんな彼の目はいつもの爽やか仮面の時とは違って若干（じゃっかん）鋭く見えた。

　人前でそんな顔するんだ……。

　私の手首を掴んだひとりがパッと手を離す。

「はっ、んだよ彼氏持ちかー」

「行こうぜー」

「せっかく、久しぶりにかわいい子を見つけたと思ったのになー」

　男の子たちは夏目くんのことを見るなり、そそくさとその場をあとにした。

「なんでいるの……」

　彼らの背中が見えなくなって呟くように聞く。

「なんでって、郁田さんのこと探すのが癖になってるから？」

「ストーカーじゃん」

「そーとも言う」

　そーとも言うって……認めてどうすんのよ。

　犯罪なんだからね。

　この人の顔面にかかれば、ストーカーも許されるってか。

「どう？　ストーカーに助けてもらった気分は」

「ちょ、自分でストーカーとか言わないでよ」

「郁田さんが言ったんじゃん」

「……たく、はいはい。どーもありがとうございました」

　夏休みが明けてから、ふたりきりで話すのはなんだかんだ久しぶりで。

　まともに夏目くんの目が見られない。

　そしてさっきからうるさい、心臓の音。

　病気かな……私。

「気をつけてよ、郁田さんかわいいんだから。狙われる自
覚持たないと」

「いや……」

　夏目くんのかわいいなんて挨拶みたいなもん。

　わかっているはずなのに。

　いちいち過剰に脈打つ心臓。

　真に受けているつもりなんてないのに。

「あのさ、郁田さん」

「……？」

「菜花いたー!!」

　夏目くんが何かを言いかけた時、後ろから私を呼ぶ声が
して、振り返った。

「光莉！」

「ごめんごめん。まさかまだここでメモ取ってたとは……」

　「真面目か」なんてツッコんできたけど、光莉が不真面
目すぎるだけだと思うよ……。

「あれ、夏目くん。もしかしてふたり一緒に回ってた感じ？
え、じゃあ私はお邪魔じゃ……」

「なに言ってんの、なわけないでしょ！　たまたま会った
だけで」

「ふーーん」

　なんかあるんじゃないか、みたいな目でこちらを見てく
る光莉に呆れる。

「もう……早く行くよ。夏目くんさっきはありがとう。も

う大丈夫だから」

「うん。……あ、待って郁田さん」

「えっ……」

　突然、グイッと手を引っ張られて、夏目くんとの距離が一気にゼロに近づいた。

　な、こんな人前でっっ!!

　あまりの至近距離に条件反射でとっさに目を閉じると、耳元に温かな吐息がかかって。

「……もう俺以外の男に触られちゃダメだよ」

「っ!?」

　夏目くんは、私の耳元でそう吐いてから体を離すとニコッと笑って。

「西東さん、見つかってよかったね」

　なんて得意の爽やかスマイルで言ってから、手を振って行ってしまった。

　何……今の。

　表情は相変わらず涼しそうで爽やかなくせに。

　夏目くんの触れた手が、息が、熱くて。

　こっちにまでそれが伝染して。体中が熱い。

「ちょちょちょちょ!!　今の何!!」

「いや……」

　こっちが聞きたいよ。

「なんて言ったの夏目くん!!　しかも『さっきはありがとう』って何！　何があったのふたりとも！」

『……もう俺以外の男に触られちゃダメだよ』

　そのセリフが頭から離れなくて何度もリピートされて。
「何があったんだろうね……」
「はー!?」
　ごめん、光莉。
　大興奮の光莉にも申し訳ないけど、どう説明していいのか思考が回らなくて。
　自分でもわからないんだ。
　前の私なら、からかわれているんだって気にしなかったことなのに。
　心臓はずっとバクバクとうるさくて。
　今までどんなに触られても、こんなふうにドキドキしなかったはずなのに。
　これって……。
　まさか……。
　嘘でしょ……。
　ありえない。
「菜花なんかしゃべっ……え」
　私の顔を覗き込んだ光莉が固まって言葉に詰まった。
　今、私は史上最高に顔が熱い。
　私……あの男のこと……。

「お布団──!!」
　修学旅行１日目の予定があっという間に終了して。
　ホテルに帰っておいしい夕ご飯を食べ終わったあと、大浴場から部屋に戻って。

みんなが一斉に部屋のベッドにダイブする。

「はぁ──！　お風呂もめっちゃ気持ちよかったね〜お肌スベスベだよ〜」

「雪、明日は長山くんにたくさん触ってもらいなよ〜」

「ちょ、光莉いい加減しつこいからっ！」

「だってリア充ムカつくんだもん！」

　光莉が口をとがらせながら雪ちゃんに枕を投げて、ふたりの枕投げが始まった。

　学校じゃないところで、こうしていつものやりとりを見られるなんて変な感じ。

　こっちは満腹とお風呂の気持ちよさで、このまますぐに眠ってしまいそうだっていうのに。

「ていうかさっき、お風呂から出た男子、見た？」

「ああ見た見た!!　やっぱいいよな〜濡れ髪。普段なんとも思わない男子にいつもと違う雰囲気を見せられると、ちょっとときめくというか」

「そうそう!!」

　結花ちゃんと光莉がそう盛り上がり始め、話はだんだんと恋バナの流れになっていった。

　芸能人で言えば、どんな人がタイプかとか。

　光莉の歴代の元カレがどんなだったとか、雪ちゃんと長山くんのこととか。

　誰のことが気になっている、とか。

　考えてみたら、私たちちゃんとみんなで恋バナしたのなんて初めてで。

すごく新鮮。

「えっ、百合、日野先生が好きなの!?」

「……っ、うん」

「きゃあ──！　マジか！」

　大人しめな百合ちゃんのカミングアウトなんかも聞けて。

　大好きなみんなのことを、もっと深く知れた気がして楽しくて。

　心がポカポカしてくる。

　たまにはいいな、こういうのも。

　なんて、ひとりほっこりした気持ちに浸っていたら。

「はい、私ちゃんと言ったからね。次、菜花の番っ」

　百合ちゃんに突然話を振られてしまった。

「えっ!?　いや、私は何も……」

「あるでしょ。ありありでしょ。この中で一番あるよ」

「……っ」

　食い気味の光莉に返す言葉が出てこない。

　どうしよう……。

　みんなが今までしまっていた大切な気持ちを、たくさん聞いといて。

　自分は話さないって、ずるいよね。

　ただ……。

　夏目くんを見た時に鳴る音の正体に気づいてしまった今、恥ずかしさでおかしくなりそうで。

「ねぇ、菜花。あんた、やっぱり夏目くんと何かあったで

しょ」

「……っ」

　みんなの目線が一気に私に集中する。

「菜花」

「……えっと」

　こんな話を、まさかみんなにする日が来るなんて。

　でも、正直、ずっと自分の中にしまっておける自信もない。

　こんな気持ち初めてで。

　どうしたらいいかわかんないから。

　だから……。

「……菜花は夏目くんのこと、どう思ってるの？」

　光莉に優しく聞かれて。

　私は意を決して口を開いた。

「……前はなんとも思ってなかったんだ。というより、どちらかというと苦手っていうか。けど、夏休みに話す機会があって……」

「じゃあやっぱり、夏目くんがデートしたっていう相手って……」

　雪ちゃんのセリフに小さく頷く。

　夏目くんの過去を知れて、彼の家族と過ごして。

　私の中で、夏目くんを見る目が変わった。

　彼の普段余裕そうな姿は、本人が努力してそう見せているもので。

　無敵そうなのに、じつは少し弱くて。

　　家族のことを彼なりにちゃんと大切に思ってて。

『郁田さんが寄り添ってくれた』

『俺、決めたから。郁田さんのこと離さないって』

『もう意地悪しないから、覚悟しててね。菜花ちゃん』

　　かけられた言葉の数々を思い出して顔が熱を持つ。

　　いつもの私なら、こんなこと絶対に口に出さないのに。

　　修学旅行という特別な日、特別な空間が、そうさせるの
かも知れない。

「……最近おかしいんだ。夏目くんのことまともに見られ
なくて……どうしたらいいのかなって」

　　恥ずかしさで俯きながら言う。

　　実際に口に出すと余計恥ずかしい。

「そんなの!!　もう気持ち伝えたらいいじゃん!!　ふたり
絶対両想いなのにっ!!」

「菜花、好きなんでしょ？　夏目くんのこと」

「……っ、う」

『好き』

　　だなんて。自分でもびっくりだ。

「菜花？」

　　光莉に顔を覗き込まれ。

「……っ、す、好き、なの、かな……」

「わ〜菜花が素直〜〜!!　かわいい〜!!」

「ちょ、結花ちゃんやめてよ……」

　　冷やかされてさらに顔が火照る。

　　変な汗まで出てくるし。

　もう１回お風呂に入りたい。
「告白、しないの？　夏目くん、めっちゃ菜花のこと好きじゃん」
「てか、夏目くんから告白されてんじゃないのー？」
「いや、いやいやいや……告白なんてされてないし、できないし……無理無理。そもそも自分の気持ちを確信したのが今日ってだけで」
　みんながどんどん話を進めるから必死に止める。
「今日わかったんだから、すぐにでもアクション起こすべきでしょ！」
「え、逆になんで渋ってるの？　全然わからないんだけど！だって、どう見ても夏目くん菜花のこと好きじゃん……」
「それは……夏目くん、みんなに優しいじゃん」
「いや〜菜花には前から特別に見えたけどね？」
「……」
　夏目くんが私に対して特別だったのは、あの時たまたま、保健室にいたのが私だったからで。
　私を監視するため。
　今だってそれは変わってないと思うし。
　さすがに夏目くんの本当の姿をみんなに話すことはできないから、どう説明していいのかわからないけれど。
　夏目くんが私に近づいたきっかけは、絶対に好意からではなかったのはたしかで。
　それに……。
　天井月子先輩。

どうしてもチラついてしまう存在。

　彼女が夏目くんにとって特別な女性だってことは、前になんとなく察したけど、やっぱり私が踏み込める空気じゃなくて。

「まぁ、でもっ」

　なかなか言葉を発しない私を見て痺れを切らしたのか、光莉が口を開く。

「今は、菜花が本当の気持ちを、うちらに話してくれたことがうれしいっ」

「光莉……」

　光莉の言葉に胸が熱くなる。

「うん！　ふたりがこれからどうなっていくかっていうのもすごい気になるし大事だけど、こうやって菜花が私たちにちゃんと打ち明けてくれたこと、すっごいありがたいよ！」

「菜花、秘密主義なところあるからな～！」

「そんな菜花が自分の話を勇気出してしてくれたの、めちゃくちゃ貴重だよね」

「うぅ……みんな……」

　夏目くんを好きだなんて言ったらどう思われるだろう、そんなことばっかり心配して。

　恥ずかしい思いをしたくないって気持ちのほうが大きくて。

　でもそれは、みんなに壁を作っているように見られていたかもしれない、と気づいた。

　反省と同時に、こうやって真剣に話を聞いてくれる友達がいることに、改めて幸せ者だと感じて。
「ありがとう、みんな。……私なりに、頑張ってみる」
　みんなのおかげで、自分の気持ちとしっかり向き合おうって決めた。

連れ込まないで

　修学旅行２日目の今日は、主にグループ行動。

　事前にグループで決めたいくつかの観光スポットを、１日かけて時間内に回るというスケジュールだ。

　雪ちゃんは、長山くんのグループに混ざって行動するので私たちとは別行動。

　雪ちゃん抜きの４人で、さっそく目的地へ向かう電車に乗っていると。

「あ、楽たちだ」

　光莉が同じ制服を着た男子グループを見つけた。

　グループの中に、一際目立つ男の子。

　はちみつ色の髪の毛と、かわいらしい顔つき。

　泉くんだ。

「おーい、楽〜！」

　光莉に名前を呼ばれてこちらに気づいた彼が、ヒラッと手を振りながらこちらへやってきた。

「あれ、木村は？　同じグループだろ？　……あっ」

　雪ちゃんがいないことにすぐ気づいた泉くんが、何かを察したように声を出した。

「そーいうことです」

　と、ニヤつく光莉。

「うわ、マジか。腹立つな」

　あのふたりがいい感じだって、動物園の時から気づいて

いた泉くんのことだ。

　察しがいいから、すべてわかったんだろう。

　そもそも長山くんと泉くんは友達だから、付き合っていることは本人からとっくに聞いているかもしれないし。

「いいなー。修学旅行、彼女と一緒に行動とか。アオハルかよクソが」

「楽くん、お口が悪いですよ」

「うるせー」

　そう吐いた泉くんとバチっと目が合ったけど、すぐに逸らされた気がした。

　そういえば夏休みが明けてから、泉くんとはまともに話していないかも。

　明けてすぐに席替えがあったから席が離れてしまって、っていうのもあるけど。

　なんだろう……泉くんへの違和感。

　私のことを避けている、ような。

　いや、これが本来、普通なのかな？

　前はもっと話しかけてくれたイメージだったから。

　席が違うとだいぶ変わるんだな。

「てか楽たち、どこ行くの？」

　光莉がしおりを取り出して、観光スポットが書かれたページを開いた。

「俺らここ」

「お、一緒じゃん！」

「マジか」

「じゃあ一緒に行こう！　男女で行ったほうがアオハルしてる感ある」

「お前、アオハルって言いたいだけだろ」

「バレた？　だって楽もじゃん？」

「へいへい」

　泉くんがそう返事をして。

　私たちは、なぜか泉くんたちのグループと行動することになった。

「うわ──!!　すっごいきれい──!!」

　絶景だと評判の高台にみんなでやってきて、景色を眺める。

　さすが観光スポット。

　街が一望できて本当にきれいで、風がよく通って気持ちがいい。

　長い階段を上った甲斐(かい)がある。

「ねぇー！　お花がハートの形してるよ～!!」

　高台のすぐ隣にある庭園に光莉たちが夢中になって、パシャパシャとスマホで写真を撮り始める。

　あんなに階段で『疲れた』って愚痴っていたのに、全然元気じゃないか。

「元気だなー」

「だな」

　っ!?

　光莉たちの背中を見ながら、ボソッと呟いた声が聞こえ

ていたらしく。

　横から泉くんの声がして、驚きでとっさに顔を上げる。

「……郁田は行かないの？」

「あぁ、うん。私は少し休みながら。百合ちゃんたち部活生だから体力あるんだよね〜。光莉も文句を言いながら、なんだかんだはしゃぐタイプだし」

「わかる。あいつは半分ゴリラだからな」

「ちょ、怒られるよ〜」

「郁田が黙ってれば大丈夫だろ」

「えっ……まぁ」

「……」

「……」

　ふたりでゆっくりと庭園を歩く。

　どうしよう。

　久しぶりだから何を話していいかわからない。

　やっぱり、泉くんの様子が前と明らかに違うのがわかるし。

　たしか、最後に会ったのは動物園で……。

　沈黙も苦手だから、何か話題をと思ってぐるぐる考えて。

　あることを思い出す。

「あ、そういえばっ、夏休み初日の動物園」

「……えっ、あ、あぁ」

　ぶつかった視線が、またすぐ逸らされる。

「解散したあと、連絡くれてありがとう。あの日、雨ほんとすごかったよね」

「……あー無事に帰れててよかった。あの日、俺すげーお気に入りの靴でさ……」

「えっ、そうだったんだ？　大丈夫だった？」

「……あ、いや、まぁ、……てか」

「ん？」

　泉くんが手で口元を隠すように話したので、よく聞こえなくて聞き返す。

　明らかにおかしい。泉くん。

　いつもはもっと余裕そうというか。

　サラッと会話してくれるタイプだったのに。

　私、何か彼に嫌われるようなことしたとか？

　不安になりながら泉くんの言葉の続きを待つ。

「あの日、本当に大丈夫だった？」

「えっ……」

　なんでメッセージで聞いてくれたことを、また聞いてくるんだろう。

「全然大丈夫だったよ。風邪ひかなかったし」

「あー……違う、えっと」

「へっ、違う？」

　泉くんは後頭部をガシガシかいてから口を開いた。

「あの、夏目」

「えっ、夏目くん？」

　トクンと心臓が反応する。

　名前を聞いただけなのに。

　昨日、みんなに本当の気持ちを打ち明けて、さらに意識

しちゃっているのかもしれない。

　深夜テンション、なんてこった。

　そして、泉くんはどうして今、夏目くんの名前なんて出したんだろうか。

「夏目くんがどうかした？」

「いや、なんつーか、前から思ってたことなんだけど」

「うん」

「夏目って誰にでもヘラヘラしてんじゃん。バイトでもそうだし、なんか、胡散くさいっていうか。俺、ああいうタイプぶっちゃけ苦手なんだよな」

　突然聞かされた、泉くんの夏目くんへの気持ち。

　まさか、泉くんが夏目くんを苦手だったなんて。

　夏目くんを嫌いになる人なんて、この世の中に私ぐらいだと思っていたよ。

　けど、嫌いだった時と今は全然違うわけで。

　少し前なら、泉くんのセリフに同調していたかもしれないけど。

　好きになってしまっている今、「そっか」と相槌を打つことしかできない。

　さすが泉くん。

　まわりのことをよく見ているだけあって、泉くんは徹底されたあの夏目くんの爽やか仮面の裏の顔さえも見抜いちゃうんだな。

　って、感心している場合じゃなくて。

「とくに郁田のことは気に入ってるみたいだから、心配で」

「……いや、全然大丈夫だよ。夏目くん、ほんと親切にしてくれてるだけだから」

　まさか、自分が誰かに夏目くんのことを褒める日が来るなんて。

「そう……ならいいけど。ああいう人当たりよくて無害そうなやつが危なかったりするから。俺は絶対に裏があると思うんだよな」

「いやー考えすぎじゃないかな。そんなことないと思うけど」

　なんて。

　泉くんの目は間違っていないけど。

　ごめんね。

　必死に夏目くんを庇おうとしている自分がいて、罪悪感で胸が痛くなっていると、

「菜花、楽、早く──！」

　光莉が私たちを呼ぶ声がして、私たちはみんなの元へと向かった。

　観光スポットを何ヶ所か回って、有名なお蕎麦屋さんでお昼ご飯をみんなで食べ終わって。

　最後の観光場所に向かっている途中。

「菜花〜!!」

　聞き慣れた声に名前を呼ばれたので振り返った。

「雪ちゃんっ!!」

　こちらにブンブンと手を振っているのは雪ちゃんで。

　その隣には、長山くんが少し恥ずかしそうに立っていた。
「わー！　雪たちも今こっちなんだね！」
　駆け寄ってきた雪ちゃんたちに、光莉がうれしそうにそう言う。
「じつは私のわがままで。タイミング合えば会えるかと思って、ダメ元で最後はみんなと同じところ回りたいなって、お願いしたの。そしたら、いいよって言ってくれて」
　雪ちゃんがチラッと後ろを見たので、同じように視線を向ければ。
　後ろに──。
　あっ。
　思わず目を逸らしてしまった。
　長山くんたちのグループのひとりに、夏目くんがいる。
　そっか、長山くんと同じグループだったんだ。
「てか、なんかそこ、人数多くない？」
　向こうのグループのひとりが私たちを見て言うと、
「あぁ、電車で会った。方向が同じだったからそのまま一緒に行こうかって」
　泉くんが一歩前に出て説明してくれて。
「そうだったんだ。じゃあ、せっかくだしみんなで橋まで行こうか」
　夏目くんのその爽やかな声で、私たちはぞろぞろと最後の目的地へと向かうことになった。

「うわー、やっぱりみんなここをラストに持ってきたがる

んだね～」

　目的地に到着すると、学生服の多さに光莉が呟いた。

　この地域一番の観光スポットと言われているだけあって、私たちの学校の生徒はもちろん、他の学校の生徒や外国の観光客がたくさん来ている。

　有名な大きな石畳の橋を渡った先には、お土産屋さんや食べ物屋さんが並ぶ商店街があって。

　すごいなぁ……人の多さ。

　あの中に飲み込まれてしまうんじゃないかって不安で、ゴクリと唾を飲み込む。

「わー、これじゃみんなで歩けないね。とりあえず1時間後に出口のほうで集合ってことにして、少人数で気になるお店を回ろうか」

　長山くんのグループのひとりがそう提案して、みんなが賛成して。

　私たちは商店街の中へと進んだ。

　商店街を出ていく人たちと体がぶつかりながらも、なんとか進んでいると、

「郁田さ──」

「郁田っ」

「えっ、ちょ」

　今、たしかに夏目くんに名前を呼ばれた気がしたけど。

　人混みの中、隣に立っていた泉くんにそのまま手を引かれて。

　あっという間に、一緒に歩いていたみんなが見えなく

なった。

「あの、泉く」

「見てよ」

　後ろを振り返りながらみんながいなくて不安になっていると、泉くんに再び声をかけられて、しぶしぶ顔を上げる。

「えっ……」

　目線の先に見えたお店の看板には『菜の花』と書かれていた。

「この商店街を調べてる時に見つけてさ。菜の花って郁田じゃんと思って。ちょっと気になってたから。中に入って見ようぜ」

「あ、う、うんっ……」

　とっさにそう返事をして、お店に入ることになったけど。

　意外だった。

　まさか泉くんが、私の下の名前を知っていたなんて。

　いや、同じクラスなんだから下の名前ぐらい呼ばなくても知っているだろうと言われたら、そりゃそうなんだけど。

　でも……。

　私の中で泉くんは、光莉を通して仲良くしてもらっているだけの人って印象だったから。

　お店に入ると同時に泉くんに掴まれていた手が離れて、どこかホッとしている自分がいた。

「えっ!?　じゃあ、あのあと夏目くんとは１回も話せてないの!?」

「う、うん……」

　２日目の予定も無事に終えて。

　大浴場の湯船に浸かりながらみんなと話をする。

「何してくれとんじゃ、楽のやつ」

「まぁまぁ。泉くんなりに気をつかってくれたんだと思う
よ。あの人混みだったし。実際、光莉と結花も迷子になっ
て出口に来たの遅かったじゃん」

「そうだよ。おいしいケーキごちそうしてもらったし、私
も楽しかったから」

　雪ちゃんが泉くんを庇ってくれたので、私も続けて言う。

　正直、好きだと自覚してから夏目くんと会うたび、どん
な顔していいかわからないし。

　あのタイミングで、泉くんに声をかけてもらってよかっ
たと思う。

　素敵なお店でおいしいケーキも食べられたし。

「だってさー。やっぱり親友には早く好きな人とくっつい
てほしいじゃーん？」

「まぁね。光莉の気持ちもわからなくもないけどさ〜。私
は個人的に、『いずなの』も推してるから」

　いずなの？

　何それ？

　百合ちゃんの発言に、彼女のほうを見ると、

「え、何そのカップリング」

　光莉が私の代わりにツッコむ。

「あぁ、ごめんごめん。心の中でそう呼んでたんだよね。

泉くんと菜花のこと」

「まーたオタクみたいなこと言ってよー」

「みたい、って。生粋（きっすい）のオタクだもん。だって泉くん、菜花のこと気にかけてるじゃん？」

　勝手に進められる話に、ドギマギしてしまう。カップリングってなんだ、推しってなんだ。

「まぁ、言われてみればたしかに。菜花にはちょっとお節介（せっかい）なところあるかも、楽」

「でしょー？」

「え、いや、そーかな？」

　そんなこと突然言われても、よくわかんないよ。

　泉くんが口は悪くてもじつは親切な人なのは知っているけど、それはみんなに対してそうなんだと思うし。

「なになに、菜花モテ期か〜？」

「そんなんじゃないから〜」

「けど私は『すずなの』推していきたいな〜」

　すずなのって……。

　光莉のその響きに不覚にもドキッとしてしまって。

「ちゃっかり夏目くんのこと下の名前で呼んでんじゃん。図々しいな、光莉」

　と、雪ちゃんがからかうように笑って。

「いいじゃん別に！　聞かれてるわけじゃないんだから」

　そう言った光莉が、手で作った水鉄砲（みずてっぽう）で雪ちゃんにお湯をかけ出して。

　そのお湯が、ふたり以外の私たちにもかかるから。

「ちょっと――！」

「光莉――！」

　大きな湯船の中で、みんなでワイワイと水のかけ合いが
始まった。

「あー疲れた！　疲れとるためのお風呂なのに、そこで一
番疲れた！」

「光莉から先に仕かけたんでしょーが」

　お風呂から出て部屋についてすぐ。

　みんながケラケラ笑いながら、ベッドにダイブするのを
眺めていると。

　充電しようとカバンから取り出したスマホが手の中で震
えた。

　えっ……。

　画面に表示された名前と、その人からのメッセージに全
身が固まってしまう。

【夏目涼々】

【今、こっちに来れない？　5階の502号室】

「ん？　菜花どーした？」

　私の異変に気づいた光莉が、すぐに声をかけてきてくれ
る。

「あ、いや、あの……」

「まさか夏目くんとか!?」

「……っ」

　結花ちゃんから発せられた名前にボッと顔が火照る。

「え、マジか！　なんだって!?　夏目くん！」

「……えっと、それが」

　みんなの視線が一気に私に向いて、さらに心臓がバクバクする。

　夏目くんから今メッセージが来ているの、夢か何かの間違いとかじゃ、ないよね？

　しかも、こんなタイミングでいったいなんの用が。

「うわっ!!【こっちに来れない？】だって！　え！　夏目くん！　今度こそ菜花に告白!?」

　私のスマホを覗いた光莉が鼻息荒く早口で言う。

「いやいや、告白なんてあるわけ……」

「逆にいやいや！　なんで!?　こんなの告白しますよって言ってるようなもんじゃん！　夏休み明けにしてた気になる子がいるって話も、菜花のことなんでしょ？　完全なる両想いじゃん！」

　「ね!?」と言う光莉に、みんなも激しく首を縦に振る。

　みんなは夏目くんの正体をわかっていないから、そんなことを言えるんだ。

　もともとは、自分の欲望のためなら好きでもない人に平気で触れられるような人間で……。

　たしかに夏休み明け、そんなことを言っていたけど、私の反応を見て楽しんでいるとしか思えないというか。

　そんな彼を知ってて好きになった自分も、どうかと思うけど。

　好きだと自覚した瞬間、思考があまりにもネガティブに

なってしまう。

　これも全部、夏目くんの日ごろのヘラヘラした態度が悪いんだから。

　簡単には信じきれないよ。

「早く行ってきなよ！」

「でも……男子の階に行くのは禁止じゃん」

　さらに詰め寄ってくる光莉に、たじろいでしまう。

「おいおい菜花。キミはそれでも花の女子高生か!?　先生たちが来てもうまくごまかすからさ！」

「っう」

　みんなに強引に背中を押されて、部屋の入り口まで歩かされる。

「でも……」

「『でも』とかないの！　ほらさっさと行く！」

「あ、ちょ」

「全力で応援してるからね！」

「「「頑張って!!」」」

　──バタンッ。

　嘘でしょ……。

　追い出されてしまった。

　いやいやいや。

　夏目くんもバカなんじゃないの。

　もしこんなのが先生たちにバレたら、怒られるの私なんだけど？

　怒られる私を見て、笑いたいのかな。

　そんなことを思う気持ちとは裏腹に、心臓のバクバクは止まらないし。

　この心臓の音だって、夏目くんが原因なのか、男子部屋に行くことへの緊張感が原因なのか、今はもうわからない。

　……行くしか、ないのか。

　なんて。

　本当は今日１日、夏目くんと話し足りなかったと思っているのが本心なくせに。

　それに気がつかないフリをして。

　ホテルの階段を使って、ひとつ上の男子部屋へと向かった。

　先生たちにバレないよう、細心の注意を払いながら階段を上り終わって。

　まっすぐの道を急いで歩きながら部屋を探す。

　502、502……。

　あっ。

　あった。

「502号室……」

　来てしまった。

　プレートを見て、今自分が夏目くんたちの部屋の前にいるんだということを実感して、さらに緊張が増す。

　ノック、していいのかな？

　いや、ここまで来といて、今さらなんでためらっているの、私。

　うぅ……。

　ドアにノックをしようとする自分の手が若干震えて。

「修学旅行生だって〜かわいかったね〜」

　っ!?

　急に聞こえた声に目を向ければ、私たちの学校の人たちとは違う、一般のお客さんたちが話しながらエレベーターから降りたのが見えた。

　はっ、人が……こっちに……来る!!

　コンコンッ!!

　慌ててドアをノックすれば、パタパタという足音とともにすぐにドアが開けられた。

　ガチャ。

「え、郁田さんっ……」

　開けられたドアから、驚いた顔をした夏目くんが出てきた。

　いやいや、呼び出しておいて何びっくりしちゃってんの。

　って、とりあえず今は、そんなことツッコんでいる場合じゃなくて!!

「あの、ごめ、とりあえず中にっ、人がっ」

　私が目線を廊下に向けて言うと、夏目くんもひょこっと顔を出して同じ方向を見てから。

「あぁ、どうぞ」

　そう言って、すぐに私を部屋に入れてくれた。

　──バタン。

「はぁ……心臓が止まるかと思った。男子部屋に行ったなんてバレたら、怒られるじゃ済まないんだからね?」

　玄関に入って早々、夏目くんを叱る。

「……あぁ、うん」

「ていうか、さっきから何。その驚いた顔は」

「あ、いや……まさか来てくれると思わなかったから」

「はぁー!?」

　彼の言葉に思わず大声が出てしまう。

　何を言っているんだ、この人。

　呼び出した張本人のくせに!

「だって、メッセージ既読無視だったし」

「あっ……」

　返事するなんて頭が回らないぐらい、誰かにバレないように ここに来ることで頭いっぱいだった。

「男子部屋に来るなんて、郁田さんもずいぶん悪い子になったね」

　ニッと口角を上げた夏目くんの顔がムカつく。

　のに、ドキドキ速く音を立てる心臓に、さらに夏目くんを意識してしまう。

　なんか、髪の毛は濡れているし。

　シャンプーのいい匂いがするし。

　お風呂、もう入ったのかな。

「な、夏目くんが呼んだんでしょーが」

「来たのは郁田さんの意思でしょ?」

「うっ……」

　どうしよう。言い返せない。

　夏目くんの言うとおり、ここに来たのは私の意思で。

　前の私なら、絶対こんなふうに夏目くんの言いなりには
ならなかったはず。

「入って。あんまり時間ないから」

　そう言って、テクテクと部屋の奥へと進んでいく彼の背
中について歩く。

「あの、他のみんなは？」

　ボフッとベッドに座った夏目くんと同じように、私も向
かいのベッドに腰を下ろす。

「大浴場に行った。さっき行ったばかりだから、あと15分
くらいは帰ってこないと思うよ。俺は先に部屋のシャワー
入ったから」

「あっ、そっか……」

　フッと、足元に影ができたと思ったら、その長い指で顎
を持ち上げられて。

　バチッと視線が絡んだ。

「……あの」

　夏目くんの指先が熱くて。

　その熱がうつるみたいに私まで、触れられたところから
全身が熱くなる。

　なんで私のことを呼び出したの。

　それを聞かなきゃならないのに、なかなか本題に入って
くれないし、緊張でうまく口が回らないし。

　おかしい。

　好きだって自覚した瞬間、こんなにぎこちなくなってし
まうなんて。

「やっぱり、濡れてる郁田さんって、いつもにも増してやばいね」

「っ、ちょ」

顎に添えられた指が、今度は髪の毛に触れて。

「あの、夏目くん、用がないなら……」

私を連れ込んで、また変なことするために、わざわざ呼んだの？

そう思うと、途端に心臓が絞られるように苦しくて。

しょせん、やはり夏目くんが私に執着する理由なんて、そんなもんなんだ。

そう思って、彼の手を掴んで無理やり剥がそうとした瞬間。

「ちゃんとあるよ」

夏目くんは、私の髪に触れていた指をスルリと離して、部屋の端に置かれたカバンのほうに向かった。

え、何しているの。

「郁田さん、そこから一歩も動かないでよ。顔も動かしちゃダメ。瞬きはしていいよ」

「いや、何それ……」

いきなりの要求に戸惑う。

「いいから。じゃないとキスマークつける」

「はぁぁ!?」

キスマークなんて、そんな卑猥なことを軽々しく!!

何かをカバンから取り出した夏目くんが、私のその声に反応して、イタズラっ子のように笑う。

　一瞬でも、その顔が、かわいいと思ってしまったのが悔しい。

「ったく……」

　小さくため息を吐きながらも、夏目くんに言われたとおり、目線や体を動かさないようにする。

　キスマークなんてつけられても困るし。

「目つむって」

　私の隣に座った夏目くんがサラッと言う。

「え!?」

　思わずしりぞいて体を動かしてしまった。

「大丈夫。嫌がることはしないから」

「……」

　彼の言葉に従って、仕方なく目をつむる。

　仕方なくって……。そんなのはもう嘘。

　心のどこかで、流されてもいいと思っている自分がいる。

　恋をすると、人間の思考はチンパンジー並みになると聞いたことがある。

　判断力が鈍るって。

　あぁ、もう明らかにそれだ。

　今の私はチンパンジー。

「俺に従順な郁田さんってかなりレア」

「うるさいよ、いったいなんの真似？」

　目をつむったまま言えば、「まあまあ」という夏目くんの声がしてすぐ、首元にひんやりとした感触が伝わって。

　突然のことで目をバチッと大きく開けた。

「何!?」

　自分のデコルテあたりに触れると、何やらネックレスのような手触りをしたものが首にかけられていた。

　驚いたまま隣の夏目くんを見れば「鏡、向こう」と洗面所に行くのを促されて、私は早足で向かう。

「わっ……これって……」

　ホテルの大きな鏡に映った自分の首元に光るもの。

　爽やかなパステルイエローの小さな花が３つ連なったネックレスだ。

「夏目くんっ！　何これっ！」

　声のテンションが明らかに高くなってしまう。

「菜の花。今日行った商店街で見つけたの。すぐに郁田さんの顔が浮かんで……」

　菜の花……。

　なんだか今日はよく、自分の名前の花に触れられる日だな。

　って、それよりも！

「夏目くん、これ買ったの!?」

「うん。やっぱりよく似合うね」

「……っ」

　鏡越しで、夏目くんと視線が交わってすぐ逸らす。

　なんだろう。

　直接目が合うよりも、恥ずかしい。

　っていうか、なんでネックレスを買ってくれたの？

　正直、こんなことされたら浮かれてしまうじゃん。

　夏目くんも、私のことを本気で考えてくれているのか
なって。

　でも、そんな希望をいだいて、あとで落とされるのが怖
いから。

　簡単にその一歩なんて踏み出せない。

「なんで……こんな……」

「首輪、みたいな？」

「はっ……？」

　顔を上げた瞬間、夏目くんの手が私の首に回されて。

　その指がネックレスをなぞる。

「ちょっ……」

　くすぐったさで顔が歪む。

「相変わらず、敏感だね」

「っ、やめっ、て……」

　今日はホテルにある備えつけのシャンプーを使ったの
か、夏目くんのいつもの香りとは違う香りが鼻をかすめて。

　わざとらしく、自分の首筋からリップ音が響いた。

「な、ちょ、夏目くん何もしないって！」

「男の言うことすぐ信じちゃダメだって言ったよね？」

「……っ」

　男、男って。

　夏目くんだから信じてしまったんだよ。

　もう後戻りできないところまで、気持ちが溢れてしまっ
ているのだと同時に気づかされて。

　心臓がバクバクとうるさい。

　夏目くんの高い体温に触れられたところから、じんわり
熱くなって。
「見て。郁田さん、かわいい顔してる」
「っ!?」
　夏目くんの視線を追えば、鏡に映る、顔を真っ赤にした
自分が見えて。
「～～っ!!」
　恥ずかしさですぐに鏡から目を逸らして、夏目くんを睨
みつける。
「煽らないでよ。かわいいだけだよ」
「うるさい」
　またそんなことを言ってからかって。
「……泉にも、こういうことされたい?」
「はっ……? なんで急に泉くん……」
　私から顔を離した夏目くんのセリフに首をかしげる。
「昼間、楽しそうにふたりで店の中に入っていったから」
「……あっ、あれは」
「あの時、俺、郁田さんのこと呼んだのに」
「……っ」
「ムカつく」
「えっ」
　夏目くんが私から目を逸らして呟いたのを、聞き逃さな
かった。
「なんで、ムカつくの」
　自分で聞いておきながら、そのあとの彼の返事が怖くて、

ソワソワして。聞くんじゃなかった。

「なんでって……それは……」

　──ピコンッ。

　突然響いた電子音に、肩をビクッと震わせる。

「っ!?　びっくりしたぁ……」

「あ、ごめんっ、俺のスマホ」

　タイミングよく、夏目くんのスマホに通知が来てくれたおかげで、緊張感が薄れる。

　けど、夏目くんはスマホを取り出そうとはしない。

「メッセージ確認しなよ。急ぎの用かも」

「いやでも……」

　──ブーッブーッ。

「あっ」

　今度は私に電話がかかる。

　こんな同時に連絡が来るなんて。

　やっぱり、今の夏目くんへの質問はしなかったほうがいいっていうお告げなのかも。

　慌てて画面を確認すると、光莉の名前が表示されていた。

「いいよ、郁田さん電話に出て」

「うん、ごめん!」

　夏目くんに言ってすぐに電話に出る。

「もしもし光──」

《菜花!　あんた部屋戻らないとかも!　もうそろそろ、先生たちが見回りに来るらしくて。さっき見回り来たクラスから連絡来てさ!》

「え、マジですか。わかったすぐ戻る!!」

《うん、気をつけて!!》

　　──ピッ。

「先生たちが見回りに来るらしくて、そろそろ戻らなきゃ」

「あ、そっか。じゃあ急がないと。来てくれてうれしかった。ありがとう」

　そう言った夏目くんが、私の頭に優しく手を置いて。

　静まれ、心臓。

　鏡を見なくても、顔が赤くなっているのがわかる。

　完全に今までとは違う別の意識が、私の中に生まれてしまっている。

「私もこれ、あの、ありがとう……」

「うん。喜んでもらえて何より。階段のほうまで送るよ」

「いや、大丈夫!　ふたりでいるところを見つかったほうが大変そうだし。何かあったら道に迷ったで通す」

「そっか。わかった。無事に戻ったら連絡ちょうだい」

「うんっ、おやすみ、なさいっ」

　そう言って、私は夏目くんたちの部屋をあとにした。

優しくしないで

【勢いでつけちゃったけど、基本的には校則違反だよね汗】

　そんなメッセージとともに、クマのキャラクターが申し訳なさそうに謝っているスタンプが夏目くんから送られてきて。

　みんなが寝静まったあと、スマホを持ってトイレにこもってから、

【ポーチの中に隠しておくから大丈夫だよ】

　と返事をした。

　夏目くんのところから部屋に帰ってから、みんなからの質問攻めがもう大変で。

　みんなが寝たのは、深夜の1時をすぎていたと思う。

　けど、私は、夏目くんとの出来事が何度も何度も頭の中で思い出されて、全然寝つくことができなくて。

　今、修学旅行3日目の目的地に向かうバスの中で大きなあくびをしてしまう。

　みんなに夏目くんに言われたことを話したら、『それってもう付き合ってるってことじゃないの』なんて言われたけど。

　実際のところ、夏目くんの本当の気持ちはわからない。

　はっきりと好きだから付き合ってほしいとは言われていないし、私も伝えていないし。

　今の高校生ってストレートな告白はないまま、付き合っ

たりするんだろうか。

　いやいや。

　あの夏目くんのことだ。

　私の気をよくさせて、また都合よく体を貸してもらおうとか、そういう魂胆なだけなんじゃなんていろいろ考えてしまう。

　昨日の夏目くんに送られたメッセージ、いったい誰からだったんだろうとか。

　だってあの時間、他の男の子たちはお風呂に行っていたわけだし。

　クラスの友達からの連絡っていうのは、まずないよね。

　それなら夏目くんの家族とか？

　考え出したらキリがないのはわかっているけれど。

　そもそも私が夏目くんのことを知ったのは最近なわけで、彼の交友関係を細かく知っているわけじゃない。

　けど、いちいち脳裏にチラつくのは、天井月子先輩の名前で。

　夏目くんの秘密を唯一知っていて、協力していた相手なら、お互いへの信頼度だって、ものすごいんだろうし。

　夏目くんは今、いったい誰のことを考えているんだろう。

　自分がこんなことを考えるなんて思ってもみなかったけれど、今は夏目くんの本心が知りたくて仕方がない。

　いいのかな、私、夏目くんを好きになっても。

「わああ!!　菜花、猫耳めっちゃ似合う〜!!」

「光莉も、そのサングラス似合いすぎだよっ」

「ねぇ、今度はあっちで写真撮ろうよ！　そしたらアレ乗ろう!!」

　この修学旅行で、みんなが一番楽しみにしていたと言っても過言ではない。

　テーマパークでの、丸1日自由行動の今日。

　さっそくショップで買い足したキャラクターのカチューシャやサングラスをして、女子生徒が至るところでパシャパシャと写真を撮っている。

　私たちグループもその中のひとつで、相変わらず、光莉と雪ちゃんが先頭を切って大騒ぎだ。

　夏目くん、どこにいるのかな。

　あたりを見回してしまう。

　とても広くて、他の来場者も多いテーマパーク。

　そんな簡単に会えないのはわかっているけれど……。

　つい、探してしまう。

「夏目くんいないね？」

「ぎゃっ!!」

　光莉に急に耳打ちされて変な声が出る。

「かわいいなぁ、菜花。恋する乙女って感じ！　今日こそふたりで回ったりしないの？　うちら全然大丈夫だよ？　むしろ今日こそ！　結ばれ——」

「べ、別に探してなんか……！」

「夏目く——んっ！　グループで一緒に写真撮らない？」

　っ!?

　彼の名前を呼ぶ声がどこからか聞こえて、思わず反応して振り返ると。

　少し離れたキャラクターのオブジェがあるところで、女子グループが夏目くんたちのグループに話しかけていた。

「あ、夏目くんいたじゃん……って、クソッ、邪魔者どもが……」

「光莉」

　そんなこと言っちゃダメだよ、と制する意味で光莉の名前を呼んだけど……。

　女の子たちに明るく「撮ろう撮ろう」と爽やかな笑顔を振りまいているのを見て、胸がギュッと痛くなる。

　何あれ……自分だって他の女の子たちと楽しそうにしているじゃない。

　昨日、私にあんなこと言ってたくせに。

　ふんっ、なんなのよっ。

　本当、夏目くんってわかんない。

　彼の言葉を、いちいち真に受ける私が悪いんだけれど。

　ムカつく。

「行くよ、光莉！　今日は乗り物の全制覇が目標なんだから！」

「え、ちょっと菜花。全制覇は無理だって」

「いいから！　早くしなきゃ！」

　光莉の手を取って夏目くんのいる場所から真逆の方向に進みながら、私たちはテーマパークの乗り物へと向かった。

「次はアレ！！」

「ねぇ菜花、ちょっと飛ばしすぎじゃない？」

「うん、お昼の時間とっくにすぎてるし」

　4つのアトラクションに乗り終わってすぐ、次に乗ろうとしたジェットコースターを指さした私に、みんながちょっと疲れた顔をしながら言った。

「あっ、ごめ……」

　やってしまった。

　乗り物に集中していたら、余計なこと考えなくて済むからって必死で。

　少しでも考える時間ができてしまったら、夏目くんの女の子たちに向けた笑顔を思い出すから。

　アトラクションに乗れば、そのスピードと一緒に全部吹き飛ばせる気がして。

「珍しいね、菜花が積極的なの」

「菜花が絶叫系好きなんて意外かも」

「チッチッチッ。菜花は今、人生初めての気持ちに戸惑っているのよね～？」

　雪ちゃんたちの声に紛れて、光莉が言わなくていいことを言うから。

　あからさまに唇をとがらせてしまい、慌てて直す。

「あ、そうだ、ご飯！　そろそろ食べなきゃね！」

　話を逸らそうと話題を変えれば、みんなと意見が一致して、私たちはすぐにパーク内のレストランへと向かった。

「あれ？ 雪？」

　入ったレストランで案内された席についた瞬間、隣の席から雪ちゃんの名前を呼ぶ声がして、私たち全員が目線を向ける。

　えっ……。

「え、星矢!?」

「うわ、ほんとだ！ 長山くん！」

　そこでは、長山くんと彼と同じグループの人たちが食事していた。

　長山くんの隣でフォークを持った夏目くんと目が合ってとっさに逸らす。

　うぅ……今の、感じ悪かったよね。

　みんなに気持ちを打ち明けたのもあって、どんどん意識して、ぎこちなくなってしまう。

　メッセージでは普通に話せるのに。

　実際目を見て、となると難しい。

「雪たち、今からメシか！」

　と長山くん。

「うん。菜花が張りきりすぎてさっきまで乗ってたから、もうお腹ペコペコ」

　いや、私の名前を出さなくても……。

「ほんとだよね〜。早く注文しよ！」

　光莉の声に、私たちは席についてからメニューを見て、それぞれご飯を選んだ。

食事が運ばれてきて、お腹いっぱいになるまで食べて。

運ばれてきたどれも、ほんっとうにおいしくて。

テーマパークのキャラクターをイメージしたデザインにもテンション上がって、写真大会が止まらなくて。

「えー！　あれ、めちゃくちゃ怖そうだけど！」

「そーでもないよ、映像の迫力(はくりょく)はすごいけど」

「マジかー！　じゃあ次は、そこ行こうか！」

長山くんたちのグループはとっくにご飯を食べ終わっているのに、光莉たちとの会話に盛り上がって一向に出ていく素振りを見せないし。

私たちも、食事のデザートまでも食べ終わりそうなんだけど。

それぞれどのアトラクションがどうよかったとか、どのキャラクターに会えたとか。

とにかく話が尽(つ)きなくて。

向こうの席に近い席に座る光莉と雪ちゃんの、会話の回し方がうまいのもあるんだけど。

奥の席を確保してよかったとホッとする。

時々、夏目くんと目が合いそうになっては逸らしてばかりで。

気まずいよ……。

「……ごめん、ちょっとお手洗い」

光莉に小声で言って席を立つと、トイレへと向かった。

どうしよう。

夏目くんと、このまま話せなくなったら。

　好きって、恋って、こんなに神経を使うんだ……。

　いちいち細かいいろいろなことが気になって、すぐ悪い方向に考えてしまって。

　このままだと、夏目くんのことを嫌いだから避けているみたいで、嫌な思いさせちゃうよな。

　いや、私に嫌われていると思ったって夏目くんはなんとも思わないだろうけど。

　今までもそうだったし。

　嫌いだと言ってもヘラヘラしていたし。

　単純に、今は、私がそう誤解されるのが嫌なだけなんだ。

　なのにうまくいかなくて。

「はぁ……」

　修学旅行。

　まさか、こんなことで頭をかかえることになるなんて。

　前に、夏目くんのバイト先に行ってトイレに逃げた日のことを思い出す。

　あのころは、嫌いでしょうがなかったのに。

　人の気持ちって、いつどうなるのか本当にわからないものなんだな。

　手を洗いながら鏡に映る自分を見て、昨日の夏目くんとのやりとりが脳裏に浮かぶ。

『見て。郁田さん、かわいい顔してる』

　うっ。

　勝手に思い出して、勝手に恥ずかしくなって。

　赤くなる自分の顔が映って、また頭をかかえる。

バカ……ひとりで何やってんだか。

お手洗いを出て。

お昼時間をとっくにすぎてもまだまだ賑わっている店内を歩き、席へと向かっていると。

「ブーーーンッ!!」

「ちょっとダイチっ！　危ないから走らないで！」

どこからか男の子の声と、女性の注意する声がして。

とても一瞬のことだった。

「きゃっ!!」

突然目の前に飛び出してきた、飛行機のおもちゃを持った男の子と。

それをよけようと、とっさに足を止めてバランスを崩したウェイトレスさん。

そして、彼女と一緒にバランスを崩した、グラスの中に入った黒くてシュワシュワとした液体が宙を舞って。

バシャッッ。

パリンッッ。

「はっ!!　大変申し訳ございませんお客様っ！」

「ちょっとダイチ!!」

店内は一気に静まり返って、こちらに大注目だ。

うわ、……最悪だ。

胸あたりがひんやりとして、甘ったるい香りが広がって。

目線を落として確認すれば、やっぱり。

チャックを全開にして着ていたジャージの中の真っ白な体操着が、見事に茶色く染まっていた。

　体操着よりは目立たないけれど、紺色のジャージにもこ
ぼれたコーラが跳ねている。
「ダイチ!!　謝りなさいっ!!　ほんっとうにすみません、
うちのバカ息子が!!」
「あ、いえ、その大丈夫、です」
「すぐに拭くものをお持ちしますので！」
　私とウェイトレスさんにペコペコと頭を下げる男の子の
お母さんと、慌てて厨房へと戻ったウェイトレスさん。
　すぐに別の店員さんがやってきて、割れたグラスを片づ
け始めて。
　ど、どうしようこれ……。
　大丈夫、とは言ったものの、こんなの拭いただけじゃ絶
対にきれいにならないよね。
　いやでも、ちょっとぼーっとしていた私も悪い。
　もっと注意していたら、ちゃんとよけられたかもしれな
いのに。
「え、菜花!?」
　遠くからそんな声がして目線を上げれば、光莉たちと目
が合って。
　向こうに座るみんな、長山くんや夏目くんにも見られて
しまった。
「へ、へへ……」
　笑うことしかできない。
　この格好のまま、このあとの時間を過ごすのかと考えた
だけでも憂鬱だし。

「あの、お客様、こちらで……！」

「あ、どうも……すみません」

　戻ってきたウェイトレスさんから布巾（ふきん）を差し出され、胸元を拭くけど。

　やっぱり目立ってしょうがない。

　あぁ……。

「郁田さん」

　っ!?

　その声に、もう癖みたいに胸が鳴って。

　顔を上げると、夏目くんが目の前に立っていた。

「あっ、えっと……」

　こんなダサいところ、見られるなんて。

　余計に彼の目が見られない。

「脱いで」

「は？」

　公衆の面前（めんぜん）でおかしなことを言う夏目くんに、思わず顔が険しくなる。

　まったく、こんな緊急事態に何を言っているんだこの人。

「ジャージ。脱いで」

「えっ」

「ほら、早くしないと」

　そう言った夏目くんが痺れを切らしたように、ボケッと動かない私の肩に触れて、私のジャージを脱がし始めた。

　な、何やってるんだ!!　こんなにたくさんの人が見ている場所で!!

　あまりにも突然のことで、されるがまま。

　ジャージは、するりと私の体から離れてしまい。

「ちょ、夏目く――!!」

　何やっているんだとツッコもうとした瞬間。

　爽やかな彼の匂いが私の体を包み込んだ。

　え……。

　これって。

　自分の格好を改めて確認すれば、さっき私が着ていたのとまったく同じ色のジャージ。

　でも、ひとつ、私のと違うのは、胸元に【夏目】の刺繍（ししゅう）が入っているということ。

　驚いて顔を上げれば、目の前の夏目くんが体操着姿になっているではないか。

「あの、これはいったい……」

　口をパクパクさせながら、顔が火照りだす私におかまいなしに、夏目くんは私に着せたばかりのジャージのチャックを全部閉めた。

「出るよ」

　耳打ちで言った夏目くんが私の手を掴むから。

「えっ、なんで!? ていうか、まだご飯の支払い……」

「俺と郁田さんの分は置いてきた」

「えっ!?」

　まるで私に聞かれることを想定していたみたいにサラッと答える夏目くんに、それ以上声が出ない。

　てか、それじゃ夏目くんにごちそうしてもらうことにな

るじゃん！

「だから早く行くよ」

「や、ちょっ……！」

　まわりからの目線も気になってしょうがなくて。今すぐここから抜け出したい気持ちもあるから。

　私は、夏目くんに連れられてレストランをあとにした。

「ちょっとここで待ってて。すぐ戻ってくるから」

　レストランから少し歩いて、夏目くんが立ち止まったのは、テーマパークの人気キャラクターのグッズなんかが売っているショップの前。

　夏目くんが、いったい何を考えているのかわからないけど。

　今は夏目くんの言うとおり、ここで待つことしか私にできることはなくて。

「うん、わかった」

　私が言えば、夏目くんはすぐにショップの中へと入っていった。

　ずっとドキドキしている。

　だって……。

　自分の胸元に目を向けて【夏目】の文字を見る。

　私……今、夏目くんのジャージを着ているんだよね。

　匂いも、大きさも。

　私の心臓の高鳴りを、さらに加速させる。

　夏目菜花……。

　って!!

　バカじゃないの私!!

　チンパンジーだ。うわ今の私、めちゃくちゃチンパンジーだよ……。

　理性よ、戻ってこい!!

　そう思いながら、自分の頬をバシンッと叩く。

「郁田さん？」

　っ!?

「あっ……」

「何してるの。顔なんか叩いて」

「いや、これは、その……」

　夏目くん、本当にすぐ戻ってきたよ……。

　挙動不審なところを見られてしまった。

「あ、夏目くん、なんでここに？」

　話を逸らして言いながら、目線を夏目くんの手元に向ければ。

　さっきまで持っていなかったはずのショップ袋を持っていた。

「あぁ、はい、これ」

「ん？」

　はい？　はいって？

　差し出されたショップ袋と夏目くんを、交互に見る。

「え、わ、私に!?」

「そうだよ。その格好のまま1日過ごすの嫌でしょ」

「え……」

いや、そりゃそうだけど。

受け取ったショップ袋を開けて中を見れば、そこにはTシャツらしきものが入っていた。

取り出して見てみる。

クリーム色で、このパーク１番人気のクマのキャラクターが胸元のポケットから顔を出しているような絵柄のTシャツ。

「これっ……」

「すぐ着れるように値札も切ってもらったから。ほら、あそこで早く着替えてきて。俺、ここで待ってるから」

夏目くんが、向かいにあるお手洗いを指さした。

マ、マジですか……。

どうしよう、今だけ夏目くんが史上最高に輝いて見えるよ。

「うっ、あ、ありがとうっ……」

私は言って早歩きでお手洗いへと向かった。

はぁ、ほんと……。

夏目くんってば……。

なんでここまでしてくれるの。

昨日、ネックレスをもらったばかりだし。

こんなの……浮かれないようにと思っても、うれしくなってしまう。

それと同時に、申し訳ないって感情も湧き起こって。

みんなの前だから、あんなふうに私のことを助けたんだとしても。

　自己犠牲が半端ないでしょ。

　心の中でぶつぶつといろいろなことを思いながらシャツ
を着れば、サイズはぴったりで。

　すぐに個室から出て手洗い場の鏡で自分の姿を確認すれ
ば、なんとも愛らしいクマが、ひょこっとポッケから顔を
出していて。

　ダメだ……シンプルにうれしい。

　こんな、かわいいTシャツ。

　めっちゃくちゃ私の好きなデザインなんだがっ!!

　って、悠長に浸っている暇なんてなくて。

　急いで、汚れてしまったジャージと体操着を、もらった
ショップ袋に片した。

　お手洗いから出て、すぐに夏目くんと目が合って。

　少しくすぐったい気持ちになりながら、彼の元へと戻る。

「あの、助かりました……」

「ん。やっぱりよく似合ってる」

「……どうも」

「ね、見て、郁田さん」

　ちょっと恥ずかしくて俯いていたら、いきなり言われた
ので、言われたとおり顔を上げれば。

　──カシャ。

　え?

　こちらにスマホを向けた夏目くんの姿があった。

「え、何してるの。撮ったの!?」

「まぁ」

「まぁって！　盗撮じゃん！　消してよ！」

　絶対今、間抜けな顔していたし!!

　まったく何考えているの!!

「郁田さんが俺のジャージを着てて、俺が買った服を着てるんだよ。写真に収めないでどうするの」

「何を言ってんの……」

「俺に飼い慣らされてる子犬みたい」

「……」

　こいつ……。

　無言で夏目くんを睨みつければ、「冗談冗談」と笑いながらスマホ画面を見せてきた。

　それは、夏目くんと長山くんのメッセージのトークで。

「長山たちが心配してるんだよ。だから、無事だって報告するために」

「あっ……」

　そっか。

　たしかに、光莉たちにも何も言わないで来ちゃったから心配しているかもだよね。

　だからって、私の写真が必要かどうか考えたら疑問だけれど。

「戻ろうか。郁田さん、お店にカバン置いたままだよね？」

「あっ、本当だ」

　すっかり忘れてた。

　私たちは並んで歩きながら、レストランへの道を戻る。

「夏目くん」

「ん？」

「ジャージ。もう大丈夫だよ。ありがとう」

　ジャージを貸してくれたのは、お店の外を汚れたままの格好で私を歩かせないようにするためだったんだよね。

　そういうさりげない気づかいに、夏目くんに初めて会った時もそうだけど。

　なんだかんだ助けてもらっているんだよな。

　いつだって余裕な顔で、憎まれ口ばかり叩くから忘れそうになるけど。

　感謝していることはあるし、むしろそういうところはとても感心している。

　調子に乗るから本人には言わないけれど。

「全然大丈夫じゃないから着てて」

　返そうとしてジャージを脱ごうとしたら、襟のほうをグッと押さえられた。

　え、大丈夫じゃない、とは。

「男除け」

「……えっ？」

　ボソッと夏目くんが何か言ったけど、聞き取れなくて聞き返す。

「いや、夕方になったらすぐ冷えるんだからそのまま着てて」

「だったら夏目くんも……」

　そう言った瞬間、夏目くんがジッと見つめてきて。

　彼の手が、そのまま私の頬に触れた。

　相変わらずその熱い体温がすぐに私の肌に伝わる。

　心臓がドキッと大きく脈打って。

「……知ってるでしょ。俺の体温が高いこと。だから大丈夫。むしろこのほうが快適」

「あ、う、ん……」

　そこまで言われちゃ、もう何も言えなくて。

　知ってるでしょって……何それ。

　浮かれるな、浮かれちゃう、そんな気持ちがゆらゆらと揺れ動く。

　夏目くんが特別なのは、私だけならいいのに……なんて。

　レストランに戻ると、先ほどの親子から光莉にクリーニング代が渡されていて、私は断る夏目くんを無視して彼の手にお金を握らせたのだった。

　あっという間にやってきた修学旅行最終日。

　午前中の工場見学も無事に終わり。

　今はお土産屋さんが並ぶ通りで、みんなが思い思いにお土産を選んでいる。

　私は光莉たちとお揃いのストラップを買ったりして。

　お家にはもちろん、おばあちゃんたちにもお土産を買いたいなぁなんて思いながら、お店を見て回っていると。

「あっ」

　あるものが目に映った。

　メンズもののハンカチ。

　いろいろなデザインがあって、そのコーナーに釘（くぎ）づけに

なってしまう。

「これ……」

　ひとつ、一番気になって手に取ったのは、青藤色の生地に、小さな黒猫の柄が控えめに散りばめられたデザイン。

　なんかこのデザイン、すごい夏目くんっぽいな。

　普段は爽やか仮面をかぶっているけど、じつは影がある感じが、黒猫っぽいというか。

　これ、夏目くんに……。

　いや別に、下心とかではなくてっ!!

　ネックレスのこととかTシャツのこととか。

　いろいろとお礼を兼ねてと言いますかっ。

　私だけ与えられてばっかなのは違う気がするし。

「……それ、夏目に？」

　っ!?

　突然かけられた声に、びっくりして肩が震え、それと同時に振り返る。

「い、泉くんっ！　いや、これはその……な、なんで夏目くん？」

　今、泉くん『夏目』って言ったよね……。

「ふはっ。郁田、動揺しすぎ。それ……どう見ても男物じゃん」

「あぁ……いや」

　それでも、もしかしたらパパやおじいちゃんに、かもしれないじゃないか。

　ふたりが持つには、少々かわいすぎかもわからないけど。

「それに、郁田の顔に書いてある」

「えっ!? 顔!?」

　思わず自分の顔を触る。

「２日目の夜、夏目の部屋に入っていったし」

「……へ」

　私の隣で他のハンカチを眺めながら話す泉くんの言葉
が、衝撃的で声が出ない。

「なんで……」

　あれ、泉くんに見られていたの!?

「風呂行く前に忘れ物して部屋に戻ったんだよ。その時に
見た」

「……そ、そうなんだ」

　どうしよう。どうしよう。どうしよう。

　体のあちこちから一気に冷や汗が出てパニックだ。

「ふたりってなんなの？　付き合ってないんだよね？　も
しかして郁田、夏目になんか脅されたりとかしてんの」

「ま、まさかっ！」

　ブンブンと首を横に振って否定するけど、最初は確実に
脅されてたよね、私。

「じゃあ、付き合ってないのにそういうことする関係って
こと？」

「そういうことって……」

「……あの日みたいに」

「……あ、あの、日？」

　質問攻めしてくる泉くんが、なんだか怖くて。

　それに、あの日っていったい……。

「俺、見たよ。夏目と郁田が、動物園で……キス、してるの」

「……っ」

　嘘、でしょ。キスって。

　雨宿りしている時に起こったあれを？

　泉くんに見られていたの!?

　どうしよう。何か言わないと。

　でも、何を？

　あの日、夏目くんにキスされたのは本当で。

　けど、私と夏目くんの間に恋人関係という事実はない。

　泉くんがあの日くれたメッセージの本当の意味も、夏休みが明けた私にぎこちなかった理由も、やっと繋がった。

　あのキスを、見られてしまったからだ。

「あの、違うの、あれは……」

「違う？　じゃあ、なんで赤くなるわけ。郁田、前に言ったよな、あいつとは付き合ってないって。なら──」

「あの日は事故でっ」

「事故？　じゃあ一昨日、郁田が夏目の部屋に行ったのも事故？」

「それは……」

　まくしたてるように話す泉くんに、負けじと必死に答えるけど、かなわない。

　なんだか意地悪だ、泉くん。

　今までだってたしかに、はっきりとものを言うタイプだったけど。

　今の泉くんは違う。

　まるで怒っているみたいで。

　でも、どうして？

「……あっ、ごめん」

　さっきまでイライラして見えた泉くんが、今度は大きく深呼吸してから呟いて後頭部をかいた。

　少しの沈黙のあと、泉くんが空気を吸った音が微かに聞こえて。

「……郁田はさ、夏目のこと、好きなの？」

　先ほどとは打って変わって、申し訳なさそうに小さく聞いてきた泉くんに、私は深く、コクンと頷いた。

「……そう。じゃあ、もう付き合ってるのと変わんねーじゃん」

「……いや、夏目くんの気持ちは、まだ」

「は？　なんで？　あんなの、どう見たって……」

「いろいろ、あるのっ」

　泉くんには関係ない。

　まるで突き放すみたいに言った。

　夏目くんの本性がどれほどのものかとか、過去や家庭のかかえている事情とか、天井先輩とのこととか。

　泉くんは何も知らないもん。

　なんにも。

　説明できっこない。

「……あ、そう。ごめん。ただ俺は、郁田が心配で……。悪い。余計なお世話だったよな」

「……っ」

　友達に心配してもらって、自分が最低な態度をとったことに気づいてハッとさせられる。
「郁田と夏目の間に何があるのか知らないけど、あいつが郁田のこと泣かせるなら俺も黙ってないから」
「えっ……」
「それ、夏目が喜んでくれるといいな」
　泉くんはそう言って私の頭を撫でてから、お店を出ていった。

　いろいろあった修学旅行も、なんとか無事に終わり。
　最終日はクタクタで、家に帰ったらすぐにバタンキューで寝てしまったけれど。
　修学旅行明けの土日。
　お土産をリビングに広げながら、止まらない思い出を家族にたくさん聞いてもらって。
　お土産も、とても喜んでもらえて。
　高校で本当にいい思い出がたくさんできて、素敵な友達に出会えてよかったと心から実感して。
　そんなうれしい気持ちと同時に、部屋にひとりになって考えるのは、泉くんのことと夏目くんのことで。
　泉くんは今年同じクラスになって初めて話すようになって、なんだかんだ優しく気にかけていてくれて。
　今回のことだってそう。
　それなのに、あんな言い方をしてしまったのは本当によくないって反省中で。

　それから……夏目くん。

　自室の勉強机に置いた紙袋を見つめる。

　明日、学校で修学旅行で夏目くんから借りたジャージを返すついでに、お土産のあのハンカチも渡そうと思っている。

　そして……私の気持ちも伝えられたらって。

　泉くんに言われて気づいた。

『ふたりってなんなの？』

　本当にそうだ。このまま何も行動しなかったら、私たちはいつまでもよくわからない関係をズルズル続けてしまうんじゃないかって。

　もちろん、告白して終わってしまったらって怖さもあるけれど。

　夏目くんの私への気持ちだって、はっきりさせなきゃって思うから。

　それが全部できたら、泉くんにも、謝罪と感謝を伝えて。

　高校では、目立たないようしてきたけれど……。

　もうそれは今日までだ。

　明日からは絶対、動かなきゃ。

　伝えなきゃ。

chapter 4

行かないで

【おはよう。この間借りたジャージ、放課後に返したいんだけど、時間大丈夫かな？】

　週末明けの月曜日の朝。

　教室に到着して自分の席についてから、夏目くんにメッセージを送った。

　前に屋上に彼を呼び出した時は、最初で最後だなんて思っていたのに。

　まさか、またこうして自分から彼に連絡をすることになるなんて。

　メッセージを送ってすぐに閉じたスマホを再び開いて、夏目くんとのトーク画面を確認する。

　……既読がつかない。

　って。

　そりゃ、送ったばっかりだし当たり前か。

　まだ登校中かもしれないし。

　ほんと、以前の私なら考えられないような行動だ。

　夏目くんからちゃんと返事が来るかどうかを気にして、既読になっているかどうかまでチェックするなんて。

　大丈夫。

　昨日の夜もずっと頭の中で、夏目くんにどう今の自分の気持ちを伝えるか、シミュレーションしたんだから。

　人生初めての告白を、まさかあの大嫌いだった夏目くん

にする日が来るなんて。

　と、ドキドキと心臓をうるさく高鳴らせながら、彼から
の返事を待った。

「夏目くんから返事が来ない!?」

「……はい」

　お昼休み。

　なんと。

　あれから、夏目くんからメッセージの返信が来ないまま
お昼休みがやってきてしまった。

　なぜだ。

　今まで連絡を取り合ってきて、夏目くんから返信が遅い
と感じたことは一度もなかった。

　むしろ、早すぎて気持ち悪かったぐらいだ。

　そういう連絡がマメなところも、みんなに好かれるとこ
ろなんだろうけど。

　そんな彼から、返事が来ないなんて。

　一気に不安になる。

　もしかして、何か夏目くんの気に触るようなことを私が
してしまったかと、修学旅行の日を思い出すけれど、とく
に思い当たることはなくて。

　……もしかして。

　私の気持ちに気づいて引いた、とか?

　あるかもしれない。

　ただのからかい程度だったのに、私が本気になったから。

　私とは恋愛関係がなかったからこそ、今までの関係を築けていたのかも。

「……あ、星矢から返信が来た！　夏目くん、学校休んでるみたいよ」

「は、そうなんだ」

　雪ちゃんが、彼氏であり夏目くんと同じクラスの長山くんに連絡してくれて、夏目くんが学校に来ていないことを知る。

「どうしたんだろう？　風邪かな？」

　光莉が心配そうに言いながら続ける。

「風邪なら、菜花、今日夏目くんのお家にお見舞いに行ってみたら？」

「え!?　お、お見舞い!?　……いやぁ」

　夏目くんがどうして学校に来ないのか、本当の理由はまだわからない。

　風邪じゃなくて、単純に私のことを避けているのかもしれない、なんてことも考えられるし。

　嫌われたのかもしれないと思うと、途端に会うのを躊躇ってしまう。

「あ、夏目くん、病気とかではないみたい。今、星矢に聞いてみたら、担任が用事だって言ってたって。星矢たちも夏目くんと連絡取れないらしいよ」

　長山くんから送られてきたであろうメッセージを見ながら、雪ちゃんが言う。

「他の人たちも連絡取れないって、ちょっと心配だね」

「まあ、夏目くんもいろいろあるのかもね。けど病気とか
じゃないなら、とりあえず安心じゃない？」

「うん。用事が済んで落ちついたらすぐに返事来るって！」

「うん……そうだね。みんなありがとう」

　みんなの励ましのおかげで少し心が落ちつく。

　あんまり消極的に考えちゃダメだよね。

　学校でも夏休みでも、夏目くんと過ごすことが当たり前
になっていたから、こんなふうに会えなくなるなんて考え
てもみなかった。

　でも、明日までには、夏目くんからのメッセージが届い
て、いつもどおりになっているよね。

　修学旅行で夏目くんが見せてくれた笑顔や、かけてくれ
た言葉を思い出して。

　夏目くんから返事が来るのを待った。

　翌日。

「菜花!!　夏目くんから連絡来た？」

　朝。

　すごい勢いで私の席にやってきた光莉が、『おはよう』
よりも先に聞いてきたので、私は俯き加減で首を横に振る。

「え、嘘。マジか……こうなった今日は意地でも捕まえて
問い詰めるぞ！」

　結局、あれから夏目くんからの返事は来なくて。

　今日の朝、トーク画面を開いたけど、まだ画面すら見て
くれていない状況だった。

　本当、どうしたんだろう。

　いくら用事って言ったって。丸1日スマホが見られない
ぐらい大変なことってある？

　いや、そりゃ私にそういう日がないだけで、世の中には
そんな人、たくさんいるんだろうけど。

「今、1組に行ってみたんだけど、夏目くんまだ来てない
らしいよ」

　と、雪ちゃんも会話に加わる。

「え、今日も!?　てか、そもそもあの夏目くんが休むこと
自体珍しくない？」

　そうなんだよね……。

　体育の授業に出ないことはあるけれど、学校を休むなん
て夏目くんのイメージにない。

　本人だって、優等生でいるために必死だって前に言って
いたぐらいだし。

「あ」

　先ほどまで「んー」と唸っていた光莉が、教室に入って
きたある人物を見つけて声を出した。

「楽一！　楽、楽、楽！　ちょっと！」

　光莉は、教室に到着したばかりの泉くんめがけてドアの
ほうまで走っていってから、彼の袖を無理やり引っ張りな
がら私の席へと戻ってきた。

「ちょ、んだよ！」

　引っ張られてシワになったシャツを気にしながら、少し
不機嫌な声の泉くん。

　なんだか申し訳ない……。

　巻き込んでしまって。

「あんた夏目くんと同じバイト先でしょ？　何か聞いてないの？　昨日から学校休んでんじゃん！　バイトはどうなの！」

「へー。学校にも来てなかったんだ。あいつ」

「は？　知らなかったの？」

「別に、あいつに興味ないし」

「あん!?」

　信じられないという顔で光莉が泉くんを見る。

　泉くん、修学旅行の時に言ってたこともそうだけど、本当に夏目くんのことをよく思っていないんだな……。

「はぁ……一昨日、急に数日出られなくなるかもしれないって、店長にそれだけ言ったみたいだけど。それ以外は何も聞いてねー」

　と、泉くんが少し気に食わなそうな顔で言う。

　数日休むって……。

　何があったんだろう。

「あいつのせいでシフト急に増やされて、こっちはすげー迷惑して……郁田？」

　控えめな優しい声が私を呼ぶのが聞こえて目線を上げれば、泉くんが心配そうな顔をしてこっちを見てきた。

　今、私の名前を呼んだ声の主は彼だったのかと、驚いてしまう。

　泉くん、あんなに優しい声、出るんだな。

「大丈夫？　あいつと連絡が取れねーの？」

「え、あ、うん……」

　そうだ。

　私、泉くんにも修学旅行で自分の気持ち伝えているんだよね。

　今思い出して、穴に入りたい気持ちになる。

　あんなに強気な発言しといて、恥ずかしいよ。

　泉くんには関係ないって言っているような態度しておいて、このザマだもん……。

　それなのに、そんな私のことを心配して声をかけてくれるんだから、泉くんってやっぱりいい人だ。

「ムカつくな夏目のやつ」

「は？　なんで楽がムカつくわけ？　何様」

　泉くんの声を聞き逃さなかった光莉が、鋭い口調で言う。

「うるせー、こっちの話だわ。じゃ」

「あ、ちょ、楽！　なんかあいつ最近当たり強くなーい？　生理かよ」

　泉くんは、光莉のそんな声を無視して自分の席へと行ってしまった。

　お昼休み。

　お手洗いから教室に戻ろうと廊下を歩いていたら、ある人物の後ろ姿を見つけたので、思わず名前を呼んだ。

「泉くんっ」

　彼が振り返った拍子で、はちみつ色の髪がフワッと揺れ

て、大きな瞳がすぐに私を捉えた。

「郁田」

「あ、あの、ごめんね。朝のこと。いろいろと……心配か
けちゃってというか、修学旅行の時も、私、すごく感じが
悪かったし」

「え？　感じ？　悪かった？」

　『いろいろ、あるのっ』と言って、泉くんの善意を突き
放したから。

「あ、いや、その……嫌な思いさせてたら謝りたくて……」

「何それ。嫌な思いとかしてないけど。俺がいろいろ質問
攻めにしたのが悪いし。……けど」

　ふと、足元に影ができて顔を上げれば、先ほどよりも泉
くんとの距離がうんと近くなっていた。

「あいつのことで郁田が悲しい思いをするなら嫌だけど。
その時は俺にだって考えがある」

「考え……？」

「……なーんてな。俺も店長にあいつのこと他に何かない
か聞いてみるから。わかったことあったらまた連絡する」

「え、あ、うん……ありがとう」

「ん。だから、あんまりシケた顔をすんなよ〜」

　泉くんはそう言って、私の頭を少し雑に撫でてから、そ
の場をあとにした。

　夏目くんが学校を休んでから、早くも４日がたってし
まった５日目の今日。

　学校は朝から、ある噂で持ちきりになっていた。

「ねぇ、聞いた？　夏目くんと天井先輩のお泊まり旅行！」

「ふたりで旅行カバン持って歩いてるのを、駅で見た人がいるんだって！」

　教室までの道のり。

　廊下で話す生徒たちの会話から聞こえてくる、聞きたくもない話。

「年上とかやるな〜さすが夏目涼々。あの先輩と前から噂あったよな？」

「天井月子先輩でしょ？　お似合いだって一時期騒がれていたけど」

　あちこちから飛び交う、『夏目くん』『天井先輩』という名前。

「夏目くんはみんなの王子様だと思っていたのに、ちょっとショックかも」

「けど相手が天井先輩なら納得でしょ。すっごい美人だし。『月子』って下の名前で呼んでたらしいじゃん」

　一番起こってほしくないと思っていたことが……。

　起こってしまった！

　ガラッ。

「菜花!!」

　教室のドアを開ければ、私を見つけてすぐに駆け寄ってきた光莉たち。

　彼女たちの顔は、明らかに、何もかも聞いたって表情をしていた。

「あんなの気にしちゃダメだよ、菜花！」

「そうそう！　絶対おかしいよ！　たしかに天井先輩とのことは聞いたことあるけど、それは前のことだし。今の夏目くんは明らかに、菜花のこと気に入ってたじゃん！」

「うんうん！　絶っっ対！　何かの間違いだね！　噂流した人の見間違いでしょ！」

「私だって、聞いたもん。天井先輩には他に好きな人が――」

「みんなごめんっ!!」

　私のことを励ますかのように、必死に話すみんなの声を、遮った。

「えっ……」

「……その、いろいろありがとう。でも、私は、大丈夫だから。夏目くんと先輩に関わりがあることも知ってたし。噂かもしれないけど、本当だって言われても納得だよ」

　もう、頭で考える時間なんてなかった。

　いや、考えたくなかった。

　まわりの音が、いつもよりうるさく感じて。

　パンクしちゃいそう。

　何が起きているのか全然わからなくて。

　そもそも、今まで私と夏目くんが過ごしていた世界のほうが、夢だったんじゃないかって。

　夏目くんのことは、好きになっちゃいけなかったんだ。

「おっ、噂をすれば!!　本人登場じゃん！」

「夏目！　学校休んで彼女とお泊まり旅行だって？　いつからそんな悪いやつになったんだよお前はよー！」

　廊下の向こうから聞こえる、男子たちの冷やかすような声。

　え。何。今、夏目くんって言った？

　学校に来ているの？

　どんな顔をしているの。

　何をしてたの。

　聞きたいこと、確認したいこと、たくさんあるけれど。

　そもそも、私に聞く権利なんてあるの？

「……菜花、夏目くん来たって！」

「ごめん、私ちょっとトイレ……」

「え、ちょ、菜花!?」

　みんなの目も見ないまま席を立った。

　とにかくショートホームルームが始まるまではどこか静かな場所に行きたくて、教室を出た。

　聞きたくない、見たくない。何も。

　この数日、夏目くんは誰のことを考えていたんだろう。

　いや、そんなの決まってるじゃん。

　だから、私のことなんて無視したまま学校に来られるんだ。

　夏目くんにとって大切なのは、別の誰かだから。

　悔しい。

　たくさん気になって、心配して。

　私の気持ちだけが変わって、勝手に意識して。

　ガラッ。

　教室を出て、人だかりとは反対の廊下を進もうと踵を返

した瞬間。

「郁田さんっ！」

その声に、条件反射のように胸がトクンとなった。

こんな時にもドキドキしてしまう自分に腹が立つ。

何日かぶりの夏目くんの声。

……なんで、呼んだりするのよ。

全部の気持ちをグッと堪えて、振り返らないまま。

一瞬止めた足を、再び進めて。

「……夏目くんが呼んだのに、何あの態度」

誰かのそんな声が聞こえたけど、拳に力を入れたままその場をあとにした。

【本当にごめん。今見た。ちゃんと説明したいから、会って話せないかな？】

人通りの少ない階段の踊り場でスマホを開くと、1件の通知が来ていた。

メッセージの横に記された時刻を見るに、それが送られたのは私が登校途中の時間。

学校に入った途端、夏目くんたちの噂を聞いたもんだから、とにかく聞きたくなかった私は、急いで教室に逃げようと必死で。

メッセージが送られていることに、まったく気がつかなかった。

あんなふうに無視してしまって、悪いことをしたかもと少し反省しつつ、夏目くんが私からのメッセージをちゃん

と確認して返事してくれたことにホッとしたのも束の間。

【ちゃんと説明】って。

そんなもの、もう言われなくてもわかるっつーの。

もし夏目くんに会って、天井先輩と正式に付き合うことになった、なんて聞かされたら、その瞬間、振られたのと同じで。

天井先輩のこと、好きじゃないって言っていたのに。

でも、人の気持ちなんていつどう変わるかわかんないものだから。私自身それを身をもって実感している。

大嫌いと思っていた彼を、好きになってしまった。

夏目くんに面と向かって、私じゃないあの人を選んだ、なんて言われて私は平気でいられるんだろうか。

振られるってわかっているからこその、最後の意地。

変なの……。夏目くんと出会うまでは、なんともなかったのに。

彼との時間が、これからはなくなってしまうなんて考えられなくて。

大嫌いだったはずなのに。

ううん。

夏目くんがその気なら、こっちからおしまいにしてやる。

また、嫌いになればいいんだ。

「……あっ、郁田さ——」

「……」

夏目くんと天井先輩の噂が流れ始めて1週間。

　私は、夏目くんと関わる前の日常を取り戻しつつ、ある。

　って言うのは、どう見ても嘘で。

「ねぇ、菜花。さっきのはあからさますぎでしょ。かわい
そうだよ夏目くん」

　お昼休み、みんなと席をくっつけてお弁当を広げていた
ら、光莉が突然言った。

　何を言っているんだ。

　かわいそうなのはこっちだよ。

「いいよもう。そんなことより考えることがたくさんある
じゃん。テスト、とか」

　そう。私はあれから夏目くんのことを完全に無視してい
る。

　わざとらしいのは重々承知だ。

　彼が私を見つけるたび、何度も話しかけようとしてきて
いるのはわかっているけれど。

　嫌いになるって、決めたから。

　もう、距離を置くって。

「テストって……そんなんで本当に集中できんの？」

「そーだよ。ジャージぐらい直接返してあげればよかった
のに」

　雪ちゃんまでも、そう言うんだから。

　夏目くんに返すつもりで紙袋に入れて学校に持ってきて
いたジャージは、先週、長山くんに頼んで代わりに渡して
もらったから、私と夏目くんが関わることはもう本当にな
い。

わかっている。

ちゃんと話したほうがいいっていうのも、意地張ってないでっていうのも。

けど、夏目くんを好きになったら痛い目を見るってのも、自分でわかってたことなんだ。

それなのに好きになってしまった自分の責任でもある。

こうでもしないと、私は夏目くんを忘れられない気がするし。

それに……。

「え〜！　またー？」

「そうそう。天井先輩のマンションの隣に住んでる人が、夏目くんが先輩のマンションに入っていくところを見たんだって！」

ふ──ん。

あの噂が出てからずっと、夏目くんと天井先輩の目撃証言や噂話は止まるどころか、むしろどんどんヒートアップしていて。

確実に、付き合っているんじゃんって。

どっからどう見てもふたりは両想い、めでたしめでたしってわけだ。

前は寂しさを埋めるだけの都合のいい関係だったから、コソコソしていたのかもしれないけど。

今はもう堂々と歩けるって、そうアピールされているみたいでムカつくし。

ほんと最悪。

　ていうか、天井先輩も天井先輩だよ。

　すっごくきれいな人なのかもしれないけど、ちょっと性格悪そうっていうか。

　ちゃんと見たことないけど。

　だって、夏目くんに、別に好きな人がいるって言っておきながら、今、夏目くんとそういうことになっているんだもんね。

　まあ、結局、しょせんは全部噂だから本当のことなんて知らないけど。

　なんて、もう半分投げやり状態。

　ふたりの事情なんてよく知らないし。

　夏目くんから聞いたのも、なんとなく濁されたものだったし。

　とにかく私は、ふたりのことを考えれば考えるほど、イライラするんだ。

　最初は失恋モードで落ち込んでいたけど。

　なんだかそれもバカみたいだって。

　そもそも、なんで夏目くんのことを好きになったのかもわからなくなってきた。

「もういいの。私、夏目くんのことを嫌いになるから」

　最初に戻るだけ。

　私はみんなにそう宣言して、お昼ご飯を再開した。

　私が夏目くんを避けるようになってから、さらに１週間がたって。

　夏目くんのほうも次第に、私に話しかけようとするそぶりを見せなくなってきた。

　これで完全にお互いに何もなかった日々に戻るんだろう、と感じながら迎えた放課後。

　靴箱に入ったローファーに手をかけた瞬間だった。

「郁田菜花さんっ」

　っ!?

　突然、聞こえたかわいらしい声のしたほうを見れば。

　靴箱の側面から、サラサラな黒髪を揺らしながらひょこっと顔を出した美女が至近距離で現れた。

　ぱっちりとした大きな瞳とスーッと細くきれいな鼻筋。血色のいい唇。

　そして、白くて華奢な手足。

　一瞬、モデルさんがうちの学校に迷い込んだのか、なんて本気でびっくりした。

　けど、どう見てもうちの制服を着ているし。

　ていうか、この人、私の名前をフルネームで呼んだよね？

　いったい……誰……。

「私、天井月子っていいます」

「……っ!?」

　えっ。今、天井月子って……。

　噂でしか、話でしか知らなかった彼女を、初めて目の当たりにして固まってしまう。

　この人が……天井月子先輩……。

　勝てない。瞬時に思った。

　その美貌と愛嬌。

　というか、勝てないも何も、ふたりが付き合った時点で負けているじゃん。

　もう終わっている話だ。

　それなのに、このタイミングで突然話しかけてくる天井先輩。

　なんの用なんだ。

「涼々から聞いてるのかな？　私のこと」

『涼々』

　親しげな呼び方に、胸がギュッと痛くなる。

「えっと……少しだけ……」

「そっか。ちょっとこれから時間あるかな？　いろいろと聞きたいことがあって」

　ニコッと笑った天井先輩の瞳が、笑っていない気がした。

　これ、よくドラマや漫画なんかで見るやつじゃない。

『夏目くんは私の彼氏だから、ちょっかい出さないで』

　とか言われちゃうやつだ。

　学校近くのカフェ。

　頼んだココアを飲んで、私が倒れたあの日に夏目くんに買ってもらったココアを思い出した。

　甘くて温かくて。

　……夏目くんみたい、なんて思いながらカップをテーブルに置いた時、正面に座って紅茶をすすった天井先輩が口を開いた。

「単刀直入に聞くわね……あなたって涼々の何？」

　ほら来た。ドラマでよく見るやつ。

「……」

　夏目くんの〝なんだ〟と聞かれて、答えられることが何もなくて黙ることしかできなくて。

　私のほうが知りたいことだよ。

　私は夏目くんのなんだったんだって。

「私と涼々はね、昔からの特別な仲なの。涼々がまだ小3のころから彼のことを知っているし、彼の一番の理解者だと思ってる……」

　ギュッとスカートの裾を握る。

　聞きたくない聞きたくない。

　なんでそんな話を、わざわざしてくるの。

　いいじゃん。今ふたりが幸せなんだからそれで。

　私は夏目くんを忘れようと必死なのに。

　まるで、それをえぐるみたいな言い方。

「それなのに……ここ最近、涼々の様子がおかしくって。ねぇ、彼に何をしたの？」

　ムカつく。勝手なことばかり言って。

　最初、きれいな人だって思っていたけどやっぱり私の予想どおり、かなり性格に難ありじゃないか。

「天井先輩こそ、夏目くんのなんなんですか？」

「は？」

　自分からこんなに低い声が出るなんて、自分でもびっくりした。

　声は震えているけど止まらない。
「さっきから聞いてれば勝手なことばかり言って。というか、おふたりは付き合ってるんですよね？　だったら私は関係なくないですか」
　止まらない。
　夏目くんへのイライラも含めて、天井先輩にぶつけてしまう。だって、まるで私のほうから夏目くんを誘惑したみたいな言い草なんだもん。
「夏目くんも夏目くんですよ。先輩のことが好きなら、はっきりとそう言えばいいのに。夏目くん、先輩には他に好きな人がいるって思っていたんですよ。人には思わせぶりとかなんとか言いながら、自分だっていろいろな人に愛想を振りまいて……。天井先輩と夏目くんが深い関係なのは知っていますけどっ」
　支離滅裂。
　自分でも何が言いたいのかわからない。
「プッ」
　へ？
　突然、この場の空気に似合わない音を天井先輩が発した。
「ハハハハッ、無理だ。もう限界っ、ふはっ」
　きれいな顔に似つかわしくない豪快な笑い方に、呆気にとられる。
　え、今、笑うところ？
「ふふふっ、ごめんねっ。はー、お腹いたい。ごめんごめん。嫌な思いさせちゃって。えっと、今までのは全部お芝居！

引っかかった？　私の迫真の演技どうよ！」

「え？」

　何を言っているの、この人は。

「こうでもしないと、菜花ちゃんは本当の気持ち吐き出してくれないと思ったから。やっぱり私が思ったとおり。似てるわね、あなたたち」

　演技？　こうでもしないと？

　さっきまでの天井先輩とは違って別人みたいで、呆気にとられてしまう。

「あの、あなたたちっていうのは……」

「そんなの、ひとりしかいないじゃない。涼々よ」

　天井先輩はそう言って、また紅茶を一口すすった。

「あの子も菜花ちゃんと一緒。昔から思ってること素直に口にしないのよ」

「……は、はあ」

「私、涼々と同じ施設で育ったの」

「えっ……」

　天井先輩のセリフに言葉が詰まった。

「私も今は養子として引き取ってもらってて」

「そうだったんですか……」

　まさか、ふたりが同じ養護施設にいたなんて。

　衝撃の事実に、なかなか言葉が出てこない。

　そりゃ、ふたりが特別なのも理解できてしまう。

「夏目くん、そんな話、一度も」

「そりゃ、プライベートなことだしね？　私のいないとこ

ろで許可なくペラペラ話すことじゃないでしょ」

「……っ」

　それも、そうだけど……。

「７年前に私が施設を出てからは、まったく連絡を取って
なかったんだけど。去年高校で再会して。それから学校以
外でも会うようになって、施設での思い出話とか、新しい
家族との悩みとか話して、そうしてるうちに……」

　天井先輩が少し言葉に詰まったのを見て、ドクンと胸が
鳴る。

　ふたりが、もっと深い関係になった瞬間の話。

　こんなこと、私が聞いていいのかもわからない。

　天井先輩は夏目くんのなんなんだって聞いたのは、私の
ほうだけれど。

　それから、天井先輩が口を開いて。

　ふたりの関係が始まった経緯を話し始めた。

逃げないで〜月子side〜

『涼々？』

　始業式から１週間たったある日。

　移動教室に向かっていた時に、彼とすれ違った。

　すぐに彼だとわかった。

　夏目涼々。

　当時、私が小学４年生の時に養護施設にやってきた、ひとつ年下の男の子。

　あのころと同じ、独特の儚い雰囲気をまとっていて。

　向こうは私に全然気づいていないようだったけど。

『私、天井月子！』

『え、あっ、……月子、さん、』

『月子さん、水くさいな〜！　いいよ、昔と同じ呼び方で』

　何年も会っていなかったし、そりゃ、私もそれなりに成長してオシャレやメイクにも気をつかうようになったから。

　最初はお互いに少し気まずくて、戸惑っていたけれど。

　徐々に、その気まずさはなくなっていった。

　血の繋がった家族のいない孤独な者同士。

　お互いのよき理解者。

　涼々が、今の家族に気をつかっていて、どこか心が開けず、自分の本当の気持ちをまわりに隠しているのはすぐにわかった。涼々の気持ちは痛いほどわかるし、彼はとくに、

昔から人の顔色をものすごくうかがうタイプだったから。

　七夕の時、涼々だけ短冊に何も書いていなかったし、誰かとケンカになっているのも、反抗しているのも見たことがなくて。

　つねに笑顔で心に蓋をして、気持ちを押し殺しているように見えていた。

『家にいるのが苦しいなら、外で何か息抜きを見つけたら？』

『んー。息抜きって、具体的に何すればいいんだろう。好きなこととか趣味がないからな～』

『あ！　ハグするとストレスが軽減されるって聞いたことある！』

『へー……』

『やってみる？……なーんて──』

　半分は軽いノリ、半分は涼々がいつか壊れちゃうのが怖くて、壊れない方法があるのなら、なんでもいいからすがってみたいと、守ってあげたいと思ったから。

『……みる』

『え？』

『ハグ、してみていい？』

　その時、初めて涼々が甘えてきたと思う。

　恋愛対象とか家族愛とは違う。

　仲間意識。

　自分と同じ立場の人を、ほっとけなかった。

　もう壊れてほしくない、もう苦しい思いをしてほしくな

いから。

　今できることならなんでも。

　涼々が求めるもので、私が与えられるものなら、なんでもしてあげようって思った。

『涼々、みんなのことよろしくね。あんたが一番しっかりしてるから。頼んだよ』

　里親(さとおや)が見つかって施設を離れる時、涼々に言ったセリフに後悔していた。

　真面目で優しい涼々は、それを重く受け止めてさらにいろいろなことを我慢させてしまったんじゃないかって。

　そのことに対しての罪滅(つみほろ)ぼし。

　そんなつもりだったのかもしれない。

『……月子、今日も家行っていい?』

　涼々との触れ合いは、ずっと続いていて。

『ごめん……月子。俺のわがままでいつも……』

『なんで謝るの?　私が提案したことじゃん。涼々となら別に平気だよ。ていうか、私だって、こうやって涼々と会ってる時が一番素を出せてるんだから』

　いちいち説明しなくても、私の生い立ちを知ってくれる人がいて、他の人には理解されない複雑な気持ちをわかってくれる人がいて。

　それだけで、ひとりじゃないんだと実感できたのは私だって同じで。

　涼々はきっと、人一倍甘えたがりで寂しがり屋だったんだろう。

　それをうまく伝えられない、気づいてもらえないだけで。

　涼々のためにしていると思えば思うほど、誰かのために行動している自分のことも好きになれて。

　いい関係性だって、思っていた。

　──私の気持ちが変わるまでは。

『3年の青山くんって知ってる？』

『んー、聞いたことないな。さすがに1学年上はわかんないよ』

『そっかー……』

『何？　月子、その人のこと好きなの？』

　涼々に指摘されて、自分の全身が熱を帯びた。

『お願いっ！　青山くん、駅前のカフェでバイトしてるから、涼々もそこでバイトして彼と知り合いになって。ほら、涼々、前にバイトしたいって言ってたじゃん！　おばさんたちに、お小づかいもらうのが申し訳ないって！　ちょうど募集してる張り紙を見たしっ』

『いや、だったら月子がそこで働いたほうがよくない？』

『え、無理。好きな人と一緒に働くなんて集中できるわけないでしょ！　一生のお願いっ！　それで、あわよくば彼の情報を何か掴んできて！　好きな食べ物とか、嫌いな食べ物とか、好きな女の子のタイプとか！』

『ん……わかったよ』

　今の涼々の立場上、私のお願いを断れないことをわかっていた。

　私は、どこまでもずるかったと思う。

でも、こういうやり方しか思いつかなかった。

いつだってひねくれてて、他人の目を気にしている。

そして――。

『……月子さ、最近なんか調子悪い？』

『えっ……』

誰よりも自分勝手。

『前から思ってたけど、やっぱりよくないよね。月子、好きな人いるんだし、もうこういうこと……』

『だ、大丈夫だよ！　別に彼と付き合ってるわけじゃないし、そもそも向こうが私のことを見てくれているかもわかんない状況なわけで……』

わかっていたはずだ。

どちらかに好きな人ができてしまったら、自然とこの関係には終わりが来ること。終わらせなきゃいけないこと。

本当はどこかで、終わらせたいと思っていたこと。

「涼々に『新しく相手してもらえる人を見つけたからもう大丈夫だよ』って言われた時、正直すごくホッとした。最低だよね」

そう言って紅茶をすすって顔を上げれば、目の前に座る彼女の目に涙が溜まっていた。

なんであなたが泣くの。

そう思ったのと同時に、だから涼々は彼女でないとダメなんだと改めて思った。

正しいかどうかよりも、その気持ちに寄り添うことに向き合える子だから。

「ごめんね。こんな話、聞きたくないよね」

　そう言うとブンブンと首を横に振って、ただただ流れてくる涙をぬぐっていた。

「私はね、そんなやり方でしか涼々を守る方法を思いつかなかったの。……でも、菜花ちゃんは違った」

　そのキラキラした濁りのない瞳が、羨ましくてしょうがない。

　あなたしかいないと思うの。

　あの子を、涼々を守れるのは。

「菜花ちゃんは正面からちゃんと涼々と向き合った。私は怖くて、そんなことできなかったもの。菜花ちゃんに出会って、涼々はものすごく変わったよ。とっても素敵に。涼々、ものすごくうれしそうに言ったのよ」

「えっ……」

『郁田さんは、俺の全部を認めてくれて、俺に前を向かせてくれた』

　あの時の涼々の吹っきれた顔、忘れられるわけがない。

　私だって、同時に救われたんだから。

　きっと、涼々が今まで出会ってきた人が口を揃えて言ったと思う。

『いつか本当の家族みたいになれるよ』

『時間が解決してくれるって』

　なかなか菜花ちゃんのようには考えられないと思う。言葉にすることだって、ためらうことだろう。

　だから、カッコいいと思った。

「涼々の家のことも、瑠々ちゃんのことも。菜花ちゃんは本質から目を逸らさずにちゃんとぶつかったからこそ、涼々は変われたよ。ほんと、あなたの話をする時の彼の顔、見せてあげたい」

　彼女の話をする彼の顔を思い出すだけで、こっちまで顔が綻んでしまうから。

「今の涼々、ほんと毎日死にそうな顔してるから、早くどうにかしてほしいのよ」

「……し、死にそう？」

「うん。ちょうど菜花ちゃんたちが修学旅行に行ってる間に、施設から連絡があってね。当時、私たちのお世話をしてくれていた "ゆりえさん" って人が事故に遭って緊急手術することになったって。重傷で、すごく危ない状態だって聞かされて」

「えっ……事故……」

　連絡が来た時は私も気が動転してて、体が震えた。

「涼々には、修学旅行が終わり次第、連絡してほしいってメッセージを送ったの。せっかくの修学旅行、不安な気持ちのまま過ごしてほしくなくて」

「そうだったんですか。だから、ふたりが同じ駅に……」

「そうなの。ゆりえさんに会いにふたりで病院に行ったのよ。寝泊まりは前にいた施設を貸してもらって、ちゃんと部屋も別。帰りは涼々が荷物を持って、うちまで送ってくれただけで。それを学校の人たちに見られたんだと思う。やましいことは何もないよ」

　そう言えば、「なんだ……」と肩の力を抜いた菜花ちゃんを見て、私も同じようにホッとする。

　やっぱりそこが一番気になっていたよね。誤解が解けてよかった。

「あ、あの、それで、ゆりえさんって方の容態は……」

「うん。手術は無事に成功。意識が戻ってからは私も涼々も、ゆりえさんと話ができて」

　不安で怖かったけど、きっと今回のことがなかったら、私たちが向こうに帰ることはなかっただろうし、結果として、いい里帰りになったと思う。

　最初はマジで生きた心地はしなかったけどね。

「っ！　そうですかっ。よかった……ほんっとうによかった……ですっ」

　まるで、菜花ちゃんもゆりえさんと顔見知りなのかと思うほどの様子に、思わず笑ってしまう。

「優しいね、菜花ちゃん」

「……夏目くんにも天井先輩にも、大切な人を失ってほしくないから」

「……ふはっ」

「えっ、あの、天井先輩ってクールビューティな見た目と違って案外笑い上戸なんですね」

「いやだって。さっきまであんなに私に敵対心剥き出しだったのに、今は私のことまで心配してくれるからさ、おかしくてっ」

　こんなかわいらしい子に『クールビューティ』なんて言

われて、照れ隠しで笑っているのも事実だ。

「とにかく、今の涼々は、ここ数日の菜花ちゃん不足で死にそうってことよ」

「えっ!? な、なんですか急に! 今の話の流れからして絶対おかしい……」

　そう言いながら顔がみるみるうちに真っ赤になっていくんだから、かわいくてしょうがない。

　涼々がちょっとからかっていじめたくなる気持ち、わからなくもないかも。

「だからさ、話ぐらい聞いてあげてよ。菜花ちゃんだって、つい感情的になって無視しちゃったってだけよね？ 本当はちゃんと話したいって思ってるでしょ？」

　そう言えば、菜花ちゃんが俯いたままコクンと頷いた。

　かわいい。

　乙女心ってやつなのよね、わかるよ。

「よし、じゃあ決まり! 私は帰るね!」

「えっ、帰っちゃうんですか!?」

　カバンから財布を取り出しながら立ち上がれば、菜花ちゃんが目を開いて慌てだす。

「私から言えることはこれが最後。スマホ見てごらん」

「え、あっ、ちょ」

　戸惑う彼女に背を向けてレジに向かって。

　ふたり分の代金を支払ってから。

　私はお店をあとにした。

離さないで

　天井先輩から聞いた話がいろいろと衝撃的で、頭の中を整理することに時間がかかる。

　台風みたいな人だったな、天井先輩。

　突然現れて、ずっとしゃべり続けていて。

　かと思えば、あっという間にいなくなって。

　でも、先輩のおかげで、改めてちゃんと夏目くんを知ることができた。

　引っかかっていたいろいろなことが、天井先輩のおかげでひとつずつ溶けていって。

　少し温くなったココアに口をつければ、「はぁ……」と自然にため息が出た。

　そういえば、天井先輩、帰り際なんて言っていたっけ。

『スマホ見てごらん』

　あ、そうだ。

　スマホ。

　思い出して、すぐにカバンからスマホを取り出した。

「えっ……」

　スマホの画面を見て思わず声が出る。

　だって……。

　瞬きをして、もう一度しっかり画面を確認してもやっぱりそうだ。

【夏目涼々】

という名前とともに。

【学校の外階段で待ってる】

のメッセージ。

途端に心臓がバクバクとして、体のあちこちから汗が出て。

学校の外階段なんて、私たちが共通認識している場所はひとつしかない。

あの日、私が倒れてしまって夏目くんに助けてもらった場所。

そう思った時にはもう、立ち上がってレジへと向かっていた。

「あのっ、お会計っ、お願いします！」

「先ほどのお連れさまが、お客様の分も支払われましたよ」

「えっ……」

嘘。

天井先輩……私の分、払ってくれたの？

「わ、そ、そうなんですか！　あの、ごちそうさまでした！」

驚きながらも、足はお店を出るのに急いでいて。

彼が待っている場所へと向かっていた。

あんなに夏目くんのことを無視した分際で、合わせる顔がないって気持ちもまだ残っているけれど。

天井先輩に言われたことが、ずっと頭に響いて残っているんだ。

『だからさ、話ぐらい聞いてあげてよ。菜花ちゃんだって、つい感情的になって無視しちゃったってだけよね？　本当

はちゃんと話したいって思ってるでしょ？』

　そのとおりすぎて何も言えなかった。

　頷くことが精一杯だった。

　本当は、もっとたくさん、聞きたいことがたくさんあるよ。

　疑問に思うこと、確かめたいことばっかりだよ。

　このままじゃ、終われない。

　夏目くんを嫌いになんて、なれないよ。

　まだまだ知らないことだらけだもん。

　ぐちゃぐちゃになった気持ちのまま、夢中で走っていて。

　頬は涙で濡れていた。

　もっと素直に、思っていることを全部、簡単に話せたらどんなにかいいだろう。

　それが難しいのは、私の中で夏目くんが特別で大切になったからこそ、傷つけることが、傷つくことが怖くて、言い出せないことがたくさんあるから。

　だけど。

　まだ、終わりたくないから。

　ずっと、繋ぎ止めたいから。

　──ガチャ。

「……へ、嘘」

　息を切らしながら勢いよくドアを開ければ。

　振り返った彼が、こちらをまっすぐ見て固まっていた。

「え、……夢？」

　固まったまま口だけ動かす夏目くんに何か言わなきゃいけないのに、なかなか息が整わないのと同時に、こんなに全力疾走したことなんて今までにあっただろうかと思う。

　誰かに会うために、必死になってここまで走ったのなんて初めてだ。

　大きく肩が上下して。

「郁田さん、走って、来たの？」

　彼の問いに、素直に答えるのが恥ずかしくて目を逸らしてしまう。

　だからダメなんだよ、私。

　会いたくて必死になって走ったくせに、いざ顔を見たらどう話していいのかわからなくて。

「……こっち座って」

　促されるまま、少し距離をあけて階段へと座る。

「……えっと」

　だいぶ呼吸が整って、ようやく声を出したけど、私のそのか細い声はすぐにかき消された。

「やばい……まさか来てくれると思わなかったから……」

　両手で鼻と口元を覆いながらそう呟く夏目くんの横顔が、喜んでいるように見えて。

「郁田さんが隣にいる、やば……」

　いやいや。

　いつもはスマートで私の前ではチャラい夏目くんが、違う人みたいだ。

　そして、またこうやって名前を呼んでもらえる日が来た

ことに泣きそうになって。

　だってもう、話すことすら無理だと思っていたから。

　２週間以上、話していない。

　今日まで、それがすごく長く感じて。

　夏目くんも同じ気持ちだったらいいのに。

　涙を全力で堪えようとしていたら。

　肩に何かが置かれた。

　その重みが夏目くんの頭だとわかって、今、一番近くに夏目くんがいるんだと実感して、たちまち鼓動が速くなる。

　顔を向けることができないけど、わかる。

　夏目くんの優しい香りが鼻腔をくすぐって。

　私たちの距離は今、完全にゼロだ。

「どーしよ。このまま寝ちゃいそう。郁田さんといると、なんかすごい安心する」

「えっ!?　いや、その、寝られるのはちょっと、困る……けど……」

　反射的に言ってしまったけど、天井先輩から話を聞いたあとだから、夏目くんに無理をさせたらダメだと思って戸惑う。

　大切な人を失いそうになって、生きた心地がしなかっただろうし。

　身も心もクタクタだよね……。

「ふっ、月子から聞いた？」

　あまり踏み込んで聞けない私を察してか、夏目くんがこちらの顔を覗き込んで吹き出した。

　そうやって笑う瞬間が、あまりにもキラキラして見えて。

　夏目くんにときめいている自分を実感して、再び体が熱くなる。

　夏目くんが天井先輩を親しげに呼ぶことに、昨日までならモヤモヤしていただろうけど。

　今は違う。

　私の前で夏目くんがありのままである証拠なんだと思って、うれしいって気持ちにさえなって。

「……うん。たくさん聞いた。夏目くんと天井先輩の関係性も、ゆりえさんのことも」

「そっか」

　そう言いながら、またコツンと私の肩に頭を預ける夏目くん。

　そこから伝わる夏目くんの体温に、さらに心拍数が上がっていると。

「修学旅行が終わった日……」

　夏目くんがゆっくりと口を開いて、穏やかなトーンで話し始めた。

夢中にさせないで～涼々side～

　最初は、キミの気持ちなんてどうでもよかったんだ。

　自分の欲求が満たされればなんでも。

　それなのに。

　気がついたら、振り向いてほしくて必死になっていた。

　その笑顔を、俺だけに向けてほしくて。

　傷つけたくない。

　守りたい。

　そう思ったから。

「郁田さんがメッセージくれた日。すごい焦ってて。スマホ、家に忘れまたまま慌てて家を出たんだ」

　頭を起こして言えば、郁田さんの「えっ……」という声が階段に響いた。

　本当は、行く前にちゃんと説明したかった。全部。

　だけど、これっぽっちも余裕がなくって。

　駅にたどりついて、スマホを忘れたことに気づいた時にはもう遅くて。

　ゆりえさんが重傷で危ない。

　今すぐ駆けつけてあげないと。

『涼々は優しいね』

　いつも陰に隠れて怯えていた俺に、その人は不安な気持ちが落ちつくような笑顔と口調で言って、頭を優しく撫で

てくれて。

『涼々、もしあんたに守りたい人ができた時には、私に紹介するんだよ』

そう俺を見送ってくれたのに。

まだなんの恩返しもできていないのに。

なのに。

ダメだよ、まだ。まだ行かないで。

話したいことが、たくさんあるから。

俺の足元を照らしてくれる灯火（ともしび）のような子に出会えたよ。その子の話を、聞いてよ。

『明日、ゆりえさんのところに行くよ』

連絡をくれた月子と一緒に、昔過ごした施設の一番近くの病院へ朝早くに向かった。

郁田さんが俺にメッセージをくれたのは朝の8時ごろ。俺が家をとっくに出たあと。

まさか、郁田さんのほうからメッセージをもらえる日が来るなんて思っていなかったわけで。

駅でスマホを忘れたことに気づいたけど、正直、そんなことどうでもいいと思えるくらいには、頭の中が、ゆりえさんのことでいっぱいだった。

生きててほしい、無事であってほしい。

そう何度も願って。

手術は無事に成功して、あとは本人の意識が戻るまで。

それまではほんと気が気じゃなくて。

そして、手術が終わって2日。

　ゆりえさんは、やっと目を覚ましてくれたんだ。

「ホッとした気持ちで家に帰った時には、倒れるように寝てしまって。ほんとごめん……」

「夏目くんが謝ることなんか何もないからっ！　たしかに、返事来ない間はずっとモヤモヤしていたけど……でも、私が知らない、こんなにおっきな事情があったんだって知ったら、今、夏目くんとこうやって話せてるだけでもう十分というか……」

　そんなことを言いながら、頬を赤く染めていく郁田さんがかわいすぎて。

　ほんとずるい。

　そんな顔されたら、期待してしまいそうになる。

「学校で直接、ちゃんと話したかったよ」

　いや、どんなに無視されても、無理やりにでも引き留めて話を聞いてもらうべきだったのかもしれない。

　だけど……。

「でも、学校に来たら月子とのことが噂になっていて。郁田さんは俺とは話したくなさそうで。初めはそれでも引き止めようとしたけど、だんだん、俺にその資格があるのかなって思い始めて」

　今回のことだけじゃない。

　俺はずっと、自分の利己的な欲望のために、郁田さんを利用しようとした。

　彼女の気持ちなんて、これっぽっちも考えずに。

　だから、そもそもこんな俺に彼女と今さらどうにかなり

たいなんて思うことが、間違いなんじゃないかって。

　それに、無理やりにでも話を聞いてもらって、それでも、郁田さんに拒絶されたら。

　今以上に嫌われて、本気の目で「これ以上関わらないで」と直接言われたら、それこそ立ち直れない気がして、すごく怖くて……。

　向き合わないといけないことから、逃げた。

「……今、郁田さんに、はっきりと『嫌いだ』って言われたら、本格的にダメになりそうでさ。だけど、月子に言われたんだ」

『そんなもの、今から誰よりも菜花ちゃんのことを幸せにすればいいだけじゃない。誤解させてしまう行動をとってた私も悪いから、ちゃんと私はけじめをつける』

『これからの涼々の行動次第でしょ？　傷つけた日よりも、喜ばせる日を増やしていけばいい。過去に起きた事実は変えられないけど、これから来る未来のことはいくらだって変えられる』

『変わろう、私たち。ちゃんと』

　そう言われて、ハッとした。

　俺の過去にこびりついた闇を光に変えてくれたのは、紛れもなく郁田さんだったって……。

　だったら、今度は俺も、郁田さんのそういう存在に、なんておこがましいこと承知の上だけど。

「未来は……変えられる」

「うん、まぁ、だからその……」

　長々と話しても、うまくまとまらない。

『明日、菜花ちゃんのこと連れてくるから！』

　昨日言われた月子のセリフなんて正直半信半疑で、昨日の今日で、まったく思うように言葉が出てこない。

　しゃべればしゃべるほど、変な方向へと勘違いさせてしまいそうで。

　この気持ちに揺らぎなんてもうない。

　そう確信しているはずなのに。

　緊張と、溢れる想いが絡まって。

「郁田さんからたくさんもらったから、今度は俺がっていうわけでもなくて。その……それもちょっと違くて。違くはないんだけど……」

　引かれるかも、嫌がられるかも、本当に最後になってしまうかも。

　今はもう、そんな気持ちよりも、うんと伝えたいって気持ちが大きいんだ。

　赤く染まったままの頬と、汚れたものを知らないきれいな瞳。

　その瞳が俺を見て離さない。

　もう絶対、失いたくないよ。

「本当は、ただ俺が郁田さんとずっと一緒にいたいから。一番近くで、郁田さんの笑った顔が見たいし、俺が笑わせたいから」

「……っ」

「すっごく、好きなんだ。郁田さんのこと。ずっと郁田さ

んのことばっかり考えてる。誰にも渡したくない」
　声が震えていないか、カッコ悪くないか気になりながら
も、まっすぐそう言えば、彼女の瞳が、あっという間に潤
んでいって。
「あの、だから、……郁田菜花さん。俺と付き合ってほし
いです」
「……っ」
「ちゃんと俺のことを好きになってもらえるように頑張る
から、だから……」

溺れさせないで

　彼を好きになって恋をして、私はだいぶ涙脆くなったと思う。

　夏目くん、バカだよほんと。

「え、あ、郁田さん？　なんで泣いて……そんなに嫌だった!?　ごめ」

「違っ」

　そう言いながら涙をぬぐう。

　泣いちゃうよ、こんな。

　だって、夏目くんがおかしなことを言うんだもん。

　頭いいんでしょ。

　なのに、どうしてわかんないかな。

「……だって、夏目くんが頑張ることなんて何もないから」

「へ？」

　とぼけたその顔にさえ、キュンとしてしまう。

　ドキドキと心臓がうるさくて、涙は流れてくるばかりで。

　なんで、そんな自分だけみたいな言い方。

　自惚れないでよね。

「……私も、とっくに夏目くんのことが好きだからっ」

　涙でぐしゃぐしゃ顔は、きっと私史上一番ブサイクだ。

　だけど、そんなことはどうだっていい……と思えるぐらいには。

　あなたに溺れているよ。

「……はっ？　え、いや、ちょ、ちょっと待って」

　夏目くんが瞬きの回数を明らかに増やして、キョロキョロと目を泳がせながら頭をかかえる。

　ここまで来て、待ってとか、いったいなんの冗談だ。

「……えっと、いや、わかんない。聞き間違いかもしれない。郁田さんが、俺のことを、好き？」

　ブツブツと、ひとり言を交えながら質問してきた夏目くんと視線を合わせて。

「うん」

　コクンと頷く。

　自分からこんなふうに答えるなんて恥ずかしいけど。

「うんって……そんなかわいく頷かれても」

　かわいいかは置いといて、それしか答えがないんだからしょうがないでしょう。

　じいっと夏目くんを見ていたら、彼の耳がどんどん赤くなる。

「マジか、ちょ、予想外すぎて、あの、いつから……」

　明らかに動揺しすぎの夏目くんが彼らしくなくて、ちょっとこっちが冷静になりそう。

　私の気持ち、バレてなかったんだ。

「……気づいたら、好きで」

　そう言えば、夏目くんが顔全部を両手で覆って少し間を置いて小さく声を出した。

「……泣いていい？」

「えっ!?　な!?」

「だって無理でしょ、こんなの。サプライズすぎる。絶対
に泣く。これから改めてちゃんと郁田さんと向き合ってい
いか、その資格をくれるかどうかの話のつもりで、今日こ
こに来たから……マジか」

　つねに自信満々で何事にも動揺しない。

　それが出会って最初の夏目くんの印象だったから。

　目の前の彼が、それとはかけ離れすぎてて。

　胸がキュンと締めつけられる。

「あのね、私、夏目くんに渡すものがあるの」

「……あぁ、ジャージなら長山から受け取ったけど」

「違う。本当はそれと一緒に渡したいものがあったの」

「えっ」

　思い出したそれを、カバンを開けて取り出す。

　もう渡せないと諦めていたけれど。

　カバンに毎日入れていた。

　きっと、心のどこかで願っていたんだと思う。

　また、夏目くんと話せる日が、踏み出せる日が来ること。

「これ」

　顔が熱くなったまま、取り出したそれを彼の前に差し出
して。

　紺色の小さなラッピング袋を受け取った夏目くんが、目
を大きく見開いた。

「え、俺に？」

「うん。夏目くんの好みに合うかわからないけど。修学旅
行の時に見つけたの。私のほうがもらってばかりだったし、

その」

　本当はそんなんじゃない。

　もちろんお礼したいって気持ちももちろんだけど。

　単純に、夏目くんに何かをプレゼントしたかったから。

　それなのに、かわいくない言い方をしてしまう自分に呆れてしまう。

　ダメだ、変わるって決めたじゃん。

「わ、私が夏目くんに、あげたくてっ」

「っ、郁田さんが、俺のために選んだってこと？」

　恥ずかしくて頷くので精一杯だ。

「うわ、マジか」

　小さく声を漏らした夏目くんが「開けていい？」と控えめに尋ねるので再び首を縦に振ると、夏目くんが目をキラキラとさせながら袋を開けた。

「わ、ハンカチ！　猫の柄だ、かわいい」

　そう言って満々の笑みでハンカチを見せてくる夏目くんのほうが、うんとかわいくてかなわない。

「……夏目くんに、似合うと思いまして」

「やばい……今の郁田さんすっごいかわいいんだけど、自覚ある？」

「え」

　唐突な褒め言葉に、また大きく胸が鳴って。

「……あの、抱きしめても、いいですか」

　今まで、許可なくたくさん私に触れてきた夏目くんが、なんだか苦しそうに言うから変な感じ。

　余裕がないと言いたげな。

　目だって逸らしたまま。

　今まで意地悪されてきたばっかだから。

　猛烈に、からかってしまいたくなる。

「夏目くん、こっち見て言ってよ」

「は、なんで。無理」

「何それ……」

「だって、うれしすぎて。これだって、すごい我慢してるほうなの俺。今、郁田さんのこと直視したら、マジで襲っちゃうよ」

「……」

　襲うとか……そういう発言から、相変わらずいつもの夏目くんだと少し安心して。

「……いいよ」

「は!?」

「夏目くんの彼女になったから。もう好きにしていいよ」

「……郁田さん、自分がどんだけやばいこと言ってるのか全然わかってない」

「今まで夏目くんにされてきたことを考えたら、今さら感あるけどね」

「っ、気持ちがあるのとないのとじゃ全然違うの。今は、郁田さんのことを傷つけたくないって気持ちがすごく大きいし……大事に、したい」

　愛おしい。

　そんな感情が、どんどん大きくなる。

　夏目くんの顔も赤いけど、私だってきっとバカにできないぐらい真っ赤で。

　手を伸ばして、ハンカチを握った夏目くんの手を包むようにギュッと握って。

「……郁田、さ」

「もう十分、その気持ち伝わってるから。すっごく悔しいけど、私、夏目くんのこと好きだよ」

　もう、この手を離したくない。

「……っ、ほんっと、ずるい」

　息を吐くみたいな声で夏目くんが静かに言って、私をギュッと抱きしめた。

　この高い体温を、ずっと忘れたくない。

　忘れないぐらい、消えないぐらい。

　彼の背中に手を添えて抱きしめ返して。

「相変わらず熱いね、夏目くんは」

「……郁田さんにだけだよ、こんなに熱くなるの」

　そう言って体を離した夏目くんが再び口を開いて。

「……もう絶対に離さない」

　私の両頬を温かい手で包み込んでから。

　熱を帯びた唇が、私の唇に重なった。

熱で溶かして

　夏目くんと晴れて付き合うことになり。

　早いもので、あっという間に1ヶ月がたとうとしていた。

　付き合うことになった翌日、光莉たちに報告すれば、泣いて喜んでくれて。

　今、自分がものすごく幸せものだと実感している。

「菜花ちゃ──んっ！」

「わっ、月子先輩！」

　朝、靴箱から教室に向かって歩いていると、突然後ろから肩を掴まれて振り返れば、そこには相変わらずお美しい天井月子先輩が、満面の笑みをこちらに向けていた。

　あれから、月子先輩と連絡を取るようになって、

『菜花ちゃんには、ぜひ名前で呼んでほしい！』

　なんて言われてから『月子先輩』と呼ぶようになって。

　少し前なら考えられないほど、良好な関係が続いている。

「これ！　昨日作ったクッキー！　菜花ちゃんに食べてほしくて作ったの！」

　月子先輩が見せてきたのは、かわいらしいラッピング袋に入ったクッキー。

「え!?　月子先輩、この間も私に……」

「だって、菜花ちゃんすっごくおいしそうに食べてくれるからうれしくって！」

「えぇー、ありがとうございます！」

そう。

月子先輩は最近、こうして私によくお菓子を作って持ってきてくれるのだ。

「なんだかもらってばかりで申し訳……」

「なーに言ってんのっ！ 菜花ちゃんが食べてるところを見られるだけで私は幸せなの！ ね、今日もまた一緒にご飯を──」

「ダメで──す」

「わっ」

月子先輩と話していたら、突然手を後ろに引かれて、私と月子先輩の間に誰かがスッと入った。

さっきの声で、誰なのかすぐにわかった。

トクンと胸が鳴って。

もう１ヶ月になるのに、全然慣れないなと思う。

「涼々──、今すっごくいいところだったのに～！ 邪魔しないでよ！」

「邪魔は、こっちのセリフ」

「はぁ？ 何その口の聞き方！ 女にまで嫉妬するわけ？」

「……うるさい」

「あーあー、そんなこと言うんだ？ 私先輩だよ？ ふたりの恋のキューピッドだよ？ そんな恩人にそんな態度とはね！ あんたの本性、校内に言いふらそうか？」

「あの、ちょっとふたりとも……」

ふたりがバチバチッと睨み合っていて、こっちが申し訳ない気持ちになってしまう。

　このふたり、最近何かとこうなのだ。

　ふたりに取り合いされるのはうれしいっちゃうれしいけど、これが日常茶飯事となると、こちらも困るわけで。

「ま、いいわ。また涼々がいない隙を狙って話しかけるから！　じゃーね菜花ちゃん！」

「あ、はいっ！　クッキーありがとうございました！」

　月子先輩は私にひらひらと手を振って夏目くんに「べー」と舌を出してから、その場をあとにした。

　夏目くんにはあんな態度だけれど、今だって、月子先輩、私たちをふたりきりにしてくれたんだと思うから。

　素敵な先輩だなと思う。

　先輩の恋も……早く実るといいな。

　好きな人には、全力で幸せになってほしいから。

「おはよ、郁田さん」

「あ、うん。おはよう」

　ふたりきりになった途端、ふたりだけの特別な空気が一気に流れて。

　今では、ドキドキと鳴る心臓の音でさえ心地よくて。

「やっぱり、朝、俺が郁田さんのこと迎えに……」

「それはいいって！」

　夏目くんがうちに迎えに来るのは、遠回りになるから大丈夫だと前から丁重にお断りしているのに、すぐそういうことを言うんだもんな。

　気持ちはすごくうれしいけど。

「だって、朝から俺がいないところであんなにベタベタし

てるのを見せつけられたら──」

「見せつけられたら？」

「……ううん、なんでもない！　行こうか遅れる」

　そう夏目くんが少し口をつぐんだのを見逃さなかった。

「ほんと朝から熱々でいいね〜」

　教室について夏目くんと別れれば、先に教室に来ていた光莉にさっそく冷やかされる。

「いや〜」

「『いや〜』って。何が『いや〜』よ。あんなに毎日、人目もはばからずに菜花のこと溺愛してる夏目くんに不満があるっていうの!?」

「いや、ない、不満、ない、です」

　たしかに、夏目くんがあれから私を大事にしてくれていることはよくわかっている。

　まわりにちゃんと私が彼女だって言ってくれるし。その分、あちこちから質問攻めにされて大変な時もあったけど、それもだいぶ落ちついてきて。

　だけど……。

「見てよ、雪たちなんて絶賛倦怠期よ」

「倦怠期じゃないから！　向こうが悪いの！　私に内緒でM高の女子たちと遊びに行ってんだもん！」

「あーただのヤキモチでした、こちらもお熱いです。はいはい」

「光莉──！」

「で、なんかあった？」

　毎度の光莉と雪ちゃんのやりとりに苦笑していると、光莉が突然、小声で聞いてきた。

　光莉のこういうところ、不意打ちでずるいなって思う。

　サラッと聞き流されていると思ったら意外とよく聞いていて、心配してくれて。

　普段ふざけて見えることが多いけど、グループの中では一番大人なんじゃないかと感じる。

　でも……。

　さすがに今回の私のこの気持ちのモヤモヤは、簡単に人様にお話しできないようなことで。

「菜花、溜め込んでたらダメだぞ？　もしかして、私たちが知らないところでなんか嫌なことされてんの!?」

「いやいやいや!!　それはない、ない！　全然！っていうか、なさすぎる、というか」

「はぁん!?」

　うぅ……。

　こんなことを自分から言うのは恥ずかしすぎるけど。

　最近、夏目くんといるとそういうことばっかり考えている自分がいて嫌になるぐらいで。

　私は意を決して、光莉に悩んでいることを話した。

「夏目くんがキスしてくれない!?」

「う、うん……」

　こんなことを自分の口から言う日が来るなんて。

「なんでまた……というかごめん、菜花の口からそんなワードが飛び出してくるとは思わず、ごめん、めちゃくちゃニヤけそう」

「ちょっと光莉……」

　こっちは大真面目に、勇気出して話したっていうのに!!

「ごめんごめん!　けどあの……そうか。え、全然してくれないの?　まったく?」

「いや、まったくではないけど、その軽いのは……」

「深いのがしたいのか、菜花は」

「光莉……」

　そんな言い方、まるで私が欲求不満みたいじゃないか。

　いや、そうなのかもしれないけど。

　うぅ……付き合うようになって距離が縮まって。無意識に欲張りになっているのかな、私。

「冗談じゃん!　けど、そっかー」

　付き合った最初の週はそれこそ手を繋いでくれて、キスをしてくれた。

　だけど、それから……。

　何回か夏目くんの家に遊びに行ったけど、そういう雰囲気にならなくて。

　デートの時だってそう。

　夏目くんと付き合う前、それこそ触れ合っていた時間があったからこそ、夏目くんがこのタイミングでそれ以上、何もしてこないっていうのがどんどん増えて。

「もう私に飽きちゃったのかなって」

「いやーそれはないでしょーよ、好き好きオーラ全開だよ？
あの人」

「んー……」

　夏目くんが私のことを大切にしているのはすごく伝わっ
ているけれど、その気持ちって、本当に恋愛対象に対して
の気持ちなのかなって。

　……月子先輩と触れ合えたのは、やっぱり彼女がすごく
きれいで、魅力的だから？

　なんて、ふたりの関係を今さら疑うことはないけれど、
過去のことが過ってしまって。

　そんな自分も嫌で。

「菜花のほうから積極的に誘ってみたら？」

「えっ、さそ、誘う!?」

　光莉の発言にボッと顔が熱を持つ。

「菜花はその気持ち、ちゃんと夏目くんに伝えたの？」

「えっ……言えるわけ……」

「ほらー。夏目くんなりに大事にしてるんだよきっと。言っ
てみたらいいよ『もっとして』って」

　もっと……して。

「無理無理っ!!　恥ずかしさで死んじゃう!!」

「じゃあ進まないんじゃない？　エスパーじゃないんだか
ら！　どんなにお互い想い合ってる人同士でも言わなきゃ
わかんないことだってあるでしょー」

「……そ、そっか」

『言わなきゃ伝わらない』

　それは前に、自分が夏目くんに対して言ったことでも
あったと思い出す。
　まさか、光莉に言われて気づくなんて。
　バカだな。
　けど、そんな恥ずかしいことを自分で言うなんて……。
　さんざん、触らないでって避けてきたのに。
　今になって触れてほしい、なんて。
　こんなに自分の気持ちが変わるなんて、予想できるわけ
がない。
「大丈夫。菜花が恐れてることなんて絶対起きないよ！
私が保証する。一番近くでふたりのこと、これでもちゃん
と見てたんだからね？　夏目くん、今だってずっと菜花し
か見えてないよ」
「う、あ、ありがとう……」
「その悩みを早く解決して、夏目くんに私に知り合いの男
の子を紹介してって頼んでよね〜！　はあああ！　惚気る
友達しかいなくて辛いわ〜!!」
「あ、ご、ごめ──」
「嘘。夏目くんに恋してる菜花、私が今まで見てきた菜花
の中で一番かわいくて大優勝してるよ！　自信を持って夏
目くんの腕の中に飛び込みな！」
　ほんっとうに、よき友達を持ったと心から思う。
「っ、ありがとう、光莉！　頑張ってみるっ」
　ギュッとスカートを握りながら、私は言った。

煽らないで〜涼々side〜

「なんか夏目くんと学校でふたりきりって、久しぶりな気がする」

「そう言われればそうかもね」

放課後。

次期生徒会長の立候補者演説会のための準備で、生徒会室の隣にある資料室で、郁田さんとふたりきり。

今までなら、学校が終わればふたりで少し寄り道しながら駅まで一緒に帰ってはいたけど、生徒会のことが落ちつくまでは、その時間は当分我慢しなきゃいけないかもしれない。

正直、そのおかげで郁田さんとふたりきりの時間が減ることにホッとしている自分もいる。

忙しければ、考えなくて済むから。

郁田さんは『学校でふたりきりって、久しぶり』なんて言ったけど、それは俺が、あえてそうならないようにしていたから当たり前だ。

大事にしたい、壊したくない。

守りたい、優しくしたい。

そんな俺の気持ちとは裏腹に、郁田さんとふたりでいればいるほど、その笑顔や匂いに触れるたび、どうしようもなく奪ってしまいそうになるから。

だから、今日だって。

先に帰っていいよって言ったのに。

郁田さんが、顔を赤く染めて『終わるまで一緒にいる』なんて言うから。

そんなことを言う郁田さんもすごく珍しくて、思わず、『わかった』なんて返答したけど。

後悔している。

ものすごく。

普段の教室よりも狭い資料室。

好きな人とふたりきり。

ダメじゃん、こんなシチュエーション。

変な妄想をしないように、一生懸命、準備に集中しようとするけど。

視界の端にチラつく郁田さんの毛先とか、匂いが。

少しでも気を緩めたら、欲望のまま手を伸ばしてしまいそうになる。

ダメだ。

守るって、大切にするって決めたから。

今まで自分が彼女にしていた失礼な行動で、もう二度と傷つけたくないから。

本当は、もっと触れたくて毎日しょうがないけれど。

……ほんっと、前の俺には考えられない。

相手の気持ち関係なしに平気で触れていたのに。

そんな俺がこんなふうに思うようになるなんて。郁田さんって、やっぱりすごいと思う。

「……夏目くん、字きれいだよね。男の人の字とは思えな

い……」

「えっ、あっ……」

　菜花さんが、俺が書いている原稿を覗き込む。

　一気に、彼女のシャンプーの甘くて優しい香りが鼻を抜けて。

　バチッと視線が絡んで。

　やばい、と思った。

　心臓の音が一気に加速して。

　体中が熱くなる。

　郁田さんの顔が、だんだん近づいてきて。

「……っ」

　やめて、郁田さん。

　それ以上、近寄らないで。

「んんっ。郁田さん、喉乾かない？」

　咳払いをして、カバンから財布を取り出しながらあくまで自然を装いながら、彼女から距離を取る。

「何か買ってくるよ。郁田さん何が飲み──」

「え、じゃあ一緒に……」

「ダメ」

　俺が立ち上がったのと同時に立ち上がろうとした彼女に、思わず……。

　きっぱりと言ってしまった。

　すると、みるみるうちに郁田さんの視線が下りて。

　俯いてしまった。

　違う。

　間違えた。

　そうじゃない。

　何やってんだ。

「……ごめん、そうだよね。私が隣にいると気が散って——」

「いや、違う!!　ごめんっ!!　ちょっと生徒会のこととかいろいろ頭の中ぐちゃぐちゃしてて……」

「……っ」

「郁田さん」

　パイプイスから立ち上がった郁田さんは、俯いたまま動かなくて。

　顔を覗き込めば、明らかに悲しそうな顔をしていた。

　ほんっとバカだ。

　こんな顔を、させたいわけじゃないのに。

　俺が笑わせるって決めたじゃん。

　なんでこんなに、うまくいかないの。

　今まで、サラッとなんでもこなせていたはずなのに。郁田さんのことになると途端に不器用になってしまう。

「……ごめん。俺」

　なんて謝ろうか、まだ言葉は決まっていない中そう口走ったら、郁田さんがゆっくり口を開いて。

「……夏目くん、私のこと、もう好きじゃないのかな?」

　震えた声で言った。

「……は?」

　一瞬、郁田さんが何を言っているのか、理解できなくて。

　そんなこと絶対あるわけないのに。

　けど、そう勘違いさせてしまう行動を、俺は絶対に取っていて。その自覚は十分ある。

　だけど……。

「好きに決まってるでしょ。郁田さんが思ってるよりも俺はすっごく、郁田さんのこと──」

「じゃあ、なんでっ──」

　やっと顔を上げた郁田さんが、目に涙を溜めながら真っ赤な顔をしてこっちを見た。

「なんで……キ、キスしてくれないの」

「……えっ」

　そんなことを、彼女の口から直接指摘されるなんて思ってもみなかった。

　いや、口にさせてしまうぐらい、悩ませていたのかもしれない。

　まさか。どうしよう。

　なんて言えば、彼女に幻滅されないで済むだろうか。

　変わってない、と思われたくない。

「……えっと」

　今ここで、指先ひとつでも触れてしまったら。

　止められない自信しかない。

　けど、今、大好きな彼女にキスをねだられているのかと思うと、内心だいぶ浮かれている自分もいて。

　でも、キスなんかで止められる自信がないよ。

　守れなくなっちゃうかもしれないよ。

「……私のこと好きなら、してよ」

　俺だってしたいよって気持ちと。

　そのことで彼女をずっと悩ませていたのかと思うと、ものすごく情けなくて。

　でも……。

「ここ、学校だし……」

　この期に及んでもまだ、そんな言い訳を言うことに必死で。

　壊したくないんだよ、郁田さんのこと。

　純白できれいなものを。

　もっともっと大切に──。

「月子先輩みたいな色気、私にはないもんね」

　っ!?

　驚いて顔を上げれば、さらに郁田さんは耳まで真っ赤で。

　大好きな人に。

　守ると決めた人に。

　何を言わせているんだ。

　カッコつけて大事にするとか言って。

　余裕なフリをしていたけど。

　全然できていなくて。

　挙句、こんなふうに郁田さんを悲しませて。

　ダサすぎる。

「ごめん、郁田さん。ほんとごめんっ!!　けど俺……郁田さんのこと、ちゃんと大切にしたいって思ってて。こんなやり方でしか守れなくて。俺のペースに合わせるのはしたくないっていうか。でも、もし今これ以上触れ合ったら、

郁田さんに無理させちゃう、きっと。だから」

「……だから！　が、我慢しないでって言ってるの！」

「……へっ」

「私ももう我慢しないっ」

　そう言った郁田さんが、こちらへとやってきてギュッと俺の制服を握った。

「……してよ、夏目くん」

　……殺す気ですか。

「好きな人に触ってもらえない女子の気持ちぐらい、わかってよ。しんどいよ、私はこんなに夏目くんに触れたいって思っているのに、私だけなんだって思ったら、虚しくなるよ」

「……っ、いやその、死ぬほどうれしいんだけど、マジでやばいから」

「いいよ、やばくなればいいよ」

「〜〜っ」

　俺の今までの我慢を、なんだと思っているの郁田さん。

　思わず両手で顔を覆ったまま上を向く。

「夏目くんは、もう私に触りたくない？」

「……死ぬほど触りたい、です」

「だったら」

「止められる自信がありません」

「いいよ、止めなくて」

「……っ、郁田さんは何もわかってないんだよ。俺が郁田さんとどういうことしたいと思ってるのか、言葉にできる

ものじゃないね、エグいよ、けど止められなくなるんだよ、
危ない。全然ダメ——」

「教えてよ、その、危ないこと。夏目くんとなら全部いいっ
て思ってるよ、私」

　郁田さんが俺を甘やかす。

　あんなに頑なに俺のことを敵視していたのに。

　指の隙間から彼女を見れば。

　大胆（だいたん）なことを言うようになったけど、その顔は恥ずかし
さでいっぱいって顔で。

　俺をめちゃくちゃ煽る。

　俺のために、頑張んないでよ。

　いや、ごめん、今から頑張ってもらうことになっちゃう
かも。

　愛おしくてしょうがない。

「……俺、郁田さんと、キスしたい」

　その先だって。

　これから先、全部、キミとがいい。

「……私も」

　そんなことを世界で一番かわいい顔で言うんだから。

「……俺の負けだ」

　フッと溢れた笑みのまま、ゆっくりと彼女の唇にキスを
落とせば。

「——っん」

　漏れた甘い声が、さらに俺をのみ込む。

「……もっと長いのしていい？」

　唇を離して鼻先が触れる距離で聞けば、頬を紅く染めた彼女が、コクンと小さく頷いて。

　俺の理性がどんどん遠のいていく。

　もっともっと。

　本当は、いつも思っていたよ。

　今まで触れていなかった分。

　彼女の髪に手を添えながら、何度も何度も角度を変えて。

　乱れる呼吸も、触れられてビクッと反応する体も全部。

　愛おしくてたまらない。

　どっちの体温かわからない熱さが、俺たちを支配して。

　本格的にやばいかも——。

　そう思った時。

「っ、夏目、くんっ——」

　突然、胸をトントンと叩かれて。

　互いの唇が離れる。

「……止めなくていいって言ったのに」

　少し、ふて腐れた声で言えば、

「いや、そうじゃなくてっ……。なんて言うか、夏目くんと今、こうしてるのすっごくうれしくて。その、……ありがとう」

「……っ」

　どこまで俺をおかしくさせたら気が済むの。

「そんなの俺だって……」

「……だから、もっと、して。……涼々」

「……っ!?」

　彼女のせいでいつだって、俺の体温は高くなる。出会ったあのころからずっと。

　きっと今、史上最高の熱さで。

「……煽ったの、郁田さんのほうだからね」

　その熱で、たっぷり溶かしてあげるから、覚悟しててよ。

「好きだよ、菜花」

書き下ろし番外編

感動させないで

　涼々と付き合い始めてから早くも半年がたった。

　先週、修了式を終えた私たちは、ただいま春休みを満喫中。

　そして今日は、付き合って半年の記念日。

　前々からデートに行こうと話していて、すごく楽しみにしていた日だ。

　修学旅行の時、涼々からプレゼントしてもらった菜の花のネックレスをつけて。

　光莉たちに相談に乗ってもらって決めた渾身のコーデに身を包み、待ち合わせ場所の駅で涼々を待つ。

　袖が膨らんだ長袖の白ブラウスに、グレンチェック柄の亜麻色ワンピース。

　半年記念という特別な日だし、普段よりも女の子らしく、オシャレにしたつもりだ。

　涼々、何か言ってくれるかな……。

　毎日かわいくない反応をしてしまうけど、やっぱり彼にはかわいいって思われたいものだ。

「ねぇ、キミひとり？」

　へっ……。

　横から声がして目線を向けると、3人の男性が立っていた。

　たぶん、大学生ぐらいだろうか。

　全員がニヤニヤしながら、私の頭のてっぺんから足の爪先までをゆっくりなめるように見る。

　完全に、私に話しかけているよね？

　嫌な予感がして、目を逸らしながら口を開く。

　面倒くさい……。せっかくのデートの日に、こんなのに絡まれてしまうなんて。

「……いえ、待ち合わせです」

「へー、そう？　俺ら、向こうからキミのこと見てたけど、一向に誰も来ないじゃん？」

　ひとりが一歩近づいてきて距離が縮まる。

「それは……」

　彼氏とのデートが楽しみすぎて、20分ほど早く来てしまった、なんて恥ずかしいこと赤の他人に言えるわけない。

　しかも、こんな人たちに。

　ここは塩対応を決め込んで、早く私に飽きてもらうしかない。

　この待ち合わせ場所を離れるなんてしたくないし。

　あと数分すれば、すぐに涼々がやってくるんだから。

「答えられないってことは、やっぱりひとりってことじゃん」

　っ!?

　近づいてきていた男の手が肩に触れて。

　驚きで体がビクッとなる。

「え、何。見かけによらず、ずいぶんウブな反応すんだね。かーわいい」

「触らないでくださいっ！」

　触ってきた男をキッと睨みつける。

「うわ。強気な子、好きだよ、俺」

　気持ち悪い。

　早く、どっか行ってよ──。

　そう心の中で叫んだ時だった。

「彼女に近づかないでもらえますか？」

　えっ……。

　よく通る穏やかな声がして、私の肩に置かれた男の人の手が離れた。

「涼々……」

　目の前に現れた人物の胸に、今すぐ抱きつきたい衝動を抑える。

　まったく、登場が遅いよ。

　いや、私がだいぶ早く来てしまったのが絶対悪いけど。

「何こいつ。知り合い？」

「何って、彼氏ですけど」

　ニコッと爽やかに笑った彼だけど、私は知っている。

　その満面の笑みが一番危険であることを。

「はぁ？　ッチ。男が来るんなら最初からそう──」

　盛大に舌打ちをした男が、私から距離を取った瞬間。

　涼々の長い手が伸びてきて私の手首を掴んだかと思えば、グイッとそのまま引っ張られて。

　私の体は一瞬で彼の腕の中に収まった。

「ちょ、涼々──」

　いきなりのことに驚いたまま顔を上げれば、両頬が涼々の手のひらに包まれて。

　彼の顔が近づいてきたと思ったら。

「……んっ!!」

　そのまま唇を奪われた。

「な……」

　私たちのその光景を見て、男たちが声を漏らしたのが聞こえる。

　涼々、何を考えているの?　いくらなんでも、こんなのおかしいって!!

　ここは駅。

　たくさんの人が行き交う場所だ。

　こんなところを大勢の人たちに見られたら……。

「っ……んっ!」

　『やめて』という気持ちで彼の肩を叩くけど、全然やめてくれない。

　むしろ、どんどん激しいものになっていく。

　わざとらしく鳴らされるリップ音に、吸いつくようなキス。

　人に見られている……。

　そんな状況がものすごく恥ずかしくて、ギュッと目をつむる。

　彼の熱と甘さで全身が溶けていくような感覚が、抵抗する力をどんどん奪って。

「っ、……はぁ」

　ようやく唇を離してくれた時、涼々の目が男の人たちに向いて。
「この子がこんな顔するの、俺にだけですから。わかったら、早く俺たちの視界から消えてもらってもいいですか。せっかくの日が台無しになるので」
　さっきと同様、偽りの爽やか笑顔で言った。

「涼々……さっきの、なんのマネ」
　目的地であるショッピングモールに向かう道を歩きながら、ため息まじりで隣の彼に聞く。
「……」
「あんな人前でしなくても！」
「……」
　駅から出ても、なぜか一向に口を開かない涼々にムッとする。
　怒っているのは私なのに、どうして涼々が不機嫌そうなんだ。
　急にあんな公衆の面前でキスされて。しかも、うんと長いやつ。
　明らかに、私のほうが恥ずかしさと動揺で気持ちがぐちゃぐちゃなんだから。
「……ねぇ、涼──」
「なんで、あいつらに彼氏が来るって言わなかったの」
「え、それは」
『男が来るんなら最初からそう───』

　さっきの人にそう言われたのを思い出す。

　わかっている。

　あそこでしっかりと、

『彼氏が来るんです。すごく楽しみで早くつきすぎちゃって』

　そう言えていれば、結果は変わっていたのかもしれないって。

　でも、どうしても自分の口で言うのは恥ずかしくて。

　そっか、だから涼々、機嫌が悪いんだ。

　重たい空気。

　さっきはあんなに甘かったのに。

　最悪だ。私のせいで。せっかくの記念日デートなのに。

「……ごめん。今のはただの八つ当たりだね」

「へっ……」

　私からまだ目を逸らしたまま、涼々が力なく笑う。

　違う。

　涼々は何も悪くないのに。

「ごめんね、無理やりあんなこと……」

「違うっ！」

　思わず足を止めて大きな声が出る。

　言わなきゃ、ちゃんと。

　どんなにカッコ悪くても。

　繋がれた手をギュッと握って。

「私が悪いから」

「え？」

「私が早く来すぎちゃったせいで、あの人たちに目をつけ

られてしまったから。さっきからずっとひとりじゃんって」

「早く来たって……」

「20分くらい。でも『彼とのデートが楽しみすぎて』なんて、そんなこと言うの恥ずかしくて。答えられないでいたら、どんどん迫ってきて。でも、涼々が来てくれたから、なんにもされなかったよ。ありがとう。助けてくれたのに、ごめんね」

そう言うと、ため息をついた涼々が私を引き寄せた。

「当たり前。なんかされたら許さないから」

「……はい」

「はぁ——。よかった」

私を横から引き寄せたままの涼々が、私の頭に自分の頭をスリスリさせながら安心したように声を出した。

「彼氏がいるって言いたくない理由があるのかと思ったから。あれこれ、嫌なこと想像してた」

へっ……それを考えていて、ずっとさっきから無言だったってこと？

ちょっと、いや、だいぶ、キュンとしてしまったじゃないか。

付き合って半年もたつのに。全然慣れない。

涼々のひとつひとつの言動に、ときめいてばかりだ。

それに、どちらかと言うと、不安なのは私のほうなのに。

涼々のその圧倒的なルックス。

いつ、うんとかわいい子に目移りしてもおかしくないんじゃないかと思っている。

　信用していないわけじゃないけど、涼々と釣り合っている自信はないから。

「今回のことはすごく反省しているけど、私は涼々のことしか見てないよ」

「……無理、不意打ちでそう言うこと言うのやめて。ニヤける」

　口元を押さえたまま歩き出した涼々に並んで歩く。

　不意打ちやめてって、あんなキスを急にしてきた人がよく言うよ。

「ここで襲っちゃいそうなぐらいうれしい」

「バカ……」

　一瞬だけ、涼々も不安になることがあるのかと内心ちょっと喜んでいたのに、すぐふざけるんだから。

「けど、ほんと気をつけてよ。あーやっぱり、菜花ひとりで外を歩かせたくないな～」

「大げさだなぁ。今後はもう少し気をつけるから」

「そうしてくれると助かります」

「涼々も。ああやって人前でするのはやめてね」

「え、何を？」

　うっ……この人、わざと言わせようとしてるな。

「キ、キス」

　火照った顔で呟けば、

「うん、努力はする」

　なんて言って、私の手を握り返した。

「はぁ～！　すっごくよかった！　久しぶりに映画を見て感動したよ〜ラスト泣いちゃった。たくさん胸キュンシーンもあったし」

　ショッピングモールの中にある映画館で、今話題の恋愛映画を観終わって。

　映画館を出て近くにあるベンチに腰かけながら、涼々が買ってくれたレモンティーを一口飲む。

「……うん、だね」

　あれ？

　映画館を出てから、涼々の顔が若干暗い気がした。

　やっぱり、面白くなかったかな。恋愛映画なんて。

　でも、前回映画を観た時は、涼々の見たかったアクションものを観たから。今回は私が観たいものでいいと言ってくれてたし。

「ごめん、涼々。やっぱ恋愛映画とか興味なかったよね。退屈だった？」

「っ、いや、ストーリーはめちゃくちゃよかったよ」

「へ、じゃあ……」

　『ストーリーは』って気になる言い方。

「ラブシーンのとこで」

「え」

「なんで俺は今、隣の彼女とイチャイチャせずに、他人のイチャイチャなんかを巨大スクリーンで見ているんだろうって思って」

「何それ……」

「あれはすっごい拷問だった。薄暗い空間ですぐ横に好き
な子がいるのに、指一本触れられないとか」

『好きな子』

　涼々の言葉に苦笑しながらも、サラッと言われたそのセ
リフにドキッと胸を鳴らしてしまう私も私だ。

「菜花はあれを見て、なんとも思わなかったの？」

「いやぁ……」

「俺は、すっごく興奮した」

「……あ、そう」

　まったく、何を言い出すのかと思えば。

　外で変なことを言うのはやめてよね。

「だからチューしていいですか」

「バッ、今度こそダメ！　人がいるところでは絶対ダメ！
さっきも言ったでしょ？」

　慌てて彼から距離を置いて言えば、

「ここ、人通り少ないのに。ケチだ……」

　涼々が、あからさまにしょぼくれて呟いた。

　駅でのキスには正直ドキドキしちゃったけど。ああいう
節操のない行動は、人としてどうかと思うから。

　ここは厳しく。

「ケチって問題じゃなから」

「人がまったくいないところでならいいの？」

「え、う、うん……」

　こうやって返事することも、いまだに恥ずかしいのに。

「フッ。想像したの？　耳赤くなってる」

すぐ図に乗ってからかうから。

「そんなわけないでしょ！ 涼々のバカ！」

　彼の肩を思いきり叩いた。

「ねぇ、あれ撮ろう」

　ショッピングモールを歩きながら、いろんなお店を見て回っていると、急に足を止めた涼々が、ゲームコーナーを指さした。

　その指の先をたどると、プリクラ機が見えて。

「え、プリ？」

「うん。半年記念の思い出に」

「あぁ、そっか。うんっ、いいね！ 撮ろう！」

　プリは普通、女友達と撮るものだと思っていたし、まさか涼々のほうから提案してくれるなんて。

　ふたりでプリを撮るのが初めてだから、ちょっと緊張するけど。

　私たちは、ゲームコーナーへと足を向けた。

「涼々、プリクラ撮ったことあるの？」

　いくつかあったプリ機の中からひとつ選んで、中に入ってから聞いてみる。

「ないよ。菜花とが初めて」

「そっか」

　涼々の初めてが私だって言うことに内心ニヤけそうになったけど、必死に抑える。

　ほんと、こうやってサラッとドキドキさせてくるから油断ならない。

「菜花は？」

「光莉たちと何度か。中学のころもよく撮ってたし」

「へー。中学の菜花か。見てみたいなー」

「い、いいよ別に。見なくて」

「今度、菜花んちに行ったら卒アル探す」

「いや、マジでいいから。はい、さっさと撮っちゃうよ」

　慌てて話を逸らしてコイン入れに小銭を入れると、すぐにプリ機のスピーカーから、ガイドの声がした。

　涼々と初めてのプリ機に少し緊張気味で、最初はカメラに映る顔は固くなっていたけど、徐々に慣れてきて。

　数枚撮り終わって、最後の1枚という時にガイドの声が響いた。

『ずっと大好きだよ！　ギューッと抱き合ってみよう！』

　へ……。

　正面の画面に映し出されたのは、ふたりのモデルが抱き合っているポーズ。

　うっ……。

　でも、言われたとおりにする必要はないけど……。

「おいで、菜花」

「え」

「早くしないとシャッターが作動しちゃうよ」

「あっ」

　手を広げた涼々が涼しげに笑って言うから。

　遠慮がちに一歩近づけば、『3』と言うカウントが聞こえて。

「もっと」

「ちょ……」

　体を引き寄せられたかと思えば、耳元に涼々の優しい声が響いて。

　唇に熱いものが触れたのと同時に、カシャっとシャッターが切られた。

　なっ!!

「何してるの、涼々！」

　すぐに唇は離されたけど、体は涼々に捕まったまま。

「人がいないところならいいって言った」

　注意しても、この態度。

　いくら誰も見てないからって。

　プリ機は、こういうことする場所じゃないんだからね！

「なんか、思い出すね。更衣室でのこと」

「っ!!」

「あの時の菜花、すっごい俺のこと嫌いで」

「まぁ……」

　余計なこと思い出さないでよ。

　あの時の自分に今の涼々との関係を話しても、絶対に信じてくれないだろう。

「今は俺のこと、どう思っているの？」

「っ」

　ほんと、この人は意地悪だ。

　付き合いたてのころ、私に触れることにすっごく慎重
だった涼々が懐かしい。
「答えてくれないと、もっとチューする」
「っ、あぁ、もう……好きだよ、悪い？」
　自分の顔が、だんだんと熱を帯びていくのを感じる。
「フッ、かわいい」
「はいはいっ、早く行かないと落書きをする時間がなくなっ
ちゃ──」
「んっ！」
　答えたら、キスしないんじゃなかったの!?
　あっという間に再び唇が奪われて、すぐに涼々の熱が伝
わる。
「な、涼々……っ」
「ずっと我慢してたんだから褒めてよ」
　少し離してくれたと思えば、すぐにまた塞がれて。
　全然やめてくれる気配がない。
　彼のキスは、どんどん激しいものに変わっていく。
「んっ……はっ、涼……々」
　一瞬離れるたびに抵抗しようと声を出すけれど、涼々は
答える変わりに、クイッと口角を上げて私を見下ろす。
「そんな顔で呼ばないでよ。余計に止められない」
　『そんな顔』って言うけど仕方がない。
　こんなところでダメだって気持ちと、好きな人に触れら
れていると言ううれしさが入り混じって、よくわかんなく
なるんだ。

いつだってそう。

涼々に触れられると、自分じゃコントロールできなくなる。

甘い刺激が何度も私の体を反応させて。

「はぁ……っ」

やっと唇を解放してくれた、と思ったのも束の間。

今度は、彼の熱が耳へと伝わる。

「やっ……んっ」

「声、あんまり出すと外に聞こえちゃうかもよ」

「だって、涼々がっ！」

「うん。知ってる。俺のせいだよね。けど、菜花のせいでもあるでしょ」

私の頭に優しく手を置きながら涼々が話す。

「はっ？」

「こんなかわいい格好されたら、我慢できるものもできなくなる」

なんて言って、私の頭に置いていた手を撫でるように滑らせてから。緩く巻かれた髪をすくって、それに口づけをした。

駅での男の人たちのせいで涼々とゆっくり話せなかったから、今こうして、しっかり格好を褒められてうれしくなる。

涼々に少しでも、かわいいと思ってほしかったから。

「涼々だって、……今日もカッコいいよ」

目を見て褒めるのが恥ずかしくて、俯いて言う。

「あんまり煽んないでよ。本当にここで襲っちゃうよ」

「だって……」

　煽ってるとか意味わかんない。

　思っていること、正直に言っただけだ。

「ここで襲うって言うのは冗談。声、我慢させたくないし」

「ちょっ……」

　ほんっと、何でそんな恥ずかしいこと平然と言えちゃうかな！

「ほら、早くしないと落書きする時間なくなっちゃうよ、菜花」

「は、どっちが！」

　涼々の言動に振り回されながら、私たちはプリ機を出た。

　その後は、ショッピングモール近くにある観覧車に乗ったり、高層展望台に上ったりして。

　気づけば、時刻は午後５時になっていた。

　楽しい時間はあっという間にすぎてしまう、と言いたいところだけど、じつは今日は特別。まだまだ涼々といられるのだ。

『そのままうちに泊まったら』

　デートの計画を立てていた時、涼々に言われて。

　私は今日、初めて涼々の家にお泊まりすることになっている。

『夜ご飯は、うちで一緒に作って食べようよ』

　涼々の提案で、スーパーに寄って夕食の材料を買ってから家に行くのだ。

　彼の家に到着する。

「おじゃましまーす」

　放課後、涼々のバイトがない日なんかはよく来るようになっていたけれど、お泊まりとなれば話は別だ。

　朝まで同じ屋根の下、と言うことになるわけで。

　その、まぁ、いろいろと緊張してしまう。

　長い時間、涼々の家族といる中でボロが出て嫌われちゃったらどうしようとか思うし。

「……あれ？」

　見慣れた玄関を見て、違和感を覚える。

　いつもより明らかに、置かれた靴の数が少ない気が。

「ねぇ、涼々、お母さんたちは？」

「今日は、帰ってこないよ」

「うぇぇ!?」

　思わず大きな声が出てしまう。

　この人、今なんて？

　キョウハ、カエッテコナイ？

「え、あの、瑠々ちゃんは」

「瑠々も一緒に３人でおばあちゃんのところに行くって」

「え……」

　嘘でしょ。てっきり、みんないる中でのお泊まりかと思っていたよ。

　私、瑠々ちゃんにマニキュアつけてあげようと思って、何個か持ってきたのに。

「え、菜花、なんであからさまにテンション下がってるの」

「だって、瑠々ちゃんに会えると思っていたから」

「彼氏と朝まで2人っきりなんだよ。もっとムードの出る反応してよ」

「っ、何それ。そんなのしないから。とりあえず、ちゃっちゃとご飯の準備するよ」

　私はそう言って、もう何回上がったかわからない涼々の家へと足を踏み入れた。

　本当は、十分わかっている。今の状況がどれだけ大変なことか。

　その証拠に、心臓がさっきからうるさくて仕方ないんだから。

　意識したら、すぐにのみ込まれそうになるから。

　ここは知らないフリをして。

　私は、夕飯作りに集中した。

「はぁ～」

　ついに、やってきてしまった。

　夜の時間が刻々と迫っている。

　今、私は涼々宅のお風呂にいる。

　ここに入るのは、2回目。

　初めて入ったのは、動物園で土砂降りの雨に打たれた日だったっけ。

　懐かしいな。

　つい最近のような、ずっと昔の話のような。

　って、思い出に浸っている場合じゃなくて。

　さっきまで、涼々と一緒にハンバーグを作って食べて、いつもどおりの感じだったけど。

　やっぱり、一緒に寝るんだよね。

　うう……。

　想像しただけで恥ずかしい。

　なんだか付き合いたてのころよりも、耐性がなくなっている気がする。

　どこに行っても一緒の時間が多いからこそ、甘い時間が貴重というか。

　とかなんとか考えながらも、涼々に何をされる関係なく、お泊まりってことに舞い上がって、下着はちゃっかり新しいものを持ってきたのだけど。

　でもやっぱり、多少は意識してぎこちなくなってしまいそうなのが容易にイメージできてしまうから。

　お風呂、出たくないな。

　これ以上入っちゃったらのぼせそうだし、そもそも涼々がまだ入っていないから早く出なくちゃいけないんだけど。

「ん──」

　うなりながら、湯船のお湯で顔をバシャッと洗った時だった。

　ガラッ。

　脱衣所のドアが、開けられた気がした。

　へっ……。

　なんで。

『鍵、閉めてね』

　ずっと前、初めてここを借りた時、涼々に言われたことが脳裏に響く。

　私、脱衣所の鍵を閉めてなかった？

「菜花、シャンプーあった？」

　ぼやけたガラスドアに映る影が動く。

「え……あ、うんっ」

　なんだ。シャンプー気にしてただけか。

　それでも、曇りガラス1枚隔てたすぐ横に涼々がいるんだと思うと、バクバクと心臓がうるさくて。

「そっか。母さん入れてくれたんだな」

　さすがにあの涼々でも、勝手にお風呂を覗くなんてしないよね。

　ホッと胸を撫で下ろした瞬間。

「それとさ──」

　ガラッ

「へっ!?」

　浴室のドアが、目の前の彼によって開けられてしまった。

　バチッと視線が絡むと、涼々の口の端が上げられる。

　最悪。この顔はイタズラする時の顔だ。

「な、なんで入ってきてるのよ！」

　せめてもの救いは、入浴剤のおかげでお湯が透き通っていないこと。

　でも、あまりにも恥ずかしくて、体をさらにお湯の中へと沈める。

　ギリギリ顔だけ出して、涼々を睨む。

「いくらなんでも長すぎじゃないですかね、菜花さん」

「うっ」

「１時間以上も待ってるんですけど」

「す、すみません」

「もしまだ出る気ないんなら、そのまま俺も入るよ」

「はぁん!?　ダ、ダメに決まってるでしょ!?」

「じゃ、早く出てください」

「……わ、わかった」

「うん。いい返事」

　そう言って満足げに笑う涼々に、悔しいけどキュンと胸が音を立てる。

「あの、出るから、あっち行って」

「え、いいよ。このままで」

「バカ！　私がダメなの！」

「ああ、はいはい。ここで大きな声を出さないでよ。響くから。エッチな声は大歓迎だけど」

「……最低」

　私が呆れたように言えば、涼々が「ふはっ」と笑って。

　もともと大人びた顔つきが時々こうやって無邪気に笑うから、これ以上強く言えないのもムカついて。

「ゆっくりでいいよ」

　なんて先ほどとは打って変わって優しく言った彼は、私の濡れた髪をポンポンと撫でて、浴室を出ていった。

　ほんと、心臓に悪いよ。

「……もう結婚しちゃおうか」

　リビングのソファに座ってテレビを見ながら、涼々がお風呂から出るのを待っていたら。

　タオルで髪を拭きながらリビングにやってきた涼々が、唐突に言い出した。

「何を言ってるの」

「だって最高すぎるから。菜花と一緒にご飯作って食べてさ。結婚したらこれが毎日できるんだよ。幸せか」

「いや、まぁ」

　『結婚』って。

　いや、考えたことないわけじゃないし、むしろ、修学旅行で涼々のジャージを借りた時、苗字をもらうことを想像したのは私のほうだけど。

「はー……今日が終わってほしくない」

「いや、私は早く終わってもらわないと困るよ」

「……ひどいなぁ」

「だって」

「ん？」

「なんでもない」

「何それ〜」

　だって、困るもん。

　結婚するなら、1分1秒でも早く大人にならなくちゃじゃん。

　せめて、涼々が18歳になってくれないと無理だし。

　なんて。こんなことを真剣に考えているのは私だけなん

だろな。だから、こんなタイミングで簡単に『結婚』なんてワードが出てくるんだ。

　勝手に考えて、ひとりでシュンとする。

「よし。そろそろ寝ようか」

　涼々がそう言いながらリモコンをテレビに向け、電源を切る。

　トクン。

　たちまち鼓動が速くなる。

「うん。……えっと、じゃあ、私は瑠々ちゃんの部屋で寝るね」

「は、なにバカなこと言ってるの」

　ソファから立ち上がった私の手を、涼々が掴んだ。

「バカって……」

「なんでラブラブのカップルが別々の部屋で寝るの」

「……っ」

　ラブラブとか、自分で言わないでよね。

「もしかして菜花、俺に本気で襲われるかもって思ってるの？」

「はぁ!?　べ、別に」

　突然、涼々の手が私の背中に回ったかと思うと、体が宙を浮いて。

　涼々の手の中にスポッと収まってしまった。

　これは、世に言う……お姫様抱っこ。

「ちょ、涼々、何して！」

「郁田菜花さん、大正解。今から襲います」

「はっ、ちょ、下ろしてよ！」

　手の中でバタバタと暴れても、離してくれる気配はない。

「別で寝るとか言った罰でーす」

「本当に下ろしてよ！　重いから！」

　涼々の白い腕が折れちゃう、そう思ったけど、私の体を支えているその腕は思ったよりもガッチリしていて、ちゃんと筋肉もあって、男の人だと実感する。

　こんなことされてドキドキするなんて。

　離してと言いながら、心は正反対だ。

「んっ……」

　薄暗い部屋のベットで。

　自分の声が漏れ響く。

「……っ、涼々、待って……」

「俺が『待て』できないの、知ってるでしょ」

　服の中にスルッと彼の手が侵入してきて、その体温が肌に触れる。

「やっ……」

「嫌？」

「ん、嫌っていうか」

「付き合ったばっかの時は、あんなにかわいくねだってくれてたのに」

「そ、それは」

　たしかに、あの時は、涼々の私への気持ちに今以上に自信がなかったから。それに、今はあのころの状況とはまっ

たく違うわけで。

　正直、自分の体に全然自信がない。

　普段の私の涼々への態度だって、かわいくないのはわかっているけれど、この期に及んで、幻滅されたらどうしようなんて過ってしまう。

「ふたりっきりだよ。誰もいない」

「……知らないよ」

「え？」

「幻滅して、私のこと嫌いになっても」

「なんでそうなるの」

「だって」

　かわいい返しができるわけでも、色気のある体をしているわけでもない。

　涼々は、もともとの素材がよくて何をしてもサマになる。

　だから、私のこの気持ちなんて理解されないだろう。

「幻滅なんてするわけないでしょ、むしろどんどん好きになって困ってるんだけど。だからもっと触れさせてって思ってるわけで」

「だから……自信、ないの。ちゃんと、涼々を喜ばせせられるのか」

　ジッと見つめたまま訴えれば、涼々が目をパチパチとさせて驚いた表情をした。

「……そんなこと考えてたの」

「そんなことって……」

　私にとっては、ものすごく重要なことなのに！

　唇をとがらせてあからさまに不機嫌顔をしたら、涼々の力によって体を起こされ、そのままギュッと抱きしめられた。

　大好きな香りに包まれて、彼に聞こえちゃうんじゃないかと思うほど、心臓がうるさい。

「ただ俺を感じてくれるだけでいいから。うれしいけど、そんなことで悩まないで。菜花が、涼々って呼んでくれるだけで十分だよ」

「っ、でも」

「じゃあ、声、我慢しないで」

「え」

　何よそれ。

　それはそれで、すっごく恥ずかしいんだけど。

「そうしてくれたら喜んじゃうかな。さんざん外で意地悪しちゃったしね」

　優しく私のおでこにキスをした。

　カーテンの隙間から入る月明かりが、彼の顔をかすかに照らすから余計に色っぽく見えて。

「わかった？」

　涼々の声に、コクンと頷くので精一杯。

　恐る恐る顔を上げれば、視線が絡んでそれだけで体が熱くなって。

「その顔、やばいです」

　普段よりも少し低い声が苦しそうに吐かれて。

　そのままキスを落としてきた。

「んっ……」

　優しいキスからだんだんと、溶かすようなキス。

　触れているのは唇だけなのに、たちまち全身がジンジンと熱を帯びて。

「口開けて、菜花」

　彼に答えようとわずかに口を開ければ、するりと私の中へと入ってくる。

　どんどん酸素が奪われていき、頭がぼーっとして。

　ちゃんと答えられているかとか、上手にできているかなんて考えられなくて。

　柔らかい感触に、何もかも追いつかない。

　涼々に口の中を支配されるような感覚に、おかしくなってしまいそうで。

　それでも、止まる気配はないまま、涼々が容赦なく私に触れてくる。

「んっ、……あっ」

　その手が私の太ももに触れて、並んだ指がスーっと肌をなぞる。

「や、涼々、それくすぐったいからっ」

「気持ちいい、の間違い」

　フッと笑った彼の息が耳元にかかって、さらに体がビクッと反応して。

　自分の体じゃないみたいだ。

「っ……」

「声、我慢しないでって言ったでしょ?」

「んっ……」

　ベッドに優しく倒されたと思ったら、無意識に口元を塞いでいた私の手を涼々がベッドに固定して。

　今度は首を攻められる。

　何度も何度も、音を立てながらキスしてきたり舌でなぞってきたり。

「好きだよ、菜花」

　耳元でささやかれるセリフが甘くて、さらに刺激を煽って。

「……私も、涼々が好き」

　彼の首に手を回して言えば、

「……ごめん、やばい。今日はほんとに寝かせてあげないかも」

　今度はほんの少しだけ荒く、唇が塞がれた。

「なーのは」

「んー……」

　大好きな心地いい声に思わず声が漏れる。

「郁田菜花さーん。もうお昼前ですよー」

「ん──もうちょっと」

「早く起きないと、母さんたち帰ってきちゃうから」

　へ？

「さすがに瑠々には、この格好は見せられないよね〜」

　は!!　そうだ!!

　まだはっきりとしない意識の中、必死に記憶をたどる。

　昨日、涼々の家に泊まりに来ていて……。

　バチッと目が開いて勢いよくガバッと起きる。

「おぉ！　すっごく大胆。いいよ、菜花がその気なら何回だって」

「はっ!?　ぎゃあああ!!」

　昨日の夜を思い出してたちまち顔が熱くなって、そのまま自分の格好を確かめてから、慌てて布団をかぶった。

　服!!　どこ!!

　目の前には、横になりながら涼しい顔をしてこちらを楽しそうに見ている涼々。

「さいってい！　変態！」

「いや、どちらかというと、俺が見せつけられたほうなんだけど」

「っ」

　キッと睨みつければ、「はいはい」と軽く返される。

　最悪だ。朝から。

「昨日いっぱい見たし、今さら恥ずかしがることないでしょ」

「うるさい！　明るさが全然違うから！」

「そう？　あー、それにしても昨日の菜花、すっごいエロかった……っ」

　バシンッ。

「イッタ！」

　朝っぱらからあんまり変なことばっかり言うから、枕で思いきり涼々のことを叩く。

「ふんっ」

　昨日の私の初めての刺激に比べたら、絶対どうってことないだろう。自業自得だ。

「……っ」

　あれ？

「涼々？」

　涼々が顔を押さえたまま顔を上げようとしないので、覗き込むようにして名前を呼ぶ。

　どうしよう。

　強く叩きすぎたかな。

「……目に入った」

「え、嘘、ごめん！　大丈夫？　え、ちょ、ほんとごめんっ、強く叩きすぎた……」

「……治る」

「え」

「キスしてくれたら治るかも」

「……っ」

　出た。

　ただのお芝居だったか。

　でも……。

　強く叩きすぎちゃったのは本当だし、悪いことしちゃったと思うから。

「いいよ。キ、キスしてあげるからこっち向いて」

　そう声をかければ、ゆっくりと顔を上げて視線を合わせてきた。

　その顔が、悔しいくらいカッコかわいくて。

　ほんと、ずるい。

　ゆっくりと近づけば涼々が目をつむって。

　優しく唇を重ねた。

　自分からなんて初めてで、すっごく緊張するけれど。

　すぐに唇を離せば、ニコッと彼が笑って。

「フッ。治った」

「ん。よかった」

「おはよう菜花」

「うん。おはよう」

　同じベットの上で『おはよう』を交わすことにちょっぴり照れていると、涼々が「ねぇ」とさらに声を出した。

「右手、見てみて」

「え」

　言われるがまま、視線を落として右手を見てみたら。

　薬指にキランと何かが光った。

「涼々っ、これ」

「昨日、菜花が寝てからつけたの。半年記念日。これからもよろしく」

　キラキラ光るリングと涼々を交互に見て、自然と目頭が熱くなる。

　こんなの……サプライズすぎるよ。

「うっ……」

「え、嘘。菜花、泣いてるの？」

「だって……うれしくて、びっくりしてっ」

「あーもー、かわいいことばっか言わないで〜。朝から俺
の理性が〜」

「うう……」

「左手の先約ね」

　涼々がトントンと私の左の薬指に触れる。

　昨日、涼々の口から出た『結婚』を、冗談で言っている
んだなんて決めつけてしまっていたけれど。

　今、この瞬間。

　ううん、この先だって。

　私たちは同じ気持ちだって信じてもいいのかな。

「……本気で、待ってるからね」

「っ、やばい、俺も泣きそう」

「なんでよっ」

　涙で濡れた顔で笑って言えば、体を引き寄せられて。

「頼まれても、絶対離してあげないから」

　そんな優しい声に、また鼻の奥がツンとして。

「……望むところです」

　そうかわいくない返事をしたら、

「生意気だね」

　彼は、今までで一番優しいキスをした。

END

あとがき

afterword

このたびは、『保健室で寝ていたら、爽やかモテ男子に甘く迫られちゃいました。』を手に取ってくださり、本当にありがとうございます。

爽やかモテ男子の仮面をかぶった夏目と、素直になれないツンデレ女子・菜花のお話、いかがだったでしょうか。

どんなに大事に思っていても、特別で大切だからこそのすれ違いは恋愛関係なく、友達や家族とも起こるものなのかなと思います。

だからこそ、時には感謝の思いや弱音を直接口に出してみる。

そうすることで、自分の心がちょっぴり温かくなったり、今よりももっと物事がいい方向に進んだりすることがあるかもしれないから。

たとえ共感できない痛みだとしても大切な人のそれにはできるだけ早く気づいて寄り添える人間でありたい。

そう思いながらこの作品を書いていました。

そんな気持ちが、この作品を通してひとりでも誰かに届いていたらうれしいです。

今回の主役ふたりについてですが、かなり私好みのキャ

ラクターになったなぁと感じています。

　男女同士の、大嫌いが好きに変わる瞬間が個人的に大好きで。

　動かしていてとても楽しかったので、こうして文庫化という形で再び彼らと向き合うことができて、本当に楽しい時間を過ごすことができました。

　お話を完結させるまでは正直、楽しい気持ちだけではなく、読者さまを楽しませる作品が作れているのかと不安な気持ちもあって。

　それでも私が書き続けられるのは、素敵な作家仲間や友達、家族、いつも優しい言葉をかけてくださる担当さまやサポートをしてくださる編集スタッフさま、応援してくださる読者の皆さま、かけがえのないたくさんの人との出会いや支えのおかげで。

　つくづく、幸せものだと感じています。

　これからも、マイペースではありますが、自分の『好き』と誰かの『好き』を大切にしていきながら、少しでも多くの人を元気にできるような作品を届けていけたらなと思います。

　最後になりますが、この作品を手に取っていただき、ここまで読んでいただき本当にありがとうございました。

　たくさんの愛と感謝を込めて。

2021年３月25日　　雨乃めこ

作・雨乃めこ（あまの　めこ）

沖縄県出身。休みの日はつねに、YouTube、アニメ、ゲームとともに自宅警備中。ご飯と音楽と制服が好き。美男美女も大好き。好きなことが多すぎて身体が足りないのが悩み。座右の銘『すべての推しは己の心の安定』。『無気力王子とじれ甘同居。』で書籍化デビュー。現在はケータイ小説サイト「野いちご」にて執筆活動を続けている。

絵・茶乃ひなの（ちゃの　ひなの）

愛知県出身。アプリのキャラクターイラストや、小説のカバーイラストを手掛けるイラストレーター。A型。趣味は読書で、特に恋愛ものがすき。

ファンレターのあて先

〒104-0031

東京都中央区京橋1-3-1

八重洲口大栄ビル7F

スターツ出版（株）書籍編集部 気付

雨 乃 め こ 先生

保健室で寝ていたら、
爽やかモテ男子に甘く迫られちゃいました。

2021年3月25日　初版第1刷発行

著　者　　雨乃めこ
　　　　　©Meko Amano 2021

発行人　　菊地修一

デザイン　カバー　北國ヤヨイ
　　　　　フォーマット　黒門ビリー＆フラミンゴスタジオ

ＤＴＰ　　朝日メディアインターナショナル株式会社

編　集　　若海瞳　本間理央　酒井久美子

発行所　　スターツ出版株式会社
　　　　　〒104-0031 東京都中央区京橋1-3-1　八重洲口大栄ビル7F
　　　　　出版マーケティンググループ　TEL03-6202-0386
　　　　　（ご注文等に関するお問い合わせ）
　　　　　https://starts-pub.jp/
印刷所　　共同印刷株式会社
Printed in Japan

ISBN 978-4-8137-1064-6　C0193